秋日素笺

姚彩霞 ◎ 著

时代出版传媒股份有限公司
安徽文艺出版社

图书在版编目（ＣＩＰ）数据

秋日素笺/姚彩霞著.--合肥：安徽文艺出版社,2021.12
ISBN 978-7-5396-7334-9

Ⅰ.①秋… Ⅱ.①姚… Ⅲ.①散文集－中国－当代 Ⅳ.①I267

中国版本图书馆CIP数据核字(2021)第226953号

出 版 人：姚　巍
责任编辑：秦知逸　　　　　　　　装帧设计：张诚鑫

出版发行：时代出版传媒股份有限公司　www.press-mart.com
　　　　　安徽文艺出版社　www.awpub.com
地　　址：合肥市翡翠路1118号　邮政编码：230071
营 销 部：(0551)63533889
印　　制：合肥创新印务有限公司 (0551)64456946

开本：880×1230　1/32　印张：12.375　字数：260千字
版次：2021年12月第1版
印次：2021年12月第1次印刷
定价：42.00元

(如发现印装质量问题，影响阅读，请与出版社联系调换)
版权所有，侵权必究

序

　　作者的上一本散文集《心灵之约》我是第一时间读到的，而今天我又有幸第一个拜读她的新散文集《秋日素笺》，我有话要说。

　　我赞成作者的看法，散文写作是探索精神世界，是人内心欲望、幻想、意识和情绪的表达。尽管与作者相处多年，但说起书中一百〇九篇散文的创作始末，我也只是略知一二；要问其中甘苦，恐怕只有作者自知了。我佩服作者对生活的敏感和精准捕捉，没有放过应该书写的亮点；我也佩服作者的努力和坚持，专注写作时总是那样忘我，一坐就是几个小时。

　　与《心灵之约》相比，这本散文集《秋日素笺》更多了一些冷静与深邃。也许是年龄关系，更是阅历使然，同样的题材或内容，现在读来又有不同的感受。读遍作者这部散文集，给我的感受就是情感真实，文字朴实，内涵丰富，令人踏实。有个细节我时常想起：每当作者新作完成后，常让我"看看"；我"看"了之后，不过提一些字词修改建议，然后就会说文章"不错""挺好"，而怎么"不错"，哪里"挺好"，语焉不详，含糊其词。

文学是孤独的行旅，尤其在今天快节奏时代更是如此。而谁能一路前行、坚持不懈，谁就离心中目标越来越近。在未来的探索中，我希望作者能不断增强文学创造力和大胆尝试的勇气，让作品常出常新；让自己在文学道路上走得更远，更坚定。我还希望看到作者更多新作品。

不必多说，我们一起阅读作者的《秋日素笺》吧……

杨塑
2021 年 5 月 4 日

目录

序　杨塑 / 001

第一辑　赤·春暖花开

　　雪花飞扬的风筝 / 003

　　往事并不如烟 / 006

　　春暖花开 / 009

　　我的复活日 / 011

　　父亲的秘密 / 014

　　小鬼来我家 / 018

　　一场盛大的告别 / 021

　　一只会飞的鸟 / 025

　　迎候 / 028

　　行走在冬天 / 031

　　在时间深处 / 034

　　御风而行 / 038

补梦／041

神秘的阅读／044

阳光穿透黑暗／047

树下听风／050

团圆／054

第二辑　橙·火烧云

旅途悠长／061

山上冷暖／063

生日／067

如画／070

香气／073

苏州往事／075

游子吟／078

蓦然回首／082

火烧云／085

祝福／088

我与"叔叔"／091

冬日，那缕阳光／094

腊八饭／097

春节盛宴／100

万物生／103

蜡梅花儿开／106

二月二，龙抬头 / 109

第三辑　黄·还乡的火车

牡丹开在红石谷 / 115

在国外品粽子 / 117

盼望一场雨 / 120

奔跑的眼睛 / 122

旦暮遇之 / 125

见字如面 / 128

遥寄当年 / 131

在纽约过中国年 / 134

还乡的火车 / 137

下回再唱 / 141

感知幸福 / 145

元宵节 / 147

乡下小院 / 150

野菜花开 / 153

端午节 / 156

你好，地铁 / 159

第四辑　绿·一碗乡村饭

翩翩少年 / 165

一碗乡村饭 / 168

山村 / 172

亲爱的宝贝 / 174

一支钢笔 / 177

声音的可阅读性 / 181

天真叙述与批判精神 / 184

娜嘉的不同 / 187

偶像 / 189

猫与鼠 / 192

老孟者何人 / 195

鸽子 / 199

乘着歌声的翅膀 / 201

洪水之灾 / 205

校园联欢会 / 210

赶集 / 215

老师的微信"群" / 219

第五辑　青·和你在一起

众声喧哗 / 225

护工 / 229

旅途风景 / 233

奔跑的意义 / 237

寂静的日子 / 240

驰骋 / 242

和你在一起 / 246

学习游泳 / 251

爽约 / 256

困境 / 259

文学的美丽 / 265

师道 / 268

上天不忍心伤害你 / 271

陪读 / 277

石屋、日子和花 / 283

贴在床头的理想 / 287

四等小站 / 292

第六辑　蓝·白云之下

债 / 299

相聚与别离 / 302

电话与孤独 / 306

三周 / 308

秋日素笺 / 312

核桃树下 / 315

故事呈现与审美眼光 / 319

周喜俊的梦想家园 / 322

用单反相机的老人 / 326

来访 / 330

埋下头去 / 333

晨浴 / 336

褥子 / 338

白云之下 / 340

一双鞋子 / 343

第七辑　紫·天使在舞蹈

康老师 / 349

门前那棵白杨树 / 352

生命奔腾不息 / 356

过年 / 360

期待与逃避 / 363

关于爱好 / 367

美妙的精神徜徉 / 370

勋章 / 373

天使在舞蹈 / 378

童言无忌 / 382

后记 / 384

第一辑

赤·春暖花开

雪花飞扬的风筝

雪，是冬天不请自到的客人。昨夜我睡得实，不知远客到访，怠慢了。一觉醒来，窗台前、屋顶上、枝丫间、街道旁，一派迷幻雪景。城市妖娆，万物冰清玉洁。马路上五颜六色的车辆，一改往日风驰电掣的脾气，鼻子贴着地，背上驮一枚白色铠甲，以蜗牛的耐心缓慢往前爬动。

我跟随父亲去郊外旷野放风筝。我们顶风冒雪斜着身子向前行走，脚下踩出咯吱咯吱的响声，父亲手拿风筝，我腋下夹着一拐线。偶尔鸟儿从眼前飞过，犹如宣纸上的一滴墨汁，鲜明的印象活泼了眼睛，刺激着冰冷的心脏。天地人鸟的聚合一闪而逝，其况味如云烟氤氲，难以尽言。

至此，雪，与我结缘。

关于雪的往事遽然从记忆中醒来。

我从纽约赶往普林斯顿。行前凭借上网突击补课，再加 GPS

（全球定位系统）定位，独自出发。下了车还有二十多公里才到目的地。天已经黑下来，雪，招呼也不打，纷纷洒落。初到此地，又无交通工具，环境陌生，听自己的心跳隆隆如雷霆，莫名地嗓子眼儿就发紧、发苦、发干。

说不出的紧张害怕。怕什么呢？有什么可紧张的？我反问自己，也安慰自己。

我一没钱，二没钱，三还是没钱，遇到劫匪，背包里有吃剩的汉堡，两罐饮料，算我请客，拿去（劫匪也许没兴趣）；一本书——挺贵的，也拿去（劫匪也许更没兴趣）；还有雨伞和几件衣服，通通拿去，算我积德行善无私奉献。我不名一文，自己吃饱全家不饿，我怕谁呀？为给自己壮胆儿，我一边假装听音乐，一边率领一个人的队伍贴着快车道窄细的边缘深一脚浅一脚地向前，向前，继续向前。河流，森林，花园，一路上我居然没有遇到会喘气的动物或人。

我像个虔诚的信徒对自己的灵魂向内反观。

我看见了父亲。十岁那年我的个头儿还够不到父亲的心口窝，我发誓要追上父亲的身高，于是拚命吃蒜薹炒肉，吃西红柿炒鸡蛋。一位和我要好的同学，他的个头儿在班里如鹤立鸡群，他就爱吃这两种菜肴。到了出国离境，将要安检前，我与父母一一拥抱，忽然发现，曾经高不可攀的父亲其海拔竟刚刚够得着我的鼻尖。我为我的发现欣喜无比，也为我的发现百感交集。

十岁跟随父亲去野外放风筝，是我并不遥远的过去；但是，想到父亲，因普林斯顿之旅产生的诸如疲惫恐惧孤独的感觉被替换被冲淡，转而演化成一则笑谈。

当我的头发、眉毛、身上落满雪花，当时间的脚步滑向子夜，且将继续向更深的黑夜滑行，终于，五个多小时之后，我抵达了终点——普林斯顿大学图书馆。我没有贻误与 F 教授的约见时间，甚至大大地提前了。

父亲的这个冬天有没有雪？父亲选择踏雪到原野而不是去阳光明媚的城市广场放风筝，自有其道理，并非父亲固执。在漫天飞雪中，父亲手把手教我如何判断风力风速，怎样调整自身的位置角度和手的力道、线的长度，使风筝冉冉升空。那时进入视野的是富有灵性的生命气象：雪与风，父亲与我，天与地，飞鸟与风筝，这些事物彼此融合，如梦如幻，此般享受无与伦比。

然而，这个瞬间谁也无法永远留住，并使其固定，成为永恒，但父亲愿意为这个瞬间保持仰望的姿势，并一如既往地为之坚守。

往事并不如烟

  两个多小时飞行，我从飘雪的北方来到四千里之外穿裙子T恤的南国，这个世界越来越令人惊奇，快，是它最大的资本。当年我和小晚同学乘坐特快列车，用了二十多个小时才到达正在维修、一片混乱、闷热似蒸笼的广州车站，烦躁、焦虑的心情可想而知。

  在火车上遇见一位名叫刘郎的先生，唐山人，他将幼子送回老家请母亲照看，返程时跟我和小晚同学乘坐同一节车厢。一天一夜，我们从陌路变熟人又成朋友，火车抵达广州，他带我们去他供职的单位小憩、存放行李。我和小晚先去黄花岗公园拜谒七十二烈士，又去海洋馆看海豹表演观海底世界。临别前他替我们拦了出租车，去白云机场——我和小晚继续南行，刘郎生怕我们上当受骗，再三叮嘱打车费是二十五元，多收可拒付，细心周到可见一斑。

十几年过去了,他如今是否一切安好?当年送回唐山的小宝贝,眼下大概也上中学了吧。

刘先生和小晚这两位男子脸对脸坐在靠窗的悬挂式折叠椅上,中间隔着一尺乘一尺半的小茶几,各自将自己的食物堆在茶几上,慷慨推给对方。卧铺车厢的人出出进进,不能使他们谈话的万丈豪情降低一丈,好心情如绩优股稳定保持在高位。茶几上什么都有,西瓜、烧鸡、饮料、面包、小浣熊干脆面、茶鸡蛋、火腿肠,他们既吃喝,也谈天说地,无论是吃还是聊都特别投合,吃得奋不顾身,聊得无拘无束。世界是你们的,也是我们的,归根结底是他们的,他们的笑声,无所顾忌。

旅行归来,小晚打长途跟这位忘年交叙友情抹眼泪,然而,什么时候断了联系呢?小晚上了初中还是考上高中之后?不记得了,总之,联系中断了。然后,小晚长大了,他还记得这些往事吗?

我在广州和远在异邦的小晚通电话。他说,记得记得,方便面揉碎直接撒调料干吃,里面纸质的水浒人物卡,七乘五或六乘四的规格,当时我最想要的有两张卡,一张是水泊梁山一百单八将的及时雨宋江,另一张是神行太保戴宗;一路上煮鸡蛋"朕"就干掉八个;去海洋馆,一张门票二百元;带去的照相机曝光时间滞后,一卷柯达彩色胶卷三十六张照坏了一半,后来报纸发表了三帧,在学校展出一组,总算给我的南方之行有个交代。

刘郎还在那儿工作吗?他现在大概四十八九岁?他是否还记得当年火车上那次奇遇呢?一个小学生,刚散了瞳,戴着墨色眼镜，两颗门牙摔断，说话跑风，却偏偏喜欢跟陌生人搭讪。他说恐龙，聊二战，谈高斯，讲抗战，语速不快，思路纷繁，上至宇宙之大，下至蚂蚁之微，花的语言，鸟的爱好，头头是道，没完没了。两个人的胃犹如铁打铜铸一般，除去吃石头不化，什么食物都能化为营养，滋养思想，强壮身体。面对这样的胃，是喜是忧？是福是祸？

如果善谈和爱吃对少年身心发育有益，小晚无疑就是个明显例证。可能是思考刺激了谈话和吃的欲望，小晚身体结实，性格开朗，功课说得过去。大一时种了两颗门牙，说话不再跑风，但他说，如果不是两颗门牙闹情绪，当年可能学外语，做个外交官也说不定。正因为理想的方向拐了弯，现在他研究自然科学，他说，科学更给力。此同学自称小晚，导师同学父母既习惯也认可，小晚小晚，真名反而受到冷落乃至遗忘。如今小晚胃口依旧好，吃吗吗香，身体倍儿棒。偶尔秀一秀身材：俩胳膊一架，肩膀先上提再下压，胸脯一拧再一挺，六块腹肌凹凸有致，刘郎若撞见他这副尊容，聆听他童心未泯的谈吐，一定会问，这位是谁？是不是当年那个小眼镜？

春暖花开

蛇年春节晚会上那英的一首《春暖花开》，令亿万观众无不感到心头温暖如沐春风。其时，气象学意义的春天离人们尚远。绚烂的央视舞台，歌者对春天的赞美和呼唤，将人们提前带入了明媚的春天。

城市的马路宽阔平坦，树木的枝头燃烧着生命的激情，孩子们背着书包去上学，车辆川流不息，行人井然有序。

透过师大正门望去，熟悉的母校已是面目全非，图书馆被拆除，青年大学生的身影消失，宿舍楼下的乒乓球台去向不明，甬道两旁的参天大树所剩无几，轰鸣的大型机械挖掘着深坑，吐出的泥土堆起五六层楼高的小山。四面围起的高"墙"，遮挡了视线。传达室还在，电动伸缩门前一片空地上，值班的中年男子手执彩色塑料管，喷出的水哗哗有声，施工掉落的灰渣沙土随着水流漫向马路，晨曦中，亮闪闪一条光带蜿蜒西去。

眼前是热火朝天的工地，脑海里却浮现出学生时代的情景：去阶梯教室抢占座位，恋人幽会的小树林，安静沉默的雕像，借阅的几本书，角落里修钢笔的老人，体育系的各种运动场地。记忆与现实，工地与校园，重叠，交错，闪回，一时间使人忘了身在何处。

在某个十字交叉路口，一位环卫工人从远处打来一桶热水。只见他左手用钢丝球"嚓嚓"清除垃圾箱上的污渍锈迹，右手拿着热水浸过的抹布，熟练仔细地擦拭着箱体、箱门、底座，边擦边歪着脑袋自我检视，当满意的笑容从面颊、鼻翼、嘴角水波一样荡开，掩饰不住的自豪感堪比太空归来的英雄航天员。

公园的九曲桥上，每天有人清理垃圾，但是每次经过这里，总能看见地上丢弃的烟头、商品的外包装盒、塑料袋。然而今天，桥面出奇地干净，没有烟头废纸，甚至没有一片落叶。

几只游船在湖心荡漾，冬青松树葱郁，杨树粗壮的躯干泛着灰绿。沿着石板小径，过月色荷塘、亲水平台、西山瀑布，我捡起一只烟头。我想对清洁工说，谢谢你，也想对身边的游人说，谢谢你。

面朝大海，春暖花开。从明天起，做一个幸福的人，关心这座城市的每一个变化，关心陌生人，关心一棵树，"给每一条河每一座山取一个温暖的名字"。生活纵有风霜雪雨，也要坚信，我们终将迎来春暖花开、福临天下的那一天。

我的复活日

今天收到一纸稿费单,心中不由得一阵窃喜。取钱的路上想起往事:三十几年前小说处女作发表,编辑部支付了97元稿酬(这么多钱,平生头一回见)。我不认为自己应该得到这笔稿费,虽然我不否认这是自己的劳动所得,但也感觉,编辑的功劳大于作者。随即我到邮局把钱退了回去。不久对方又寄回来。我再退。几个回合下来,投降的是我,我不想辜负对方的诚意。但我希望用这笔钱购买当期杂志。编辑部真给我寄来几十本杂志,稿费还有结余,余下的钱又被寄了回来。我将杂志分送给同事、亲友,剩余的钱当书签夹在书页里,每当翻到它时心里就热乎乎的,只是我和我的这位责编,至今不曾谋面。

文学是神圣的。

细想,我已很久不给报刊寄稿子了,虽说写作从未中断,但对发表作品已不再热衷。我把精力用在"写"上,一部作品写完，存入电脑，接着，进入下一部。偶尔打开阅读，旨在对构思进行完善，对细节加以揣摩，但绝无发表的欲望，且这种状态持续多年。

我的沉默与沉寂似乎与死亡有关。母亲早已归于泥土，几年前父亲又追随而去，世上的我彳亍前行，形单影只。我对日常或高尚的生活不再感兴趣，做事缺乏热情，踯躅在精神阴霾中，找不到出路，绝望的书写像酷刑也似抗争，而伤痛苦闷使人越陷越深，不能自拔。

春天，从楼下音像店飘来那英的歌——《春暖花开》，每天翻来覆去地播放，渐渐地，我便喜欢起来。于是，找来歌词曲谱，哼唱起来，冰冷死寂的心，一点点被歌词的暖意融化，丰富的旋律节奏催生了莫名的感动，沉睡的精神世界被唤醒。

记得有人说过，生命只是一连串孤立的片刻，靠着回忆和幻想，许多意义浮现了，然后消失，消失之后又浮现。每个生命终将逝去，活着，活过，用真挚的情感记录生命的轨迹，当生命终结，书写宣告完成。下一个轮回，请吧，该你登场了。有感而发，我写了一篇千字文章寄给报社。

现在我收到了稿费。它是一种状态的结束？或者，它是一种状态的回归？说到底今天与往日不同，可又有什么不同？哦，我想起来了，今天的确是个特别的日子。每年为它的到来，我会精心准备，倾情赋予它意义，有时以为忘却了，却总会及时记起。

取完稿费，踏入公园。小船在一碧如洗的湖面摇荡，岸边的水生植物竞相生长，湖心岛的凉亭里传来胡琴的乐音。站在石桥上俯瞰杨柳的倒影摩挲着写字楼的窗玻璃,手指长的鲦鱼在水中游动,令人想起惠子与庄子有趣的争辩:"子非鱼,安知鱼之乐?""子非我,安知我不知鱼之乐?"

一篇小稿,编辑舍得花心思细细打磨——字、词、段落、标点符号,虽发表时压至八百字,读到样报,心中依旧掀起巨浪。它是在成全,也是在指引。

今天是儿子的生日。每年生日我的礼物是写篇文章表示祝福,年年不落,然而,最近四年却中断了。

儿子今年的这个生日,是我的复活日,该做的我不能落下。

父亲的秘密

四年前,父亲谢世,在殡仪馆跟父亲告别时,我差点晕过去。

父亲咽气的第二天,我开始撰写悼词,枯坐几日,却无从下笔,其实是因对父亲缺少了解,甚至连父亲的确切年龄都未弄清。多亏父亲单位网开一面,使我得到了查阅档案的特殊待遇。

从档案里,我一步一步地接近着父亲,并以审视的目光,打量着父亲的过往。

父亲出身贫寒(这个我知道,他是孤儿),童年在陪阔少爷读私塾时自己开始偷着认字;长大后参军,当过炊事员、班长、卫生员、警卫员,在渡江战役、抗美援朝中负过伤也立过功;战争结束后被保送至军事院校;后来转业到地方,供职于铁路系统,直到离休。

一枚大号牛皮纸信封承载了父亲漫长的一生,我从后往前翻阅，表格、文字、照片都有，其中一些文字醒目、难忘：受伤后，脾脏疼痛，赴疗养院疗养；某日站内调度专列，偶与一人迎面相撞，专列出站后，方知此人是刘少奇；当选先进，奖励白毛巾一条。父亲写的字从一开始歪歪扭扭渐渐到熟练顺眼，再到挥洒自如疑似书法，给人一种化蛹为蝶、气象万千的视觉冲击力。履历表上的照片，或英俊帅气，或深沉威严，而透出的气度风骨，令我崇拜不已。

我写了七天，边写边哭。

母亲走得早，但父亲在，家在，幸福就在。

父亲要上班养家，要为孩子们缝补浆洗，要自制桌椅家具，还要给女儿梳小辫——爱哭的我忍住不哭，为的是安慰父亲。

长大后，孩子们纷纷到外地工作，与父亲远隔千里，但父亲说孩子们有出息，他为乘坐着火车离他而去的一个又一个孩子送行，脸上流露出由衷的自豪。

九十年代我买了第一台电脑，父亲为我织了一只天蓝色尼龙线的鼠标套，其上缀着两只不对称的红眼珠，可爱有趣。电脑换了好几台，但父亲送的鼠标套一直在，整日不知疲倦地望着我、陪伴我，令我感觉离父亲很近。

父亲说，幼儿园时期我被弄丢过一次——他记得那天我穿的花布上衣、鞋子的样式、小辫上佩戴的绢花。岁月这把杀猪刀，无情地改变了一切，但是，父亲当时焦急、忧虑、愧悔、担惊受怕的心情，隔了几十年，仍使今天的我感同身受。而父亲的威严，是惩罚我犯错的利器，我从小怕父亲。但我对父亲的爱和感激,埋得很深,从未说出口。我曾尝试了不止一次,把心里话当面说给父亲听,最终,还是咽了回去。我爱父亲,比起父亲爱我,哪个更多?无数个难以成眠的长夜,我企望父亲能够听到我的心声:父亲,我爱你。

一天,父亲理发回来,我拉住父亲的手陪坐在床沿。父亲说,我歇会儿,你去忙,去吧。他抬起手,挥了挥,一副慈祥的表情。受到慈祥的感染,我的心情怡然安宁。有父亲在身边,踏实。

之后,父亲神情端然,凝固,走了,远赴母亲的九泉之约。

慢慢地我明白了,只有存在的东西才会消失,不管是城市、草木,还是爱情、父母。

给父亲擦洗身子,换上五〇式军装,我看见了当年父亲在战场上负伤留下的伤疤:大腿,小腹,左肋。

四年飞逝,父亲一去不返。

打开电脑,在父亲的档案里,一份处分赫然在目。是一九六八年的。我先是怀疑处分的真实性,接着担心天机被兄妹们知晓。一个人受到处分,当是不光彩的经历。怎么才能守住这个秘密?难道叫一纸处分毁掉父亲在儿女心中的印象?让这个莫须有的处分就这么过去吧。

推算起来,父亲受处分那年我十岁,父亲为什么不申辩?

在别人眼里,父亲只会低头拉车不懂抬头看路;在儿女心中,父亲是不可替代的存在和精神支柱。父亲怎么看待自己呢?他朴素的上进心和反抗命运的力量,不能说与他失怙的孩子们完全无关。父亲是不会向命运认输的。一股合力，使家庭的每个成员向父亲聚拢，只要父亲自己不垮，谁能击垮我们?

某些事情，没有按平常时间开始；某些事情，没有像应该的那样发生。最后几年，父亲生活在我身边，而后消失，且顽强地保持着缺席……

岁月不居，时节如流。假如时光倒流，我想让父亲变成我的孩子，我将怀抱着父亲，安抚他所有的伤痛，替他经受一切屈辱、苦难、悲伤。但是这些话，再没机会告诉父亲了。

小鬼来我家

客人来了,身上背着书包,手里拎着一包换洗衣服。客人六岁半,小名儿叫郎郎。这么小的孩子在我家是稀缺物种,临时充当一下家长的我顿感使命光荣,但孩子是不是认可我的角色,不得而知。

疼爱,小心,诚惶诚恐……因了这位小小男子汉的到访,因了要当个合格家长。

夕阳涨红脸庞,温柔地从楼群中徐徐坠落,这时我们去散步。公园里的绿地高低起伏上来下去,我和先生一人拉着郎郎的一只小手向前走,没留神,小朋友踮起脚,向上一弹,人飞离地面,两条腿与身体绷成L形,小屁股一收一撅荡起了秋千。孩子沉迷在自己发明的游戏中,向晚的天空涂满欢乐的笑声。鸟儿受到惊吓,扑棱棱从枝头跌下来,收了翅膀,站在草地上,一副惊讶好奇的模样。郎郎蹑手蹑脚地走近小鸟,忽然,听见几声清脆的啼鸣，鸟儿腾空而起，盘旋而去。错落变化的地形，在孩子眼里广袤而高峻，郎郎说，这是他的草原。他为草原吟诵诗篇《敕勒歌》："天苍苍，野茫茫，风吹草低见牛羊。"

郎郎喜欢画画，趴在桌子上左一笔右一笔，涂涂抹抹，画面上呈现的是一些长着三角脸身体呈带状的人物，好像在海洋也似在天空游动，不知那是什么物种。我说看不懂。他这里指指，解释说，这是外星人；那里点点，又说，他们身材高大像姚明，因为来自不同星球，在太空翱翔如果不戴面具就会受伤。噢，难怪身子和腿彼此不分，原来他们不遗余力非将自己的腿朝着海带方向进化不可。我似乎看明白了，也似乎更糊涂了。

郎郎从柳树下捡回一枚小小的柳絮，将其倒扣在玻璃杯中。过一会儿，微黄的柳絮上冒出来一个白点，又一个白点，受了传染似的，柳絮的身上分散地长出许多白点，并渐次膨胀充盈。这时白点抽出线，一根一根，<u>丝丝缕缕</u>，再鼓胀成团，如蘑菇，如小伞，蒸腾向上，精灵一般舞动于密闭的容器内，并一点点扩大地盘将容器允满。郎郎一会儿说，我吃了你——它是棉花糖；一会儿喊，它是一团冒光的火；又说，它是云彩做的饮料——加点儿蜂蜜。

郎郎托起腮做沉思状，郑重地开始写日记，一天一篇，高兴时也可能一下写两篇，只要他愿意。且看——

"今天 tī（踢）完球，男生都往 cè（厕）所里跑，我们比 sài（赛）谁 niào（尿）得远，我最远，chuàng（创）下了个人最好 jìlù（纪录）。"（在文字之后画了一幅插图：一颗圆脑袋上长着三

019

根头发的小孩儿,四脚朝天,裸露的肚皮上龇着两排超级大牙齿。)

"我准备去出差,老师说,这件事不急,要等我长大了才行,老师 qiáo(瞧)不起小孩儿。"

"妈妈走了八天啦,打电话问我最多的一句话是,你想妈妈吗?明天下午妈妈来接我走。终于可以回家了。可是,我又想留下来。我该怎么办呢?还是问问妈妈吧。"

一场盛大的告别

二〇一四年高考前,一家报纸约我写篇关于高考的文章,到了交稿日期,我还未能动笔。踌躇之际,邻居家的小伙子来串门,我们聊起了高考,他的故事深深地吸引了我。他说——

正值全国高考日,我在网上与高中同学相遇,不知怎么就聊起了当年我们的高考,感慨不已。当年三天经历,漫长得像一生,至今难忘。

记得六号那天下午三点看完考场,到了晚饭时间我没有回家,八点,八点半,等到九点钟,家人坐不住了,出门去找,正好跟一瘸一拐回家的我迎面相撞。

看完考场,我和班里一帮男生约好了直接去校外租场地打篮球,每人每小时收费两元。大家商量好了,就玩两小时,到点走人。

半年不上体育课,人往操场上一站,心跳加快,眼睛放光。

然而大考在即，不能拎不清主次，放松放松，活动活动，出出汗，适可而止，这是共识，大家都还清醒。可是球传到手里，转身突破防线，运球，跳起投篮，一气呵成，这时，理智退却了。求胜的欲望、积极的跑动犹如打仗，是个人这时都疯狂。一投不中，冲上去抢篮板，再投，中了。来不及庆祝，落地时，立足不稳，摔倒在地，右脚踝扭伤，眼镜腿折断一根，镜片在水泥地上划伤。去医院处理伤情，各自回家，时间早已超过两小时。看来，学校、家长一致反对考前剧烈运动，不是没有道理。

第一天考试，怀揣一只闹钟进入考场，它像一只墨水瓶大小，初中、高中我与它须臾不离。第一科考语文，提前背了三篇自己的作文，正好押中一篇，压着铃声写完作文最后一个字，但字数超了，可能要扣1.5到2分。当卷子答到一半时，遇到了麻烦，监考老师径直到我桌前把小闹钟收走了，我一时有点儿心慌，如果不能精确控制答题节奏，估计该交卷时答不完题。这是一次小小的意外，还好，考试结束后，老师把闹钟还给了我。

下午考数学，本人的强项，内心又冲动又淡定。中午吃了一块西瓜，睡了一觉。开考后，我在一道立体几何题上用时较长，开始解了几步，卡住了，便果断跳过去，解别的题，边做边想，忽然灵光一闪有了思路，回过头接着将题做完——不，做到后面却又进行不下去了。烦躁，焦急，反复尝试，最终思路彻底打开，将题答完。

出了考场，骑车十分钟就能到家，但我绕个弯去了别处。班里出了状况：我同桌没去考试，电话关机。这个消息令人震惊，突如其来。班级枝形联系网将消息传递给每位同学，汇集情况，查找线索，商量对策，并且报告班主任和学校。

是夜，同学间频繁用短信联系，紧张不安的情绪互相传染，我一直熬到凌晨三点才睡。

第二天上午考理综，自我感觉还行。在重压之下，在答题之时，一直困扰自己的力学问题迎刃而解，令人匪夷所思。顿悟带给我自信，有如神助，结果呢，超水平发挥。

我同桌仍无消息。

下午考英语，这是我的软肋，虽说最后一次模拟考试我考了145分，但我掂量得出自己几斤几两，因此心态平和，审题仔细，发挥正常。

回家路上突然收到消息：同桌他在外地。六号看完考场，他直接去了机场，飞往目的地长沙。因为就报考专业跟家长意见产生分歧，他想学新闻，家长要他学经济，一念之下，离家出走。临走他给家里留了信——出去走走，弄清自己究竟想要什么，明年高考见，一周后归。

我按时到家，向家长要了一百元钱，约女同学去喝茶。她是我的偶像，座位在我正前方。高中三年，她是唯一让我心动的女生，我常常会情不自禁地瞥一眼她的后脑勺，却不好意思正面打量她，更没有向她暗示或表白过什么。因为我不能破了自己立的规矩——高中不谈恋爱。现在高考结束了，我要当面向她郑重表白，我爱她。以此为自己的高中时代画上圆满的句号，为青春打开新的天地做足准备，迟了我就没有机会了，别的男生也在追求她。

接下来,估分报志愿。从上午到下午,再到傍晚,老师、学生、家长齐聚教室,借助招生指南,不断做出决定,否定,再选择,而后推翻,焦虑矛盾的心情与备战高考时没什么不同。

六月九日晚,男生聚在一位同学家里,一众围坐在电视机前,通宵达旦,因为第十八届足球世界杯拉开帷幕,爱足球恨足球的人都不想错过这场盛宴,包括一群刚刚走出高考硝烟的少年。子夜的德国慕尼黑安联球场打响了揭幕战,东道主德国队迎战哥斯达黎加队。德国队保持了四次参加揭幕战不败的纪录,这次也胜了,比分四比二。平生第一次也是唯一的一次我喝了酒,辣,爽,刺激,疯狂,所有的压力都在此刻得到了释放。

结束了,一段挣扎美丽的日子结束了。生命的下一段旅程正在开启。

一晃八年过去,我的同桌翌年考上大学,后来赴英国学商科。那位招呼男生到家里看世界杯的哥儿们大学毕业后考上了飞行员,如今在美国集训。被我约到避风塘喝茶的女生,今年十一结婚,新郎不是我,但她给我发来了请帖。我虽不能到婚礼现场,但我真诚祝愿心中的女神与她的另一半婚姻幸福白头偕老。

聊到最后,高中同学问我有什么打算,我说,正写博士论文,这件事是当下的第一要务,必须全力以赴。

一只会飞的鸟

七月里，鸟在歌唱，草木明亮得无法注视，天空一派咄咄逼人的蓝。忽然在石头圈围的泥土里冒出野花，花瓣如雪，如霞，如绸缎。风中，花儿与蜜蜂起舞，美得荒谬。

野花主秆纤细如针，高一拃，肉质叶柄托着指甲盖大的一枚花朵，白、黄、粉、红、紫、蓝，嫩黄、姜黄、金黄、橘黄，桃红、玫瑰红，粉紫、葡萄紫、深紫……不一而足，花形如盅，具有惊人的爆发力，是沉默赐予的能量吧？是自然赋予的神性吧？

远远望见一位老者蹲在野花之间，身子用力前探，手指在泥土里摸索试探，似在跟谁商量什么，又似固执地坚持着什么。我有些好奇，绕过花坛，走近老者。

老者华发满头，面容清癯。感觉身后有人，他回过头说，你看这里的花都被草吞噬了。

吞噬。老者用了这个词。

说着，老者埋头继续在泥土里摸索，身后摊开一张报纸，老者将手指探向花丛中疯长的杂草，小心地拨开花枝，拔下野草，堆在报纸上。老者说，花真漂亮，像地毯一样平坦、密实，可是生了这些杂草，花被蚕食了，美被破坏了，可惜。

在花面前谈论花，不晓得花能否感知。花株身高一致，花瓣大小相同——是谁给了它们这样的基因？每株仅开一朵花。花朵早晨绽放，午后闭合。当人们经过此地，花儿们会齐刷刷向你点头致意，不知那是风的旨意，还是花儿有着不为人知的特殊嗅觉器官，抑或是花的本能，花对人的一种感应？

老者跟花儿喁喁私语，虽未采菊东篱，虽未像梭罗在瓦尔登湖畔搭一座木屋，在湖畔垂钓，但心灵在自由的天地里徜徉，诗意在花丛中酝酿。美，山林里有，饱读诗书的字里行间有，即使你普通得像一缕空气，也有机会被美击中，并且从激荡的胸怀中奔涌出带有温度的诗行。花、老者、诗，勾勒出从古典到现代的生命模样。

草地上一只自动旋转的水阀被开启，Y形水嘴喷射出两股手指粗的水柱，因为水压的作用，水柱变成散射的水珠。一只泰迪犬审视着飞动的白色陀螺，不明就里，十分惊奇，忽然，它撒开腿去追赶，淋得浑身精湿。在泰迪犬眼里，这是一只会飞的鸟，一只怎么飞都飞不高，又没有羽毛的鸟。

山坡的亭子前，一对年轻人在拍照，男孩儿身穿乳白色礼服，女孩儿身着洁白曳地婚纱，背景是一株芬芳馥郁、纷披粉红绒花的合欢树，摄影师拍下了这美丽的瞬间。

晴好的天空忽然暗下来，风裹挟着雨滴噼里啪啦抽打着游人和树木。

亭子里，一对老夫妇一人吹竹笛，一人独唱。此时老太太正唱到"我装着挑担水送给他饮骆驼，他却红着脸儿瞧也不瞧我，啊哈嗨哎啊嗨，你可真是个傻小伙儿，你可真是个傻小伙儿，你的骆驼驮走了我的心一颗……"，甜美的嗓音仿佛少女，歌声缠绵真挚纯粹，一对老人在歌声中重温当年相爱的甜蜜幸福。风、雨、雷、电、天、地、树木、花鸟，无不成为奶奶级歌者的"粉丝"，且听且欢叫。

女孩子一手提着裙裾一手牵着泰迪犬跑进亭子里，她被老太太的清脆歌声吸引。三五只鸟儿绕着亭子低飞，一只钻了进来，它站在长椅上，用红色的尖锐细长的喙，仔细梳理着淋湿的翠绿羽毛。泰迪犬打了个喷嚏，击落一粒银杏果。鸟一惊，飞回鸟群里，顶风向树林里飞走了，身后传出蘸着雨水的清亮鸣啭。清音被风吹散，如一滴雨，在远处，弯曲成细线，若有若无，似断非断。

泰迪犬盯着那一粒被震落的银杏果呆呆地看：在果壳中，银杏果摇身一变，成为一只羽毛翠绿、嘴巴红艳尖利的小小鸟，展开双翅飞向蓝天。

迎候

　　荷塘风景好，风景从池塘延伸至岸边，三脚架已经支好，长枪短炮对准目标，专业或业余拍摄者齐上阵，镜头前不约而同地挤着几颗脑袋，个个貌似实战演习的指挥官，面对虚拟的敌情，低声交谈，指点江山。

　　荷叶撑着绿伞，荷花有粉有白，相互映衬，超俗绝世。

　　年少时，离家不远处有条小河，河道拐个弯，形成了月牙形水湾，湾里的荷花长得疯狂，那是孩子们聚集的天堂。

　　春夏之交，河水涨了，水流又快又急，月牙湾平静安详，丰美的水草之下，成群结队的小鱼在做游泳练习，也有成年鲇鱼、鲫鱼、草鲩子出没。这时，谁肯放过钓鱼的机会呢？一条黑鱼在水下游动，举止高傲活像个国王。它咬了钩。也许它发现岸上有人，像是受骗而被激怒的样子，于是黑鱼浮上水面，跟你打个照面，又直不棱登潜下去，好像要沉到深渊里。一串气泡冒上来，岸上的你紧张得要命。黑鱼用力摆动尾巴，飞身跃起，在水面之上独自舞蹈。然后，它跌下去，粉碎的水面再次弥合，黑鱼不见了。你像平时一样，握住钓竿，放长线，任由黑鱼将渔竿带走。过了好半天，钓竿坠弯了，似要折断。坚硬沉重的手感，分明是钩着了石头，或者是莲藕。于是大声呼喊，救命，快来人，不好啦。

歇班的父亲闻声赶来，他不慌不忙，甚至一副乐呵呵满不在乎的模样。父亲接过渔竿，站成一棵树的姿势。水面上的涟漪从中心向外漫延，一圈套着一圈，近处的细密清晰，远端的分散轻浅。藏身水下的石头或者莲藕是渔竿长出的脚，渔竿在离水一尺的高度移动，怪异的脚却在水下兴风作浪。最终，鱼竿拖上岸，渔线末端是那条一直不松口的黑鱼。父亲用手指抠住鱼鳃，另一只手托起浑圆的鱼背掂掂分量说，差不多四五斤重。它灰绿色的脊背，腹部白里泛灰，胸前有黑色的斑纹，头扁嘴大，牙齿锋利，当地人习惯叫它"火头"。

秋天，河水潺湲，月牙湾里的莲花不再妩媚鲜艳，蜜蜂蜻蜓迷走他乡。哥哥穿一双过膝的雨靴，扛着铁锨，去河湾里采藕。我提着一只白铁桶，紧随其后。人们跳进水里，挥动铁锨，打着赤脚，在淤泥中忙碌。一旦挖出了莲藕，带着污泥抛向河岸。岸上提水桶的人，这时不顾一切地迎着莲藕飞行的轨迹，伸出手臂去接。

等了好一阵子，水桶还是空的。水洼里的小鱼自在地游动，火车拉着汽笛来了，咣当咣当又离开了。

起风了，胳膊上起了一层鸡皮疙瘩。如果哥哥采不到藕，也没关系，我们还抓鱼，最好抓到一条黑鱼。黑鱼肉多，刺少，一根独刺从头至尾，剔下来，吃起来不必担心会被刺卡着，煎、蒸、炸、炖，都好吃。

　　天黑了，一列火车打着一万支手电隆隆驶来，留下更加黑暗的夜晚走远了。哥哥没抓到黑鱼。但是，洗净的莲藕装满了水桶。家在身后，窗户透出灯光，母亲对着漆黑的夜空喊我们回家吃饭。哥哥将铁锹把横过来，穿入桶吊，两个人一前一后抬着桶往前走，没走几步被铁桶啃了脚后跟。哎哟。哥哥说，把水桶抬高，对，铁锹把放肩上直起腰走，怎么样？可以迈大步了！我在前，哥哥在后，他偷偷将桶吊往自己那头移，减轻了我的负重，雨靴走出了咕吱咕吱的响声，像一件特殊乐器击打着行进的节奏，虽不悦耳，但鼓舞了我们的斗志。我和哥哥步调一致地向前走，咚咚咚的足音，伴着平静缓慢而有趣欢愉的少年时光，飘到风里，粘结在浓稠的夜色中。

　　推开门扉，家，迎候每一个孩子归来。无论走多远走多久，家，等着你，等着我，一直等下去。

　　每当我站在风里，透过夜幕，就能看见年少的自己，回望往昔，就会真实地触摸到家的成色和质地。

　　当我低下头来，就会想起哥哥，感觉站在身边的人像一位英雄。

行走在冬天

银杏是从最高的树梢上开始变老的。

当树叶碧绿时,你不愿承认,极个别的树叶边缘已在悄悄变黄,接着,这不易察觉的一缕浅黄给绿叶镶上了金边。当所有的叶子都变黄时,时节下了一道命令,银杏叶不约而同从树的顶端向着大地一片接着一片坠落,稀疏的草地上一时间铺上耀眼的金黄。放眼望去,树冠秃了顶,低处的枝条上却仍然有茂盛的一圈,像一个谢了顶的男人,跟命运展开一场顽强斗争。当凋零的树叶纷纷扬扬将裸露的土地盖严,当你来到银杏树下,不会不想把自己看作一叶扁舟,抬起的脚当成扬起的风帆,轻轻踩下去,哦,树叶厚实松软,像踩在雪地里,一叶扁舟从金色海洋驶向季节的彼岸。

紫叶李、樱花、紫薇、榆叶梅,它们身上的叶子已经落光。碧桃上还有几片叶子绿着,却已干瘪,卷缩,树上早不见一只桃子。夏天的时候，碧桃浑身上下结了一嘟噜一串串桃子，孩子或大人走在树下，仰起头，额上冒着油汗，不断用好奇的眼神和惊喜的表情追逐着桃子，审视着桃子，馋着自己。现在它们悄无声息地退场，休眠了，隐居了，遁去了。不对，它们是去度假，去发呆，去梦游了。

喷泉旁的土坡上不管天气是冷是暖，紫色的小花开得热闹，花儿们专注地经营着自己的天地，将蜜蜂全部召集到这里，举行着模糊了季节和身份的高端会议。

月季活在自己的快乐里，风里雨里，或阴或晴，被欣赏或被冷落，照旧每月绽放一次，用花香和美丽打扮自己，也装扮别人的心情。月季因而自在自由，拥有自己的全部世界。

路面硬得硌脚，冬天就这样不动声色地走近你。气温忽高忽低，人们的着装为此变来变去，使人不知所措，一时弄不清温暖的使者藏身在哪里。今天气温升高了，冷硬的地面似乎多了几分柔韧，踩上去，像被一双手抚摩，舒服了不少。

湖边的芦苇里，喳喳喳叫个不停的是一群不知名字的鸟儿，它们借着太阳放射的光芒，站在结穗的苇梢上，热烈地争论着、商量着、谈笑着、吵闹着，不一会儿，呼啦啦扇起翅膀，飞向半空，绕上几圈，钻进对面的杨树林里。在稠密的树叶里翻飞蹦跳着鸟的影子，树林子欢腾起来了，而鸟儿们对继续待下去却表现得并不坚决。

前面行走的是位年轻人，高高的个子，宽肩，阔背，头发乌黑，他的衣着很青春：橘红鼠灰两色相间的宽横条长袖 T 恤上衣,白色翻领,下身是一条棕黄色西裤,用的是明线缝合,上下搭配色彩协调,款式时尚,在单调萧瑟的初冬,留下了一抹亮色。这身行头简洁得体,配上年轻帅气的外表,给人富有朝气非常明亮的感觉,不管他去求职,去聚会,还是去相亲,都能给他加分。

在冬天的户外行走,体验的并非全是寒意,还让人领悟到,每一棵树都有自己的想法,每一只鸟儿都有自己的方向。

在时间深处

我在美国西部约塞米蒂国家公园迷了路，多亏一位游客和他的伙伴们把我带了出来。当我在美国东部纽瓦克机场附近的中餐馆就餐时，又和这位游客不期而遇，我们攀谈起来。

不知怎么，他聊起了自己少年时代的一次有趣经历，年轻的他表情活泼，语调平和，他说——

那天下午我乘火车去舅舅家过暑假，车上人多得下不去脚，幸亏我有座儿。半夜我去小解，挤了半天挪不了窝，憋得我差点儿哭了。推开厕所门，后面的人一拥，砰地将我撞到门框上，前额立刻起了个大鼓包。来不及拉开裤子拉链，我的裤腿就湿了。像卸载了垃圾文件的电脑，我一下子觉得轻松了。

在车上晃荡了一夜，这时我的裤子已焐得半干，天蒙蒙亮时火车进入我舅舅舅妈的城市。下车的人很少，出站以后，我跳上一辆敞篷三轮摩托车，呼啸而去。我抓住栏杆站在车斗里，身子上下颠簸左摇右摆。路灯昏暗，楼房沉睡，树木一闪而过，各种招牌看得真切，广告灯箱闪烁，细雨如丝，我想象自己是一位君临天下的帝王，或者，是一名披坚执锐威震八方的骑士，目光灼灼，兴奋异常。

临行前父母交代：不要接受陌生人的食物饮料；遭遇坏人找乘警；别坐过站，随身带上一只小闹钟；还叫我把这些话记到小本子上。事实上，想象的危险并未发生，得意的神情像雨珠挂在我脸上。

这时我发现，自己下错了站。

等我折回火车站时，火车早已开走。望着铁轨延伸的远方，我得马上拿出个主意。

旅行的享受是因为火车代替人的双腿奔跑而不累，我要做的是反其道而行之，用双腿丈量火车的里程。我觉得这样旅行更有意思，更好玩。我驾驭着自己的"11"号专列踏在火车奔驰的路基上。

雨越下越大，我在雨中大声喊口令给自己听：一二一，一二三——四！一首接一首地唱歌——《我是一个粉刷匠》《剪羊毛》，甚至连唱带跳，像少先队联欢或参加主题班会。一列货车迎面而来，我跳下铁轨，立正，冲火车头上的司机敬礼；一位巡道工背着工具包从身边经过，我撵上去跟他做伴免得寂寞，他告诉我枕木的间隔是54厘米，道砟、道岔、道钉、拉杆都是干什么用的，他还把一张脸盆大的烙饼和一瓶装在矿泉水瓶里的白开水送给我，我没客气，抓起饼就吃，世上最高级的食物莫过于此。

十几个小时后,我的"11"号专列终于驶入舅舅舅妈居住的胡同口。我掏出小闹钟看时间:差十分下午五点钟。我叩响了舅舅舅妈家的大门。一只名叫吉米的小狗,用突兀的狂吠欢迎远客到访。我被让进房间落座后,舅舅向外张望着问道,你妈妈呢?你爸爸呢?第一次单飞我没弄丢自己,也没被坏人下迷魂药,我感到有趣,不可思议。历险结束,我觉得自己一下长大了几岁,有点儿了不起。

我被安顿在一张长沙发上休息,当我一觉睡醒,已是第三天中午,伸伸懒腰,打个哈欠,我已然恢复了体力。舅舅舅妈为我配全了游泳装备,那双脚蹼尤其可爱,潜水时可以冒充水母。舅舅水性不错,泳姿比较业余——"狗刨儿";舅妈充当警察,遭遇险情专门负责拨打120。姐姐套着游泳圈,老是重复一套动作:深吸气,一猛子扎入水中,身体仄仄歪歪漂起来,划动手臂,机械地数数,一下,两下,三下,到了第四下,四肢就会像章鱼从僵硬的身躯伸向四面八方,整个人立即失去平衡,她大呼小叫,一阵扑腾。

当我们钻进深山的树林里,奇迹发生了:奇迹一,舅舅用各种树叶惟妙惟肖地模仿着动物和飞禽的叫声,天籁一般,那是世上最美妙的声音;奇迹二,在猎人的木屋前我们看到了被捕获的猎物——一头体格庞大的野猪,当野猪腿被架在一堆点燃的劈柴上烤熟,香味弥散,你会把自己当作神仙供奉。是夜,猎人教我们搭起了吊床,我在阵阵林涛中入梦,梦见自己变成一只会说话的猴子。

当我踏上返程火车，舅舅陪我坐了一站地才跟我道别，我毫不掩饰地哭出了声，并且一直哭到自己满意才停下来。

舅舅置办的游泳装备我带回了家，每次游泳我用它们武装自己，它们陪伴我一天天长大，直到有一天身体再也装不进去，我才把它们收入那只用旧的书包，束之高阁。

此后，我再没见过舅舅一家，似乎那个遥远暑假经历的一切已湮没于时间的忘川。但正是那次远行如火种点燃了我对远方对未知的强烈渴望，我的人生目标逐渐明朗清晰，少年心中理想的星星之火指引着我照耀着我使我走出故乡，迈出国门，为祖国强大而发愤读书，为振兴中华时刻准备着。可能某一天长大的我站在舅舅舅妈面前也不会被认出，但那只旧书包还在，虽然隔着岁月的门槛，当年手拿小闹钟裤子有点儿湿的少年形象依稀可见……

他拿出一只小闹钟，方壳，蓝色，名片那么大，咔嗒一声，背面方形盖子打开，向下拉，露出安装电池的暗槽，嗒地向上推，盖子与表壳啮合得严丝合缝。从年少到如今，从中国到美利坚，这只小闹钟一直与他相伴相随，它的存在，既创造了时间，也创造了生活。而他在去国的数年里，遭遇过各种困难，意志得到千锤百炼，奋斗的脚步愈加坚定，也渐渐认识发现了时间与生活的意义。

一小时后我们握手告别，我搭乘航班回国。

出北京机场，坐大巴到北京西客站，乘动车，再换乘公交车回家，当我掏出硬币买票时，又遇到了他，原来他也属于我们的城市。

御风而行

接受自己的邀请和鼓动，顺利跑完马拉松全程42.195公里，此时我还有余力，举头南望，在东南方向，天空一派繁忙景象。

年前，尤其是腊月二十前后，城市上空的飞机多起来，多得像电线上列队的麻雀，怎么数都数不清。看不清机身和机翼，也听不见飞机隆隆的引擎轰鸣，但它身后留下了无法抹去的白烟，一道道划破蓝天，穿云破雾，令乘坐飞机的人，有的自在随意，有的胃里翻江倒海。

俯瞰城市，街道两旁的树木赤身裸体，十分难看，天井似的公园龟缩一隅，绿色，只在地图上显示。

飞机不是单兵出动，而是成建制，群发，三五架飞机齐头并进，或成纵队式航行，或像燕阵，一架在前，身后一众彼此呼应保持着完美队形，自东北出发，向东南赳赳而行。

此刻，草木复苏，万象更新，春天款款走来。

人们的衣着变得轻薄鲜艳；田畴里，星散着农人忙碌的身影。

如果我还在插队，这时节，我会拉着车和社员们一起往麦田里送肥。肥是农家肥，车是架子车，车装得冒尖，车辙又深又长。我身体紧绷似一张弓，脑袋几乎拱得挨着地，双脚交替蹬出一个个深坑，脖子抻直拉长，左拐右拧，曲折前行，一直拉到麦田地垄的最远端才收住脚步。这时气喘吁吁的我绕到车尾，将拦住车厢的栅栏拽开，转过身来，脸对车辕，握住车把，憋足一口气推动车轮让车子倒退，速度加快，快得车子似要飞起来。突然收住脚步，松开车把，猛地一送，车子直立，如一尊石像，站立于麦田中央。不等车子摇晃，上前用肩膀抵住车身，让满满一车粪肥借着速度和惯性滑到田里，堆成一座小山。簸去车上残留的粪肥，挥起铁锹将粪肥奋力撒向麦田，彼时的我跟糕点师往面点上撒白糖一样动作潇洒，麦苗们摇着细软的毛发，内心欢喜。据说小麦在地球上生活了一万年后，从北非或西亚引入中国，经过四千年栽培进化，不仅滋养了中国人饥饿的胃，也为它自己赢得了当之无愧的地位和口碑。面对小麦，人类应当自卑。

也有一种可能，此时我在浇地。身上捂着棉大衣，头上裹着线围巾，蒙住的脸仅有两只眼睛露出来。我在田垄间奔来跑去，改道，引水，灌溉小麦或一片白地，双手皲裂，无数口子流着血，嘴里哈着白气。饿了，地头秸秆上有遗失的玉米穗黄豆荚，翻地捡到了冻红薯，拢一堆火，既为烧烤食物填饱肚腹，也为取暖。渴了，浇地的水捧起来喝上几口。从天不亮下地，到艳阳高照，直至夕阳西下，薄雾笼罩，炊烟四起，我才收工回到自己的草房里。渺小的自己，仰望苍茫的夜空，低头面对沉寂的大地，产生顶天立地的豪情，也有一种悲凉无助的自虐自弃。

生命是与自己展开的一场马拉松赛跑，动力来自远方的吸引，也来自内心对梦想的渴望与冲动。

我在辽阔的原野上奔跑，飞机在万米高空为我领航。无人喝彩的长跑，并非个人运动的极限，更不会是你人生的绝境。在奔跑中，我看到了麦田、草地、农舍、丛林、溪流、牲畜、机井、村庄、群山、人们忙碌的身影，也看到了十八岁的自己。当我重返城市，我还是我自己，我也许是不一样的自己，但我终将还是原来的自己。

补梦

翻过土岗,爬至山顶,我依次看到了树木,花草,溪流,禽鸟。环顾四周,视野开阔,再往前,又见一座山。

杨树下,杂草生得恣意放肆,漫山遍野;杨树上的"毛毛虫",比狗尾巴草的花穗粗壮,比谷穗纤细。风起树摇,草地上一层"毛毛虫"在蠕动。"毛毛虫"分两种,一种棕褐色,体态雍容,它们的命运像剃刀下的头发,春风的利刃把枝头剪得一穗不落;另一种也是棕褐色,但它逐渐变为绿色,花穗细长,它们牢牢守住枝条,等待着,与后发的树芽一起长大。随着树叶变宽变厚,树冠如伞,"毛毛虫"变脸,从花穗里不断喷出酰乎乎的白色绒毛,一团一团,似雪似雾,漫天飞舞。生存的力量大于人类的想象,时间不停,变化孕育其中。

一条弯弯曲曲的石板路,从林间来,伸向林木深处。石板路拼出了不规则图形,鹅卵石出没于石缝。远看,近观,谁的杰作？

凉亭重檐起翘，大红柱子，近处一座石桥，白色，精致实用，桥下流水潺潺，恍如梦境。

溪流经过平缓的台地，水面变宽；隆起的巨石，激起雪浪；流水左冲右突汇聚成瀑，以义士赴死的气概，纵身一跃，跌进旋涡之中；经过一番腾挪翻滚，挣脱困境，整肃队形，奋力向下游奔去。穿泥沙，越峡谷，一往无前，义无反顾。

蛙声齐鸣，此起彼伏，大自然不仅是人类流连的风景，也是长久徘徊于人类心中泰然的伤感。

两只鸟儿，黑嘴黑爪，一前一后，它们朝着同一方向飞翔，经过松树，女贞树，悬铃木，低矮的忍冬，刺槐，擦着海棠树梢，减速，滑翔，停在一棵苦楝树的枝杈上，收住尾翼，使自身平衡。

阳光从乔木的高大身躯漏下，晃着人的眼睛。几片枯叶随着鸟鸣应声而落，虽不见鸟儿的身影，鸟一定在树上。一声鸟鸣有多大威力，这是鸟的秘密。第一只鸟鸣音悠长，加带颤音，第二只鸟跟着歌唱，一唱一和，歌声将时间切断，间隔几秒，远处传来回声，令人迷惑不解。

两只鸟对话，滔滔不绝；它们的对唱，琴瑟相合。据说，它们喜欢跟人打成一片，喜欢在树杈或屋檐下垒巢筑窝，生儿育女，享受天伦之乐；它们忠诚于爱情，从一而终。

它们的祖先在哪里，它们的孩子又在何方？

白玉兰？山里也有白玉兰？是的，白玉兰，千真万确。它站在通风透光处，引人注目。花似新生的袋鼠从灰绿色长绒毛里钻出，每一朵花都直立枝头，一枝一花，树皮平滑少裂，节短枝密，姿态优美挺拔。第一朵花发于树冠顶端，然后向周围向低矮处延展，花朵硕大，先花后叶，花开时犹如雪涛云海，美丽清香，万分妖娆。

从山里归来我总做梦，梦境不尽相同，醒来后我记不全梦中的情景，甚至怀疑此次山区之行的真实性。但我极力去想，希望将这个梦补圆。

神秘的阅读

以孩子的眼光来看,最初的"阅读",是从某个炎热的夏夜开始的。那时母亲摇着蒲扇驱赶蚊虫,引送清风,慢声细语地讲说着《农夫与蛇》《狼来了》《龟兔赛跑》《狐狸与葡萄》的故事。那些活泼的生命,似一个个看不见摸不着的精灵,悄悄地向坐在凳子上或躺在凉席上的孩子们靠拢。不管这些造访者本性是多么狡猾凶狠,有母亲陪在身旁,多么幼小的孩子也不会害怕。在母亲的描述中,可见其形,可闻其声,月亮透过树叶投下阴影,孩子们心里是莫名的兴奋和警觉。

那时的孩子还不认字,参与"阅读"的器官是耳朵,而不是眼睛,更不是嘴巴,母亲温软的嗓音是孩子最早阅读的"文字"。呼出来的微风贴着皮肤上的汗毛行走,伴随着母亲的声音,脑海里浮现出生动的画面,一面听一面想,孩子的心灵渐渐变得敏感。在那些惟妙惟肖的描述中,孩子不自觉地记住了一些名词,比如狼、狐狸、乌龟、兔子、蛇、葡萄，甚至更多。在好奇心的驱使下，孩子们逐渐将名词变得具象，在心里建立起庞大奇妙的王国，这个王国里，完好地保存着文字书写的魔幻世界。

母亲讲的故事很多来自《伊索寓言》。虽然，作者伊索已于公元前六世纪作古，但是，后来的人记载下来那些故事，再经过古希腊韵文编续，拉丁韵文补写，终于在两千多年前成就了《伊索寓言》。自那时到今天，《伊索寓言》所具有的巨大影响力无法估量。当孩子长大后，重读《伊索寓言》，会惊讶它文字的魅力不减当年。

那些拟人化的笔触，唤起了生命之间相互尊重、平等相待的意识，不论是飞禽走兽、人类或诸神、异国异族，所有的生命，都是自然的一分子，其身份都被确定为"他们"而不是"它们"。文字的精短和故事的巧妙让爱读书的大人孩子阅读起来都毫无障碍，兴趣浓厚。许多动物的习性本能，三言两语就能活灵活现于眼前。每个故事都蕴含寓意，所讲的道理是人生的哲理，而不是空洞的说教。当动物对人类开口说话，世界会变得丰富多彩，平等和谐。

阅读者无须顾虑，只按照自己的兴趣，各取所需，爱故事的就能被故事吸引，好思考的人就会通过阅读，挖掘文字背后的逻辑和智慧。这时，作者是谁已不重要，一本书只要读得高兴，且能常读常新，已经足够。《伊索寓言》不就是这样一本书吗？

历经沧桑与世事冷暖，还想重读《伊索寓言》，这也许正是此书的独特意义与价值吧，这也许就是文字的伟大与力量所在吧。

  浩瀚的文字世界如星空，每个孩子的阅读从母亲的温柔讲述开始，在夏夜的树荫下，犹如接受一道神谕的指引和启发，故事的神秘，世界的博大，将徐徐向你打开。

阳光穿透黑暗

——读《暗店街》

阅读上海文艺出版社出版的法国作家帕特里克·莫迪亚诺十几万字的小说《暗店街》,相较于马塞尔·普鲁斯特的鸿篇巨制,我以为花不了太多时间。如同一次旅行,不远的前方就是目的地,我自信而愉快地出发了。

《暗店街》是关于寻找的故事。小说的故事背景为二战,叙述者居依·罗朗在法国被德国占领期间丧失了记忆,为了探寻自己的真实身份,便以侦探的形式,展开一系列调查、寻访、回忆,其调查对象涉及俄国流亡者、无国籍难民、餐馆或酒吧老板、夜总会钢琴演奏员、美食专栏编辑、古城堡园丁、摄影师、赛马骑师等等。一张照片,报上的一则启事,一本旧杂志,一个难以确定拼法的姓氏或名字,一串电话号码,某个地址,一首曲子,一种气味,以及某个人的出生证明,包括最近五十年的各类社交人名录和电话号码簿,等等,这些琐碎驳杂的信息,"它们是逝去世界的唯一见证",与那个古怪的年代发生着千丝万缕的联系,也一点一滴地还原着居依·罗朗的过去。

在寻觅中,居依觉得一切都那样混乱无序,破碎不全,却因此突然唤醒了他的一段记忆,朦胧中他会想起一件事的某些细节,某些片断,而有时他也会怀疑,这是他自己的生活呢,还是自己潜入了另一个人的生活?

小说以第一人称展开叙述,以探案的方式推进故事,时断时续的线索,曲折多变的情节,层层深入,丝丝入扣,其内在逻辑性和缜密的结构显得尤为突出。阅读的兴趣被勾起,未知的结局笼罩在重重迷雾之中,它引得你欲罢不能。每一章内容看似独立,但又互为关联;每一章内容绝不超出你的阅读能力和耐心,最短的一章仅为一个地址。而作者的心机永远无法破解,因为说不定在某一章作者突然转换视角变第一人称为第三人称,使得文本具有了探索性,也使阅读者从故事中跳脱出来,重新回溯读过的章节,审视推敲其故事的客观性与真实感。

小说提出"海滩人"的寓意,试图探索人的存在与社会环境、与现实的关系。虽然"沙子只把我们的脚印保留几秒钟",但是,每个人都生活在别人的记忆中,记忆中断,人生就无法完整;记忆散失,意味着这个人的过去从此消逝。每当故事发展到谜底将要揭开,真相即将大白于天下之关键时刻,就会出现当事人死去,或当事人失踪的情况,如同居依的感觉一样,"每一次心存希望,每一次都大失所望"。当真相与谜底再次陷入空茫与空虚之中,意味着人生的虚无与无望。正如时间,又如何留得住呢？也像居依的探寻，虽说记忆被部分地片断地唤醒，又如何重返过去呢？这或许并非只是居依个人所受到的困扰，它何尝不是人类的共同困扰呢？这是为什么呢？"因为我们的生命不是和这种孩子的悲伤一样迅速地消逝在夜色中吗？"好在居依并不灰心，他深信青年时代的友人弗雷迪并未在海上消失，他必须做最后一次尝试，按照旧地址，到意大利的罗马暗店街2号去找寻，他深信终将找到弗雷迪。找到弗雷迪，就是找到了自己的过去，而在他看来，生活中重要的不是未来，而是过去。

评价莫迪亚诺的小说，诸如文笔纯正、完美、锋利、自制，语言简明流畅、优美稳健、诙谐幽默、富有寓意，这是一种观点；诸如，"莫迪亚诺的策略是静静地靠近具有神秘和恐怖气质的主题，就像小心翼翼地用手指指出一瓶盛着毒药的瓶子……他给阳光照耀的现在打开了通向过去的黑暗之门"，这是作者的用意；诸如，"可以说，莫迪亚诺就是当代的马塞尔·普鲁斯特"，这是一种肯定。所有评价，都可归为对莫迪亚诺获得二〇一四年诺贝尔文学奖的赞美，对于我，真正读透他的《暗店街》这部看似不长的作品，并给出恰如其分的评价和分析，并不容易。未知的风景远在天边，又仿佛近在眼前，我的旅行还在继续。

树下听风

西方的圣诞节快到了，朔风，岁暮，残雪，严寒，时间在加大油门的驰骋里，又将辞旧迎新了。

一根根细如手指的白色磨砂玻璃棒悬在慢车道两旁的树杈上，随风飘摇，长不足半尺，乍一看酷似树上结的荚果。当它被点亮时，不是从头到脚同时都亮，而是像河水流向干涸的河床，自上而下渐次明亮，先亮的先灭，明灭交替，又像快放镜头里的鲜花绽放一样，神奇，令人惊异。

柔和的橘色灯光具有温暖的格调。灯光保持几秒钟就变色，蓝色，橘色，紫色，深绿，黄色，苹果绿，几种颜色的光亮先后有序自动变幻，如流星雨掠过夜空，路过的人，脸上闪烁着梦幻的表情。

我停下来拍照，变换角度，频频按动快门，不觉穿越了灯火长廊。

在十字路口，回眸眺望，城市仿佛换了一副模样，灯光迷离，人影幢幢，夜色朦胧，在镜头里，在焦距未调好的状态下，具象的事物发生变形，熟悉的街道，高大的建筑物，越发虚无缥缈。正是这种似是而非半真半假的感觉，使得拍出的画面具有夸张和荒诞的意味。

有一年圣诞节，一群中国孩子受邀在酒店与一众老外联欢，器乐演奏、跳舞、唱歌、举杯相贺，气氛活跃场面热闹。其中一位少年清唱了《国际歌》，赢得了阵阵掌声。每个参与联欢的人都有一份小小的礼物，巧克力、玩具、手工艺品等等。我得到了一只形象逼真造型可爱的毛绒玩具——小棕熊，想象将它摆到电脑桌上的情景，让我欢喜。但最终，我还是将小棕熊慷慨地送给了唱《国际歌》的少年。他高兴得发疯，频频致谢，亲吻小熊，跟我聊天。我们谈起了《国际歌》，少年如同背书一样说道，《国际歌》诞生于一八七一年的法国，由欧仁·鲍狄埃作词，歌曲讴歌了巴黎公社战士崇高的共产主义理想和敢于向资本主义宣战的勇气，在世界范围内流传极广。

这么多年过去，那个难忘的圣诞之夜，那个专注唱歌开心聊天的少年，时而浮现于眼前。记得少年的小名就叫"小棕熊"。难怪，当时他接过毛茸茸的玩具熊，抱在怀里亲个不停。为什么不叫小白熊、北极熊、小黑熊呢？可爱的小棕熊。

长大似乎是少年必须完成的功课，小棕熊长大以后什么样子？

有意思的是，当我在法国南部城市尼斯逗留时，忽然想起了这位名叫小棕熊的少年。他曾说过长大要当神父。他还说过，将来要当音乐家。

我到法国尼斯来，是想寻访小说里的地点：尼斯是私人侦探于特退休养老的城市，于特是法国作家莫迪亚诺小说《暗店街》里失去记忆的主人公居依·罗朗的恩人。人的命运与现实以及社会环境究竟会构成怎样一种关系？在尼斯，如果能一一印证小说里的细节，对于我是莫大的收获，因为作品里的地名街道咖啡馆教堂，在现实中都历历可数，真实可见。

在尼斯，我不会因为贪睡，因为旅行疲劳，辜负这里的明媚阳光，照常早起到户外跑步，吐故纳新。

我沿着盎格鲁大道奔跑，路的一边是蔚蓝色大海，另一边建筑物的阳台上装饰着各式各样美丽的鲜花，地中海温暖湿润的空气扑面而来。如果可能，我会主动跟相遇的每一位陌生人打招呼，或与度假的老外并肩跑一段路，虽然，我一句法语也不会说。

离开法国前，我和小棕熊终于取得了联系。对了，我忘了说，小棕熊目前正在法国留学。电话里他嗓音浑厚，情绪激动，谈吐礼貌客气，他所在的大学位于法国东北部，与德国毗邻，他学的是音乐教育。原来爱唱歌的少年，对音乐始终保持着热爱和兴趣。我又想起了《国际歌》，对于小棕熊来说，到法国留学无疑是正确的选择。

我的法国之旅圆满结束，不留遗憾。

世上所有美好的相遇都发生在时间的温暖地带，只要上天赐予你机缘，这一天就是心中的节日。圣诞节也好，春节也罢，节日除了它本源的含义，更多的现代人过节是为了相聚。在节日里唯愿放逐身心，重温往事，温暖彼此。

团圆

放了寒假，离旧历年愈加切近。母亲率领孩子们在大街小巷疾行，在一个街口，拐进一扇绿漆大门。像往年一样，母亲从"墨绿制服"手中接过汇款单，埋头于齐胸高的水泥柜台上，用蘸水笔依次填写姓名地址金额；像往年一样，年幼的弟弟被母亲抱上柜台，大手握小手笨拙地写上几句问候语；像往年一样，钱给亲人寄走后，春节的序幕才算正式开启。

首要的是备年货。炉子上坐着的一口铁锅里盛满沸水，凭票供应的猪头猪蹄鸡鸭鱼，被父亲摆上了砧板。宰杀，清洗，父亲安排得有条不紊。炉条伸进炉膛里烧得通红，猪头猪蹄等待着享受优厚的"剃头"待遇。若是听见刺刺的响声，你别怕；要是闻到又臭又香的怪味，你甭躲。年年岁岁，这是父亲不能省去的节日程序。

磨刀霍霍，手指在刀刃上冒险游走。一只公鸡的厄运即刻降临：两只翅膀人字交叉，鸡脑袋被扳仰向后，鸡反抗、嘶叫、挣扎，愤怒不已。父亲绷着脸，噌噌拔掉鸡脖子之下一层软毛，横刀在白不刺拉疙里疙瘩的粗皮肤上拉开一道口子；伤口冲下，对准一只大碗，鲜血带出气泡咕嘟咕嘟流进碗里；几分钟后，血流尽，父亲松手，鸡躺在地上，奄奄一息，原地打转不肯认输；又过一会儿，腿一蹬，气绝身亡。把鸡按进盆里，一边浇开水，一边倒提鸡腿，贴着盆边转圈，使羽毛完全被水浸湿，父亲呼呼吹着热气，飞快拔掉羽毛，扯去爪子上粗硬的老皮，撸掉硬喙。

母亲在厨房里忙碌，其用心在于将小麦粉或肉类，改头换面制成各种花样，馋得你五迷三道，嗓子眼里伸出手来。煎炸蒸炖煮煨；炼了板油的油渣与粉条萝卜干儿拌馅儿包包子；蒸糖三角，还是红糖的；做花生粘——花生是从老家寄来的；炸糍粑——听听这字眼就让人流口水；炒梧桐籽——从树上采摘下来梧桐籽，作料腌渍，文火炒熟，香味奇特；用肚儿大口小的砂锅卤鸡鸭鹅；大铁锅里炖猪头肉炖猪蹄；炸丸子炸馓子炸鱼。美食对孩子们简直是一种痛快淋漓的折磨。

重要的是参与。哥哥在和煤，将密县煤（无烟煤）与黄土按三比一搅匀，加水，和面一样使黏性湿度韧劲适中，抱成一团，再用脸盆一趟一趟端到厨房，垛进煤池，拍实，足够正月十六前所用，才算大功告成。

趁着晴天姐姐手不识闲拆洗家里所有的被褥。不用说，先在木盆里浸泡，抹了肥皂以后在搓衣板上反复揉搓，过脏之处必用手去搓，用开水烫，再用清水漂净，最后，扯起绳子晾晒到空地上。一缕阳光洒在井台上,歌声飘向远方:哎,是谁帮咱们翻了身呃……搓吧搓吧搓吧搓吧,嘿,嘿!日暮时分,晒干的被里被面拽直抻展,折叠压平,重新铺到床上,絮上棉花套子,用长针、粗棉线,先缝上被子四周,再竖着绗上三行,一床旧棉被,拆洗之后散发着肥皂和阳光的混合香味,焕然一新。

小妹擦完门窗桌椅,又往墙上贴奖状;弟弟一边照顾分娩不久的猫妈妈,一边挥舞着长把笤帚打扫房间,弄得狼烟四起。小妹跳上桌子,打量贴满墙的奖状,审视彩色画报——草原英雄小姐妹,样板戏里的杨子荣,突然唱道:一颗红星头上戴,革命红旗挂两边,红旗指处乌云散,解放区人民斗倒地主把身翻……唱得有板有眼,有滋有味,一不留神掉下桌子,又哭又喊。

腊月二十七吧,父亲或母亲带孩子们到公共浴池,每人花一毛钱去洗澡。澡堂的棉门帘打着补丁,迎门影壁竖写着伟人的草书:风雨送春归,飞雪迎春到。背面是一面大镜子。将衣服锁进只有书本大的小柜里,趿拉着木底拖鞋,呱嗒呱嗒进了套间,跳进热气腾腾的巨大水池子中,孩子大人在雾里大声说话,谁都听不清对方说了什么。一个小时或者更久之后,站在镜子前的人面颊通红脖子干净,手指甲缝里耳朵后面一尘不染,头发乌亮,劈了头缝的头皮乌青,阵阵雪花膏的香味简直能撞歪人的鼻子。

春节,从时间深处缓慢而又急切地走来。

丰盛的年夜饭深藏着孩子们的期待,守夜的人们娱乐自己,强打精神。子夜到来之前,孩子们已然沉入甜美的梦乡,母亲安静地坐在灯下为孩子们缝制新衣,赶做着新鞋。

天亮前，母亲将新衣新鞋摆在孩子们枕畔，糖果炒货装进果盘，剪子刀叉收齐藏好，垃圾打包清理出门，油灯添满灯罩擦亮，喂饱产妇猫咪，打个哈欠，此时，早起或守岁的人们已燃放起鞭炮。

年来了，孩子们已然长大成人，梦中的父母如复活了一般站在面前，生动逼真。

第二辑

橙·火烧云

旅途悠长

读书是一生方能完成的旅行，是个人化体验之一种，却也与他人发生着意想不到的关联和故事。

当年插队时，雨天躲在生产队给盖的草房里，用树枝瓦片往土坯墙上抄写《共产党宣言》，加标点符号，加拼音，边抄边诵读。毕竟没有其他书可浏览，只把抄书养成了习惯。

下地干活儿，队长借中间歇晌儿给大伙儿讲故事：包公、宋江、诸葛亮、杨六郎……讲得绘声绘色，听众只当逗乐解闷。有一年春，朋友新买一本《百年孤独》，送我先读。读完两页之后，我决定抄下来。用方格稿纸、英雄钢笔、鸵鸟墨水，将《百年孤独》抄写一遍后，十一本稿纸几乎用完。

夜静更深，寓所灯火通明，拳头大的心脏试图盛下整个世界，"沙沙"之声是作者在自语。在文字的王国，灵魂自由流浪，生命的激情在自由的文字里充分释放，进而感染读者，一再被激赏。陌生而迷人的表达，启迪思想，治愈沉疴。字里行间，浸透作者的喜怒哀乐，所思所想。事实上，作者在此书写作之前，已然陷入极度怀疑与苦恼之中，觉得自己写了很多年仍在原地打转。他将如何找到既有说服力、又有诗意的写作方式呢？谁能做出回答呢？或许，压根儿没有答案。然而这本书出版之后，作者获得了诺贝尔文学奖。

在我的书架上，这本书纸张已变黄发脆，书里夹着长短不等宽窄不同的纸条，铅笔、钢笔的勾画与笔记在书页里随处可见，密密麻麻，那是一段忘我的阅读经历，书页上留下了阅读时震撼心灵引起共鸣的标记。我先后收藏了三种版本的《百年孤独》，在我眼里它们不分伯仲，我们彼此日夜相守，如同守护心灵和性命。我的那个手抄版，未能留在我身边，它陪朋友到了另一个世界，一场车祸使我们天人两隔。在我看不见天堂的夜晚或凌晨，朋友在黑暗中与我共勉。

后来我得到一本译著《德语课》，三十多万字，爱不释手。抄写一遍后，意犹未尽，用电脑又打一遍，装订成册，像看老照片，又似找到失散多年的亲人，从此不离不弃。小说描写德国北部的一座村庄，那里的海与墓地，鸥鸟与风，那个被罚写作文的男孩儿以及他那位当乡村警察的父亲，还有性格鲜明的画家。故事中的人物成为我放不下的牵挂，若能成为他们中的一个，就能目睹他们的抗争。

读书是我们与世界沟通的一条捷径；读书，可以缩短人与人之间的距离；读书，是一个人的跋涉，在书中可以领略独特风景，亦可探索灵魂的复杂和情感的真谛。

山上冷暖

今年冬天的寒冷来得急切而猛烈，一场接一场雪后，枯树低枝，残叶碎地，阴湿里驱赶不散的是阵阵苦寒。今日，雪霁天蓝，人们纷纷来到户外，在背风处，在房屋前，晒太阳聊天，一扫阴郁沉闷的心情。

玲玲是在山里长大的女孩儿，手里拄的拐棍是一庹长的树枝，试探着积雪深浅，一脚高一脚低地往村外走，嘴里的哈气和喘息，打破了大山的沉寂。

山脚下的阔叶树被寒风吹得瘦了一圈，所剩不多的叶子像下错了染料，混合出红、黄、紫、褐、绿诸色，在枝头招摇，为山里的雪景添一抹斑斓。

在山花烂漫的春天，我与玲玲相识。我们走在山坡上，两旁的沟壑小溪田埂尽收眼底，树木花草正在疯长，牛们沉稳庄重地走向田间，母鸡红着脸高呼"咯嗒，咯嗒，咯咯嗒"，所有的生命粉墨登场，鸟儿落在树杈上婉转生动地歌唱，大有将天空染成粉红的愿景。

忍冬，固守在贫瘠、少土、缺水的半山坡上，秉持它一贯豁达坚韧的个性，将墨绿的叶子化作泥土，张扬在枝头的果实，如珍珠般晶莹圆润。

爬过一道山梁，拐过一道直弯，绕过一片松林，登上又一座山。这时一条碎石路横亘眼前，三四米宽，平坦，坡度较缓，在路的尽头，一幢房子坐落在山头上。玲玲胳膊一挥，朝前一努下颔说，到了，我的养鸡场。

身后雪地上留下的足印，深得像大山身上扯开的一道道伤口。

养鸡场修建在山上，山不算高，山顶较为平坦，面积有三个足球场大。一万只雏鸡驻扎在这里，这儿用电、液化气、自来水、无线网络十分方便，下山也不难，玲玲会驾驶摩托车到乡镇赶集，去县城逛街、看电影。

在广东打工赚了一些钱，玲玲萌生了回家乡创业的打算。想归想，真要实打实地去做，又感到茫无头绪，无从下手。凡事只有亲自做了，才知道能不能做好；成功的机会等不来，好日子是自己打拼出来的。她先开个粉房做粉条试试水，不久失败了，赔了三万元本钱；接着卖服装，坚持了几个月，赔了；然后她开一间家常餐馆——人不能在一棵树上吊死。开了半年，入不敷出，关门大吉。几次失败，促使她反思自己，盲目仓促上阵，不仅生意做不长，也挫伤了她创业的锐气。她冷静下来，决定寻找发掘有市场需求，自己有能力做好，而且有产品优势的项目，仔细研究，小规模试验，市场成熟后，再逐步扩大规模，只有这样才能做得长远。什么生意具备这些条件和优势呢？怕自己打退堂鼓，她劝自己：在哪里跌倒就在哪里爬起来，只有往前奔，日子才能越过越好。她想办养鸡场，选址很关键。家乡是山区，山上空气洁净，氧气充足，林木繁茂，四周安静，得天独厚的自然环境，降低了家禽患病风险，这可能是养鸡最大的优势。如果在山上建一座养鸡场，她吃住在那里，从鸡苗到出栏要三个月，一年可养三到四茬鸡，四季都能为城市居民的餐桌提供绿色健康安全的食材，前景应当十分被看好。

想好了就干。

她先养三百只雏鸡做试验，为规模化养鸡积累经验。从三百只到五百只，一千只，两千只，三千只，五千只，两万只，逐步扩大养殖规模，并且与山外的鸡苗商、饲料商以及超市采购商建立合作机制，实现产销一条龙，以质取胜，风险共担。天冷，雏鸡们在供暖的二楼三楼，吃吃喝喝，睡觉唱歌，一楼的鸡粪定时清理，苗圃种植基地定期派专车来收购。天气暖和时，鸡们款步下楼，有的在庭院里昂首阔步，有的滚在沙坑里梳洗打扮，有的到菜地里觅食虫子，有的钻进麦田里闲逛，有的凑成一堆，进行斗鸡比赛。

玲玲的创业之路几起几落，而她的爱情之旅甜蜜幸福，她成了家，有了儿子。她的丈夫在山下承包了二百亩农田，一年打下的麦子，够一村人吃半辈子。她与丈夫最大的梦想是把儿子抚养成人，念书，考大学，戴方形帽，拍了相片挂在自家新盖楼房的最抢眼处。

每当我去超市看到冰柜里拆分的鸡翅鸡腿鸡胸脯，或在家里加工食材时，不由得会想，或许这都来自玲玲的那座山吧。当我从新闻节目里看到一家快餐公司的炸鸡原料曝出质量问题时，我断然表示，玲玲的养鸡场不会干这种伤天害理的事。

日落前，我下了山。融化的积雪再次结冰，路边的枝蔓不时拦住去路，在干枯的枝叶间我看见了星星点点的花蕾：蜡梅！虽是严冬，蜡梅却正在怒放；匆匆的行色里，寒风越来越强，我的心里不仅不冷，反而有一团团火苗在跳动，在燃烧。

生 日

小时候过生日简单，父母给煮个鸡蛋或者吃碗面条，就觉得特幸福特知足。往往生日到了却给忘掉的时候居多，等想起来时，唯有遗憾。有一次例外，父亲出差买了黄、绿、紫三种颜色的玻璃丝带回来，说是送我的生日礼物，我以为自己听错了。父亲还借来一只茶杯套，让我照样子也编一只。我拿起杯套，翻过来调过去琢磨了一天，看不出门道，急得想哭。掰扯到第三天，好像有了点眉目。它不像织毛衣，一根线四根针呈螺旋状从头织到尾，而是从起头时以杯口直径大小确定经线数目，编织时纬线与所有经线交织，搭配三种颜色，编出蜜蜂花形，至杯底正中央收尾。最终我编成了一只图案漂亮色彩艳丽的茶杯套，且把它送给了父亲。那一时期，父亲乘坐火车走南闯北地出差，最开心的事莫过于掏出身穿彩色外套的玻璃杯，回答旅客提出的各种疑问：这杯套哪儿买的？多少钱？图案设计得真好看……父亲回家后，将自己的奇遇一再讲给大家听。

杨绛先生八十七岁那年，丈夫钱锺书离世，前一年唯一的女儿去世，今年她一百零五岁，这些年的每个生日，她是怎么度过的？细心的读者会发现，每年她生日时在报刊上都能读到她的文章，谈家庭、婚姻、教育、文学、翻译、自由、人生、信仰。今年春节后，配合出版社历时十七年完成的《钱锺书手稿集》全部七十二册出版，她将这个漫长的历程称为打扫战场，洗净污秽回家。今年，在生日到来之前，她剥去"隐身衣"，飘然离去，与家人团圆。正所谓"死者如生，生者无愧"。

听说英国女王伊丽莎白二世每年也过生日，今年她九十岁，什么礼物是她的最爱呢？香车，宝马，宠物，自驾游？一个十九岁开军用卡车参加二战的机械师，骑着纯血宝马检阅皇家卫队，养了几百只鸽子——盖起了宽敞鸽舍，将十八岁生日父母送她的礼物威尔士柯基犬繁衍了三十多只，超级爱摄影，拿着照相机走哪儿拍哪儿，不论单反还是卡片机都玩得很溜的风一样的女子，曾经的文艺女青年，什么她没见识过，还有什么能令她动心？

在我即将升任母亲一职的那天，我认真地问过丈夫，希望生个男孩儿还是女孩儿。我忘了当时他是怎么回答我的，但我牢记的是，当我将孩子平安带到这个世界、从手术室被推出来后，他趴我耳边说了一句悄悄话，也算送给初生孩子的见面礼："你生个洋白菜我也爱。"我觉得这话说得经典。

"洋白菜"一天天长大，去年生日，导师请"洋白菜"吃了一碗长寿面，导师还请了自己带的另外两位博士生。面条虽不是父母动手做的那种手擀面,卤子也不是"洋白菜"爱吃的西红柿炒鸡蛋,但导师是从华人餐馆特意定制的蒜面条、石香菜。十岁的"洋白菜"去看望舅舅时,吃过一次:将蒜与石香菜一起捣碎,加醋、盐和芝麻油,与煮好过了凉开水的面条一拌,那味道爽口滑利,异香清凉,好吃开胃,至今难忘。导师是德裔美国人,"洋白菜"甚为感慨,觉得这个生日过得如此温馨,虽在普林斯顿大学却像回家了一样。

伊丽莎白二世女王最心仪的生日礼物可能不是别的,而是照张相,身旁有王室四十一任继承人查尔斯王子、四十二任继承人威廉王子、四十三任继承人两岁多的乔治小王子簇拥陪伴。在女王心中,还有什么比健康延续的生命更伟大、更有意义的礼物呢?

"洋白菜"今年的生日将至,我翻拍了几张他少年时代的照片发过去,照片上,他正给两株花盆里的植物插小红旗,一面红旗奖励那棵长得高的,因为它长得快;一面红旗颁给矮的那棵,因为它个头小,却很卖力。

如画

夜里下雨，对面屋顶上镜子一般的积水反着亮光。

城市尚未苏醒，喜欢早起的人从马路上倏地跑过，轻快的足音撩动着凝滞的空气。天气闷热，雨未下透，会不会酝酿着又一场降雨？

身处异邦的小晚发来微信：昨夜风急雨骤，洪水如瀑布从厨房、卫生间、卧室破窗而入，漂浮物随处可见，情急之中大声呼救，却听不见自己的声音。醒来是一场梦，外面果真下着雨，虽是夏季，感觉像立秋一样。

巧得很，昨晚我也做了相同的梦。如果不是白纸黑字记在纸上，连我自己也怀疑它的真实性。枕畔，纸笔俱在，黑暗中写下的文字虽乱，我自己尚能看懂。

于是思绪走得更远：那年暑假，大雨连降三天三夜，门前成了河，一群孩子纷纷飞出家门，将漂浮水面的旧枕木、折断的树枝打捞集中，用铁丝捆绑加固，制成简易的木筏。大雨滂沱，孩子们有的打着赤脚，有的脚蹬半高筒雨靴——靴子里的水咕咕咕像鸽子叫，有的浑身淋得精湿，有的裹着宽松肥大的旧雨衣，戴一顶破草帽。大伙儿争先恐后地往木筏上爬，上不去的人从家里搬来木盆，坐进去，用竹竿、木棍当船桨，笑着、叫着、闹着，奋力向前划……年少的小晚当起了"船长"，混迹于孩子中间的成年人完全忘了自己是家长……

小晚一向忙，通常早餐尚能按时，午餐或带饭或叫外卖，晚餐以热饮一杯加零食安抚空瘪的胃，在实验室一直忙到凌晨。

我知晓，这种生活是小晚的自觉选择，并且习惯成自然；客观上是工作需要，专业性质使然。但我仍会不断提醒小晚，注意身体，按时吃饭。

日有所思夜有所梦，但有时并非如此。不禁猜测小晚的梦是何故：气温骤降，衣着单薄，着凉了；实验遇到棘手的问题，连轴转，致使人过度疲劳；或者相反，课题将要杀青，最好的放松，是飞到某地度假。人一旦挣脱了紧绷的情绪，就会发出悲喜交织的感叹：天凉好个秋！

我还知晓，小晚不久前大病一场，高烧不退，迁延月余。我真恨不得那时能生出翅膀，立即飞到小晚身旁。事实上，小晚生病之时，家人并不知情，发一番马后炮式的感慨，于事无补。尽管如此，家人还是会祈祝小晚：早日康复，平安无事。同时心中抱怨：为什么到万里之外求学深造？千千万万的年轻人在国内受教育搞科研与出国留学有什么不一样吗？

太阳穿过云层向上爬升,忽明忽暗的影子投向街道,经过一夜雨水的冲刷,人行便道上的彩色地砖干净鲜艳,微风擦着耳朵一掠而过。

临街小小的店铺依旧保持着小晚熟悉的模样,每天早早开门,音响里广而告之的是自家经营的特色小吃:蒸制糕点啦,马齿苋包子啦,米酒皮蛋粥啦,糯米烧卖啦。店主站在门外,不停招徕着匆匆来去的食客。

昨夜的风雨带走了阳台栅栏内太阳花盆里的吸水石,我绕到楼前,找寻半天,一颗未觅到。无花果落了一地,弯腰捡起两枚。抬头望见枝头挂满果实,颜色有深红的、发白的、黄色的、青绿的,格外醒目。攀住枝条,挑个头大颜色鲜艳的一颗,摘下来即能入口。

前天邻居手捧红色果实上楼,当时并未辨认出它们的长相,今日恍然,原来是无花果呀。当年买来两棵无花果幼苗,粗如钢笔杆,栽种时小晚才上小学。如今无花果果实累累,小晚却无法看到。

我为无花果拍照,给小晚发微信,还有附言,仅有一个字:画。

香气

一缕香气勾起回忆,寻找来历的执念拖住身体,一时之间,我忘记了为什么路过此地。

记得那是一个节日,那一定是个重要节日,母亲手托一只红得晃眼的苹果放至砧板,手握刀柄一横一竖地切了两刀,苹果一分四瓣,果肉与金属的摩擦声充盈于耳,清香之气汹涌而至。孩子们经不起这种香味儿的诱惑,眼睛闪闪发亮。

母亲托起一只月牙瓣,送到年幼的小弟手上,接着也给小妹送到手心里,然后用下颏示意我和哥哥动手去取。我们先稳稳神,看一眼母亲,腼腆得不行,然后两个人不约而同地伸出手去——母亲的眼神在鼓励——每个人对着离自己最近的那一份下手,拇指食指捏住尖角,怕烫着一般。

母亲微笑着说,吃,吃呀。于是,兄妹四人矜持地用门牙切下薄薄一层,嘴闭严,舌尖挑着果肉抵至上腭,含着,让唾液与果肉融合，润化，不一会儿，嗓子眼儿，唇齿间，空气中，都是又香又甜的气息。当清脆或沙面的果肉滑入食道，一阵细微的声响从身体里发出，那是苹果庄严的蜕变。

一对母子去散步，儿子身材结实高大，母亲又瘦又矮。高大的儿子规规矩矩穿一身制服，天天在公园里"执勤"——守在进出公园的出入口，严肃地训话，其实他身边空无一人。

母亲站在不远处，自顾自活动腿脚，这里拍拍，那里揉揉，弯腰伸臂踢腿，或比画着太极拳里的"云手"什么的，满头银发梳得一丝不乱，腰不佝偻，后背笔直。她手里提着一个布包，里面盛着食物：一块小甜点，一个烧饼，或一袋酸奶。当儿子从"执勤"的岗位下班，母亲迎上去，先掰一块食物喂到儿子嘴里。儿子歪着脑袋，吃得很香，嚼得很响。有时，儿子对着路过的陌生人突然喊道：抱抱！抱抱！母亲左右打量，布满皱纹的脸上会心地展露出安然慈祥的微笑，张开双臂搂住儿子，儿子依恋地贴在母亲怀里，喃喃絮语。母亲拍着儿子的后背像哄婴儿睡觉一般，一下，一下，并对着儿子轻声地哼唱，孩子，乖，妈妈在，咱们一道回家来。

望着这样一对母子，仿佛嗅到了岁月深处的一缕香气，它醇厚如酒，朴实甘美。它来自生命的起点，来自母亲默默无言宽广无私的爱。

苏州往事

有一年国庆节我在苏州度过。那是一次单独行动，好像事先目的并不明确，一千一百公里行程，只想检验一下自己的行动力和参与生活的热情。我骑一辆自行车从石家庄出发，一路向东，到济南后折向南，途经徐州，到南京再向东，走走停停，十天后我到了苏州。

一份旅游指南带我来到观前街，低矮的建筑轮廓线，黑、白、灰的建筑色彩，与古老的玄妙观的建筑风格和谐统一。这条步行街长不到八百米，集商场、影院、书店、美食于一身。我来这里想品尝一款特色小吃，《红楼梦》第十一回曾写到的枣泥山药糕，据说是创于一八二一年的黄天源糕团店的特产之一。可惜，我来得太早，店门紧闭，未能如愿。

留园的茶室两层楼，楼下是鱼化石珍藏，楼上雅座有空调，一壶清茶，静心而坐，用心体验园林的妙趣，体味私享园林的妙处。喝茶的人南腔北调,都听不懂对方口音。

自行车与我形影不离。在一个路口等绿灯,便道上一个孩子摔了一跤,大人抱起孩子后,孩子软塌塌的,没了知觉。有人顺手指了指说,快点,去医院。有个路人跑过来,连大人带孩子一起抱起来放到我自行车后座上,催促道,快!快!快!我愣了一下,赶紧扶正车把,踩上车蹬滑行,一条腿猛地迈过车梁,弓起腰奋力向前骑行。跟在身后的人边跑边说,向右,哎哟,靠过来嘛。

到医院后,医生三下五除二,就将孩子嘴里含的果冻弄了出来,额上摔得青了一块,擦点药水,观察一小时后,就让都回家了。

我骑车去了开发区,中午在一家餐馆就餐,饭菜一般,但桌布干净,一只花瓶里插着两朵鲜花,一紫一蓝,花朵小得绝不会比指甲盖大,却令人感觉是如此体贴、周到。我心生一念:不如留下来,在这里当一名服务员,体验一下这里的生活。

我到楼上餐厅找到了领班,她同意我先试工半天。

半天试工结束,我得到了服务员的职位,待遇是免费吃住,工资每月两千五,一切都比我预想得要简单。虽然我并不打算长期居住,但我不想辜负领班对我的信任和诚意。

说是服务员,但我也干了其他工种。比如,清晨天不亮跟车去进货,中午人手紧张,临时派我在楼上楼下的餐厅做卫生,擦桌椅,收餐具,擦地,打扫厕所——男厕所、女厕所、员工厕所。比如派我去后厨打下手,择菜、洗姜、剥蒜,还比如,他们新增的炸鸡腿炸薯条，让我操刀。油炸食物在快餐店、超市都有销售，它对时间和温度的要求极严，国内餐饮业不少使用了进口自动化设备。由于我在快餐店里有过资深经历，所以操作起来游刃有余，由我炸制的产品不仅卖相好，而且口感外酥里嫩，深得顾客尤其是儿童的青睐。再比如，陪同出纳把营业款存到银行去，这是最轻闲也是最重要的活儿。但是，有一天下午三点半去银行，就遇到了麻烦。在一个小巷子里，有人尾随上来，我朝出纳大喊，八十五号见。两个人朝两个方向跑。不想那人朝我追来，前面就是菜市场，我钻进了人堆里。事后出纳问我，八十五号是什么地方，为什么去八十五号？我说只是害怕，随口那么一说，想分散对方的注意力，在气势上压倒对方。追来的人，捡了出纳丢的手套来归还，并不是要抢钱。只怪我们心虚，因为包里装着钱，看谁都像贼。

我跟领班成了朋友。当我骑车踏上返程，领班前来送行。我一再向她道歉，不该隐瞒实情，没能履行合同。

领班说，我知道你不会久留，送孩子去医院，当时我也在场，所以，我答应你当服务员，不为别的，就为你当时的表现。

又到国庆节了，我收到一封从苏州寄来的信，领班写的。通信手段多了，但我们还会经常通信，她的信令我重新回到几年前。那辆自行车本来在儿子上大学后一直闲在那儿，普通的二六斜梁坤车，骑上去咯噔噔地乱响，修好后，我骑上它向东向南走，走了许多城市和乡村。现在这辆车已旧得不能再骑，早已被收废品的运走，不知所终。

游子吟

秋日，重访当年下乡的村子。沿着许南公路走到一个路口向左拐，直行，进入村子后，是笔直的水泥路，继续向西，途中过几个丁字路口，就该看见那条路了，那是当年我下乡插队第一次进村走过的泥泞道路。是哪条路呢？跳下车察看地形，将记忆与眼前的村子比对，面目全非。

近乡情更怯。村子像棋盘一样，房屋排列得井然有序，水泥路横平竖直。我们向路旁几位闲聊的老人问路，打听生产队，打听人，竟有人认出我们当中的一位，脱口叫出了名字。这一声呼唤如同我们刚从外星球归来，四十多年时光一闪而过，这感觉实在是微妙，又令人无限悲伤。

先找到了电工家，他家的菜园子占去院落的五分之三，白菜尖椒，露珠盈盈，碧绿一片，好像列队向我们致意，令人欣喜。当年男知青饿了馋了，就去电工家，嫂子给擀杂面条吃。嫂子做事麻利，快人快语，谈笑间，已为每人端上一大海碗汤——当地人称吃面条为喝汤，那是至尊至爱的人间美味。如今嫂子的孩子都已结婚成家，自立门户，住的都是四合院，房屋结实明亮，院落干净宽敞。

云撤雨霁，碧意连天，霞光映日，走在村子里，看什么都新鲜、陌生、亲切，游子归来的感觉油然而生。在村外的池塘边，又见铁篱寨，也叫铁梨花，或曰枳。"橘生淮南则为橘，生于淮北则为枳。""槲叶落山路，枳花明驿墙。"这些文字所描写的都是一种植物，对，铁篱寨。它生长在沟渠旁或水塘边，文人笔下的铁篱寨是这般模样：叶舒文章之美，枝摇灿烂之容。几十年来铁篱寨依旧站在原地，一心一意等我们早日归来。长满棘刺的枝条上春开白花秋天挂果，蜜橘一样精致小巧的橙色或深绿色果实酸不可食，但泡水喝去火，治病毒性感冒特有效。铁篱寨与我们，知根知底，相互关照。像当年一样，我们互相拉着衣襟，将手臂伸长，踮起脚，攀摘枝头上橙黄的果实，嗅一嗅，有一股独特清爽的气息。

当年水渠环绕的一片菜地，种了青萝卜、韭菜啦，小葱、西红柿啦，知青们对这片菜地情有独钟，觊觎已久。如果想有所斩获，必须发扬一不怕摔二不怕抓的精神，方能得手。不费周章，说干就干。水渠不宽，也不是太深，看好了没人，知青们闪亮登场，退后几步助跑，腾空一跃，人飞起来，落地后，水渠退至身后，人已在菜地啦。眼睛轮上一圈后，先瞄准一根粗壮萝卜，用脚把土踩松，顺手拔出萝卜，拧掉缨子，往膝盖上一磕两节，咔吃咔吃，啃甘蔗一样吃得明目张胆。只是当年那条水渠已不复存在，原址上修建了一条水泥路。

村南边有座土山，据说是一九五八年被外国专家遗弃、垫高的铁路路基，现如今已夷为平地。有一年冬天，下着大雪，大队团支书带领全村青年从路基上取土，义务为村里修筑一条青年路，因为塌方团支书被砸死。团支书是独生子，清秀寡言，踏实肯干，是很多女孩子可望而不可即的偶像，他若活着，当是儿孙满堂、双鬓染霜的老人了。

路基下边是大片农田，第一次下地刨红薯就在这里，现在撂荒了，举目四望，几乎看不到红薯地。由于连阴雨，小麦无法按节令及时播种。

已届九十岁的队长，是我所在生产队的最高首长，家住村口，患感冒发烧正蒙着被子躺在床上瑟瑟发抖。我们的手紧紧相握，他一遍又一遍地喊着我的名字，眼角挂着两滴浊泪。他反复告诫我，善始善终，从知青奋斗到今天不容易，一定不能犯错儿。下乡当晚我和同伴被安排住进一所空房子里，半夜睡不着觉，抱着被褥叩开队长家的大门，理由是老鼠乱跑乱叫、屋子里太黑。队长二话不说，安顿我们跟他大女儿挤在一张床上睡，第二天，在十几口人的大家庭的饭锅里我们混了一顿早饭。队长问我，记得这事吗？当然，哪敢忘记。不曾忘记。

村口的大钟有个缺口，挂在一棵老槐树的枝杈上，上工时当当一敲，震耳欲聋，穿云裂石。老槐树像一位父亲，为那口铁钟遮风挡雨，更像是值得依靠的臂膀。五月里槐树喷出一树芬芳，到了冬天，冰天雪地，槐树昂首挺立。树旁的水塘，可以洗衣、濯足，终年不枯。如今，它们随时光一同老去，消失得无影无踪。逐个询问房东大娘、会计、保管、妇女队长的情况，他们住得离队长家不远，但是再也无法相见，他们相继去了另一个世界。当年的离开，既有决绝的意味，亦有逃离的色彩，而回村的脚步从那时已然迈开，却走了四十多年。

辞别村子，发现手里多了一包野生干苋菜，无污染，纯天然，还有四枚饱满扁圆的铁篱寨。

蓦然回首

火车在铁轨上狂奔,以排山倒海之势,穿越高山大川、城市乡村,途经无数大站小站,隆隆的轰鸣响彻云霄。一节闷罐车夹在一列火车中间,在小站停下来。车站值班员跳上火车挥动小旗,哨子吹得尖厉,将闷罐车从几十节车厢里择出来,甩到站台上,然后,放走那一列长长的火车。

跟随父母来到四等小站的孩子们,迫不及待地从闷罐车里钻出来。站上闻讯而来的大人孩子,跳上闷罐车帮忙卸车,七手八脚将家具从站台上搬进公房里。孩子们对搬家永远怀着热爱、快乐、新鲜的情感,借着搬家,从闷罐车上不停地爬上爬下是一种乐趣,面对一头沉的书桌、生着煤火带提梁的炉子、镶嵌家人相片的玻璃镜框,心中升起一种莫名的满足感和喜悦之情。

放麦假秋假时,小站的孩子们被解放军叔叔组织起来,排练《沙家浜》里《智斗》一场戏。身穿"四个兜"的军官叔叔一五一十讲解排练要求，指导表演动作，让"阿庆嫂"不光背台词、清唱，更要演得像真的一样。许多年过去，"阿庆嫂"的扮相和唱腔似已淡出了记忆，然而，牢不可破地记得女卫生员那场戏，在一张桌子前，小演员假装整理纱布药品，竟将伤员小王的台词也给包圆儿了——

女卫生员：小王，来换药。

小王：换药？我不换。

"四个兜"一再纠正小演员要沉着，别抢戏，小演员声称明白，红着脸，重复着原来的口误。

小站的女孩儿都爱美，扎小辫儿的功夫堪称一绝，头发一会儿向上扎起髽鬏，向后辫成小辫，一会儿辫在两边，编成四股，一会儿盘在头顶，花样繁多，绝不重复。总之你就算跟得上她们的节奏，也猜不透她们那些奇思妙想来自何方。

小站的大人忙于工作，孩子们有自己的天地：女孩儿们学织毛线，自制竹针，竹竿截断破开，碎碗碴刮细，砂布磨光，炉子上燎秃针尖，先织平针、上下针、元宝针、阿尔巴尼亚针，再织花样，柳叶花、菠萝花、凤尾花；设计领口，鸡心领、圆领，锁狗牙边。不光织毛线，还练习写字，在教室黑板上写粉笔字，在写字木背面、在毛笔字缝隙里练习钢笔字。最有挑战的是，孩子们在树上玩捉迷藏，也叫摸树猴。站台上有一棵大树，高入云天，亭亭如盖，孩子们站在树杈上躲在浓密的树叶下，等待着蒙住双眼的伙伴去捉拿。这样的游戏最具诱惑力，所以孩子们沉迷其中，乐此不疲。

每当供应车来到小站,消息不胫而走,那是大人孩子们的狂欢节。你可以打五分钱的酱油或醋,花一毛钱买一个火车牌面包,五颜六色豌豆粒大的糖豆儿捧一手心儿只需一分钱。漂亮的发卡、塑料底凉鞋、精巧的卷笔刀、糕点、花布、煤球、水桶、米面粮油,供应车是移动的百货店,是行走的超级市场。供应车不仅给远离城镇地处偏远的小站送来了生活物资,也送来了希望和欢笑。

站台下面有一家烟厂,孩子们放学以后都到那里装烟丝,赚取微薄报酬。烟丝是切好的,细如发丝,用喷雾器往烟丝上喷洒酒精、香精,用手调匀,装进纸袋里,粘牢,装箱。纸袋比信封略短,稍宽,用糨糊封口,拍平,每袋一两重,整箱四十六袋,验收后每箱可得几分钱工钱,攒在一起交学费。

多年以后,小站的孩子长大成人天各一方,当他们行将退休,又纷纷回到小站,追忆少年时光,期待与人生最初的伙伴邂逅,以确认自己原初的身份和生命的来路。童年,凤儿与梅相识;少年,梅和我共同生活在小站;中学时代,我与凤儿相邻而居。三个人,拼出了各自的青少年时代。

重逢,将零星、片断、错位的往昔复原;回忆,将社会变迁、生活演进、各自当年的样子完整客观地再现。而这一切,拜岁月所赐,拜时代所赐,拜生活所赐。

火烧云

山梁驮着一枚巨大的火球,光芒四射,倏地坠落山下,将燃烧的热情挥霍一空。

背阴的山坡上,一只蜜蜂,头颅坚硬外突,屁股朝上,细脚伶仃地匍匐在蚕豆的蝶形花冠上,双翅振动犹在歌唱。它用歌声调兵遣将,更多的蜜蜂前来品尝花蜜的甜,跳起欢快的舞蹈。蜜蜂的翅膀如一面面小旗,沐浴着晚霞猎猎飘扬。

坐一夜火车,转乘汽车,再徒步走两个多小时,涉过沙河,穿过竹林,绕过水库,蓦地眼前出现一座村落。从村头到村尾,折向北走二十米,但见两扇朱漆大门与绵延的山峦相对,门内一座宽敞的院落便是舅舅家。

开门见山,用来形容舅舅家最是恰当。

即使舅舅家院门紧闭,踮起脚,越过院墙,放眼望去,空气透明,高低错落的田塍、连绵起伏的山脉,一清二楚,绝无尘烟障目。天朗气清，一根火柴棍儿大的人儿赶着犄角向外怒张的老牯牛在山上走，从视线此端缓慢移至彼端，很久很久。乡下的时光历来沉静如水，经得起端详。

如果敞开大门，门外的一片空地俨然是舅舅眼里的广场。广场北边堆着蒙古包似的两座柴火垛，一座是劈柴，一座是绒草。草引火，柴烧锅。每年秋天，舅舅要翻几座山到远处去打柴，一周左右归，那时，肩上的柴捆，沉重壮大如两座山，舅舅的步子与扁担颤悠悠的节奏正好合拍。广场南端一口水井，石阶上长满青苔，井与主人相对无言，互相陪伴。一只头戴猩红冠子脚穿金黄靴子身披宝石蓝羽毛的大公鸡，歪着头用一只眼睛打量客人，十几只芦花鸡散漫地在稻田里觅食。田畴袒露胸膛，涵养地力，为丰年敬献芳华。一条小河贴着广场边缘欢畅流淌，河水从何而来，流向何方，始终是公鸡母鸡们不解的谜。夕阳斜照，在暮霭笼罩的天光里火烧云肆意泼墨，山上瑰丽壮阔，山下安详静谧。

明天要下雨吗？有道是早看东南，晚看西北，我便担心地发问。

舅舅用方言说，没事，不会下雨。

"外公外婆请开门，我是你家一口人儿。"一首古老的童谣犹在耳边回响，蹒跚的童年在深远的时光背景上若隐若现，迤逦而来。站在广场上举目南望，山上林木葱茏，隐约可见外公的身影。外婆呢，更愿意选择山下的沙土地安身。舅舅的孝，是参透外公外婆的心思，让两位老人在另一个世界互不打扰各自清净。

晚饭，因我的远道而来，舅舅摆酒、宴客。

院儿里的枇杷树、红豆杉已经蹿过屋檐，一片蓊郁。工具棚里的电动三轮车、摩托车、手扶拖拉机，在暮色中闪烁着冰冷的金属之光。公鸡母鸡唱着牧歌，从墙根下隐蔽的专用通道款步回到自己的卧榻，藏獒多多静卧在牛屋前的旧磨盘旁，神情漠然。第一次开车送它来，多多尚未满月，再来时，它害羞地低着头，满腹心事。每一次辞别，它都会追着汽车狂奔，以为跑得快就能一起离开，不必独自飘零。据说藏獒能活二十岁，现在它九岁，齿龄相当于人类的六十三岁。动物与人都活在既定的时间长度之内，令人顿感生命悲伤。抚摸多多的后背，它用鼻子蹭我的腿，我望它，它望我，不禁泫然泪下。

舅舅的房屋修葺一新，彩钢瓦房顶，粉墙，装了天花板，卧室铺了木制地板，窗下的高低柜上一套音响，一台平板电视据说可收看省内外几十个频道的节目。

我在灶前烧火，舅妈掌勺煮饭炒菜，月光满地，树影临窗，风中的树叶飒飒作响，饭菜的香味飘进院子。舅舅喊了一嗓子，吃饭！我和舅妈拿条毛巾互相掸去身上头上的柴灰，到院儿里去洗手。山村如梦，灯光映着或长或短的身影，客人们到齐了，舅舅为每只酒盅筛上酒，多多突然瓮声瓮气地吼叫起来……

祝福

新年的钟声即将敲响,每当此时,澎湃的心情欣喜又惶恐。面对一年的收获,会有一丝不尽如人意的失落,在按部就班的生活中,又会平添飞扬的梦想。时间给予人们信心,一切又将重新开始。

去年的此刻,我给自己制定了目标,每周读一本书,全年不折不扣将五十二本书读完。对于读书毫无计划、随心所欲的人而言,这种想法显然有些不切实际。正因为如此,我必须坚持自己。先列出长长的书单,原则是按照自己的眼光和兴趣选书,摒除流行、畅销、榜单等因素。其实,是想给自己一些压力,在规定的时间内,看看自己能够做到什么程度,挑战一下长期失控的自制力。每一本被选中的书,它或在我书橱里沉睡,或需购买或要去图书馆借阅,或者只能在线阅读,但它必须是一个确定的存在,方能使计划不至于落空。

外国文学作品所占比重较大，因为自己偏爱。对翻译作品我所抱持的态度是一贯的，即同一部作品的多种译本收得越全越好，每个版本都要读，只有将译著读全，才能进行优劣对比，发现异同，便于理解原著。书单里的作者或作品，是一串光辉而神圣的字眼，散发着恒久魅力。《圣经》《红与黑》《金银岛》《一千零一夜》《奥德赛》《小王子》《田鼠阿佛》《理想国》《堂吉诃德》《华氏451度》，以及《聊斋志异》；欧洲的君特·格拉斯、何塞·萨拉马戈，南非作家纳丁·戈迪默、阿索尔·福加德，北非作家纳吉布·马哈福兹、塔哈尔·本·杰伦，日本的大江健三郎，印度的安妮塔·德赛，北美洲的苏珊·桑塔格、菲利普·罗斯、威廉·斯泰伦，拉丁美洲的加西亚·马尔克斯、聂丽达·皮农和马里奥·巴尔加斯·略萨。

在现实的狭小空间内，将心打开，不同国度不同民族不同时代不同观念不同习俗的人们，纷至沓来，人生与梦想，历史与运命，欢愉与苦痛，无不以汉字的形式真实残酷地呈现在眼前。有趣的是，在文本中可以发现，马尔克斯独特经典的叙事手段"多年以后，……将……"对莫言的深刻影响，而在马尔克斯的作品中，毋庸讳言，胡安·鲁尔福的言说方式被马尔克斯"原封不动"地继承了下来；细读铁凝的作品，那个将戒指抛向空中进而挂在树上的细节，在莎士比亚的戏剧作品中也有意外而相同的表达。生活丰富多彩，宇宙旷远绵邈，人类渺如沧海一粟，阅读着来自遥远国度久远年代的人们隐藏在心灵深处的秘密，审视着不同民族的精神密码，什么才叫享受，什么才叫幸福，在书中我一一领教。人类的繁衍与生存，有时似一只风雨飘摇的小船，对于一只盲目的船来说，所有方向的风都是逆风。对于风而言，人类不过是它经历的一种事物而已。

　　一年之中，我读完了计划中的每本书，内心经历的风景风暴风情难以尽述，两本读书笔记，一百零五篇读后感，是阅读带来的直接收获。看不见的收获还有很多，对世界的看法，人类自身的局限与突破，时间与存在，通过阅读才能获得新的认知。读书与不读截然不同，读一本好书对人生至关重要。当我回想这一切时，过去就发生在今天；在我憧憬未来的时刻，二〇一八年也就存在于今日之内了吧。时间的谜团就是它本身。为此，祝福每一本好书被读者所深爱，祝福每一个热爱读书的人在知识、文化、传统的浸润中，在现实的困扰中，多一些人文精神和理想主义色彩。

我与『叔叔』

曾经我与叔叔一家过从甚密，因了同在一座城市，遗憾的是后来中断了联系。今年四月的一天邂逅叔叔的妻子，互留微信，我们的交往得以延续。

初来这座城市，叔叔与妻子四十来岁，花朵似的两个女儿十几岁，一家人住在一幢旧楼里，家中充满欢声笑语。我跟叔叔的女儿们住在一起，冬天暖气不好，窗户上蒙了塑料布，长长的烟囱从炉子到屋顶，折个直弯，伸到窗外的寒风里，犹如炉子加长的手臂。晚上穿毛衣钻进被窝，搂着对方的脚互相取暖。中午各自在单位吃食堂，晚上回到家里，叔叔的妻子炒醋熘白菜、酸辣土豆丝，耳濡目染，这两道菜我不仅爱吃，也能炒出地道的口味。

星期天全家出动，去部队靶场打靶，凭近视眼没戴眼镜，我也三发命中，七、八、九环的成绩还算说得过去。出出进进的军人仪容整肃，目不斜视，两人成列，三人成行。去露天游泳池游泳，我貌似勇敢，水的浮力终不能将沉重的肉身托至水面，喝了不少水，洋相出尽。

后来我结婚搬走，在婚宴上，叔叔与妻子鼓励我喝两杯，我勉力为之，回到新房，吐了一地。叔叔与妻子是我在这个城市里的靠山，是我的主心骨，是我的"娘家人"。求学，工作，成家，生子，比如置办一套液化气罐（难度之大，与凭票买辆凤凰自行车差不多），给儿子找治哮喘的偏方，搜寻考职称的习题，只要与我有关，他们就不遗余力、全力以赴。

上一次去看望叔叔，是那年春节后的晚上。小区很大，转了半个多小时才找到门牌号。迎面的墙壁被叔叔的一张放大相片占满，英俊年轻，眼窝深陷，鼻梁挺直，如同真人站在面前，相当震撼。那时叔叔的公司在报纸上整版做广告，生活中的叔叔穿西服打领带，洒脱豪爽。

那次拜访定格于十年前。十年后，叔叔回迁高层住宅，鸟枪换炮，房间之多，面积之大，恍若宫殿。七十七岁虽不能跟六十七岁相比，而我只希望叔叔像过去一样健康。叔叔的大女儿依旧住在"相片墙"的那幢楼里，小女儿早已移民加拿大。外孙女、外孙儿都上大一，一个在国内，一个在加拿大多伦多大学读书，二〇一〇年小女儿回国探亲，叔叔率领全家去上海参观世博会。

从叔叔的"宫殿"回来，辗转反侧，夜不能寐。人生能有几个十年？

就在那年春节寻访"相片墙"之后、夏季来临之前，一场大病使叔叔再也不能正常行走，从此只能坐在轮椅上。当时，我在干什么？十年之内，我都做了什么？

我发微信："十年前叔叔病倒我全然不知，阿姨一定承受了难以想象的精神和心理压力。我没有出力，也没有送上一句安慰的话，我感到十分自责和愧疚。我能有今天，每一步都离不开你们的无私帮助，包括对我儿子的成长不吝关注，热情鼓励，我无以回报，但我爱你们，我是家里的一员……今后加强联系，需要时我会随叫随到。"

他们对我的无情无义毫不计较："你的话让我们热泪盈眶，不知者不罪。你的成就，是自己努力奋斗的结果，孩子成才是你们培养教育有方，希望你们带来更大惊喜。从认识你的那一天起，我们就把你当成家中的一员了……"

叔叔一家与我非亲非故，因为写了几篇文章便拿我当"人才"，便扶持、呵护、帮助我。其实，是他们的大爱大善滋养了我的心灵，这份恩德，给我的写作以无穷动力，每每想起，情不能已，岂能忘记？不曾忘记，不敢忘记。

冬日，那缕阳光

清晨，推门出去，哦，下雪了！

今年雪来得迟，雪后几日便是农历冬至。天空瓦蓝，云锦风利，雾霾遁形，整座城市振作得令人心悸。

大街小巷的树木尚未落去绿色或黄色的叶子，斑斓的色彩把今冬第一场雪映衬得分外洁白妖娆。三两个上学的孩子在雪地里嬉戏，不时摇落树上的积雪，撒得头发脖子里都是。一棵棵高大茁壮的悬铃木，枝叶之间，忽然少了麻雀叙谈，四周显得寂寥、清静。此刻，城市的道路、房屋、树木连同空气，在风中与晶莹如玉的雪花轻轻相拥，好像诉说着久别重逢的甜言蜜语。

冬至这天，家里人寻思着亲手包饺子，只要工夫来得及，足可以把新鲜的饺子带给同事品尝。那时候，我将成为神秘的圆心，快乐地向众人释放着"吃"的信号。提前要求大家闭上眼睛，当我打开餐盒，释放出香味后，请大家平心静气地猜……这很像江南人品尝一盏新茶，又像日本人打开一坛清酒，似乎每个人的心中都装满了可圈可点的诗情画意。正当同事们摸不着门道时，我让大家睁眼，瞬间亮出了馨香四溢的新鲜水饺，在人们的惊呼声中，捏起一只，又捏起一只，一一送进同事们惊喜的嘴巴里。

想想看，究竟什么馅儿能香到每个人的骨子里？不客气地说，很少有人猜对。其实，谜底是槐花。想不到吧，冬天也有槐花。

按照农历节气，每逢冬至，黄河以北的人们都惦记吃饺子。至于那些南方人也有自己的美食，饺子换成了汤圆，象征着圆圆满满。今年格外有趣，天不亮就爬起来，和面、剁馅、擀皮与包捏，煮后凉白开过水。提前将冷冻的槐花取出冰箱来解冻，谁能猜出来，冬天的槐花也能变成厨房里的绝佳美味。

这种烹饪方法称得起享誉冬天、笑傲初雪的一大"创意"。这种"创意"的出人意料，使同事们欢笑、享受，也恰恰是他们，成全了滋味独特、唇齿留香的饺子。虽说槐花不在冬天开，但是，阵阵芳香，使得今年的冬至挽住了春意，充满了浪漫情调。

小时候，不止一次吃过槐花，每一朵奶白色槐花的采摘都很经心，却不是用来包饺子的。采来的新鲜槐花择好、洗净、沥干，裹上面粉在锅里蒸熟，然后浇上油盐酱醋调制的蒜汁，拌匀。那时，闻到一股清雅、洁润的别致味道，立刻就馋起来了。当菜又当饭，每次狂吞两碗都嫌不够。

嫂子告诉我，槐花包饺子好吃，尤其是在冬天，它独特的清香和柔韧的质地才能品得出来。她将深山里正值盛花期采摘的槐花，精心冻到冰箱里，再叫女儿坐一夜火车，专程送给我。

长嫂为母。父母不在了，嫂子是家里的精神支柱，是弟弟妹妹最亲近、最信任、最依赖的人。不管路途远近，东西贵贱，只要她家里有，且知道我也喜欢，就会备下一份，或是邮寄，或是派人或是她自己亲自送来。除了槐花，还会送来芝麻油、花生米、自家炸的馓子、亲手晒的干菜，甚至时鲜水果……

这些东西我在市场上不难买到，但即便吃过、穿过或者用过，经了嫂子那双手，就会带来不一样的感觉，使我心里涌出莫名的感动。它们似乎带着嫂子的气息和体温，也带着母性的慈爱，家的温暖，深沉醇厚的亲情。

今年的气温似乎比往年高，人们在冬季的边缘徘徊不前，而初雪犹如轻盈、缥缈的云，转眼消逝得无影无踪。冬至之后，雪还会来，正如古人所描绘的"风吹雪片似花落""飞入梅花都不见"。华北冰天雪地，总可以在季节深处寄托一份思念、一片温暖，恰如那一缕裹挟春意、直抵人心的冬日阳光。

腊八饭

在风瑟瑟雪霏霏的严冬，忽然有客来访，把酒言欢，莫逆于心，乘兴而来，兴尽即返，这真是人生一大乐事。

有一年友人来此地出差，恰逢腊八节，邀至家中，以腊八饭款待。搬出双层不锈钢蒸锅，预先泡上五谷杂粮如糯米、紫米、小米、赤小豆、鸡头米、薏仁米，以及干果如莲子、银杏仁、桂圆、栗子、松子、葡萄干、红枣等。在碗中抹油一层，以免粘碗。将葡萄干、桂圆肉在碗底铺上一圈，接着放入松子、莲子，然后放进糯米、赤小豆等，一碗一碗填平，上笼去蒸。蒸制时间不妨长，好使碗里的东西充分松软膨胀，凝为一体。

友人声称进厨房帮忙，我劝其先入书房。窗前洒下一片温煦阳光，一盆亭亭玉立的水仙碧如翡翠，姿态婀娜，六瓣素雅娟丽之花朵，仿佛少女朱唇轻启贝齿微露莞尔而笑。书案上摊开一本书，书柜里的书籍无不被阵阵袭人的芬芳浸染，为斗室平添几分诗意和春色。

腊肉切丁半寸见方，配上泡发的干笋，慢火煨。

清蒸鲟鱼。从水鲜市场挑选活蹦乱跳身长八寸之活鱼，现杀现做，吃起来鲜美至极。

蒜蓉凤尾虾。

蓝莓山药。

炒三菌。

腊八饭上桌的时候，将碗里的东西翻扣在一只平盘里，浇上冰糖汁，撒上青红丝，好看，诱人食欲。这是甜口之一种，还有咸味的，将捣碎的蒜瓣加入生抽香醋麻油搅匀，浇汁后，别有风味，吃起来更加爽口。

吃腊八饭，每人一份小碗小匙，颗颗果实，粒粒五谷杂粮，都保持着完整的形态，入口软糯，熟烂，黏糊，醇香。

相聚甚欢，虽不是金樽玉盘，虽不是珍馐美馔，然性情投合，不觉之中放下一切客套，杯起杯落，斟满必饮，直至进入飞觞醉月的境界。友人借着酒力吟诵诗句："腊日常年暖尚遥，今年腊日冻全消。侵凌雪色还萱草，漏泄春光有柳条。""日暮苍山远，天寒白屋贫。柴门闻犬吠，风雪夜归人。"

其实，平常人家吃腊八饭都愿意删繁就简，只重形式上的纪念，意思到了就行。只需将泡过的米、豆、果放入高压锅，几分钟后便可煮烂。桌上摆小菜几碟，一撮花生米疏疏落落撒在盘子中，一块豆腐乳在盘子中央孤立，白水煮鸡蛋放在盘子当中晃来晃去。一家人吸溜呼噜一吃，浑身热乎乎的，该上班的上班，该上学的上学，所谓的腊八节也就稀松平常地过去了。

　　出差、求学、工作在外的人们，在腊八节到来时，不一定都能赶回来与家人团聚，甚至会遗忘了这样的习俗。但只要你记得，发条微信，打个电话，给对方提个醒，那一刻浪迹天涯的人无论多忙多苦，也会在心中留出一块位置，找个安静的地方坐下来，细细品读你的关心，咀嚼品咂腊八饭这种平民食物的千滋百味。

春节盛宴

过年的习俗，对于中国人，似一场盛宴，穿新衣、包压岁钱、贴春联、剪窗花、贴年画、蒸年糕、吃饺子，便是其中一道道精心烹制的菜肴，沿袭数千年。

对襟衫

大年初一，飞出家门的孩子们衣着光鲜，衣兜里装满了压岁钱、瓜子、糖果、花生。男孩儿们撒着欢地放花炮，身着中式对襟衫、兜里的玻璃糖纸窸窸窣窣乱响的女孩儿们，捂着耳朵观看鞭炮飞向空中炸响，天女散花抖落一地红纸屑。

一件中式对襟衫，裁剪时呈 T 形。前后两片衣襟由一幅布料对折而成，此为 T 字的一竖；而那一横为左右两只衣袖，挖出领口和袖窝，缝制之后，缀上盘扣，才叫完美。盘扣是传统中式服装使用的一种纽扣，衣扣由布制，手工盘绕而成。盘扣各式各样，琵琶形、蝴蝶形、蓓蕾形、缠丝盘扣、镂花盘扣，模仿动植物或几何图形，对称或不对称，它们对服装之美起到了画龙点睛的作用。母亲买来一块布头，蓝底粉色小花，素雅干净，省布票又省钱，拼拼凑凑，盘扣的布条接了几段，领子也贴了一截，一针一线，熬夜为女儿做了一件新衣。

一件对襟衫，缀上盘扣，且是独出心裁的式样，虽然衣料一般，仍旧熠熠生辉，光彩夺目。

女儿噘着嘴说，不要，不穿。

母亲不解，一再追问。

弄脏了呢？女儿反问。

剪头发

理发，是年前的一件大事。日落之前，母亲磨快了剪刀，湿着头发坐在一只矮凳上让女儿为她剪发。先在纸上画出式样，又向身后的女儿讲说剪出簸箕状发型的具体步骤。母亲的头发粗壮稠密，枕后的头发尤其茂盛，必须竖起剪刀先从里面打薄，再沿着后脖颈向左向右整体勾勒出雏形，然后进行修剪。女儿不时踮起脚来完成这项工程。母亲鼓励女儿，别怕，大胆，心细。女儿死死握住剪刀柄，眼睛死盯着锋利闪光的剪刀刃，剪刀咬住头发，向前缓慢移动，剪断的头发掉落在母亲肩膀上、脖颈里，顺着衣服滑到地上。女儿歪着脑袋打量，发现并没有剪出来理想的弧线，鼻尖上冒出一层汗珠儿。

母亲对着镜子左右照，前后瞧，自己拿过剪刀，将额前的头发稍作修剪，笑着对女儿说，行，挺好。

这时母亲发现右耳垂上挂着一点红，捏捏，是血珠儿。母亲回头对女儿说，剪刀也像人一样，馋了，想吃肉。

鱼

从初一到初五，免不了大鱼大肉，但一条烹好的保持着完整外形的鱼还在盘子里沉睡，没人动过筷子。忽然，孩子们不约而同要向那只盘子发动进攻，这时父亲端来一只大盘子，装满了炸鱼块，金黄酥脆，一人一块捏在手里吃，香喷喷，油汪汪，孩子们个个鼓腹欢腾，颇为尽兴，一派豪迈作风。

鱼，年年有余，图的是大吉大利。

过年须在家乡才有年的味道，每一次的欢聚都有新意、有情趣，令人萦怀。然而过了十五，却不得不跟亲人告别，踏上一段新的旅程⋯⋯

万物生

雨后天晴，迎春花开了，如一束束一丛丛熊熊燃烧的火焰，闪烁在原野在公园在路旁在田舍，将阴沉沉灰突突的天空照亮。

衰草醒来，树木起舞，鸟儿鸣啭。

一对小姐妹坐在矮凳上，精心描画着心中的春天。姐姐手执铅笔勾画底稿，妹妹用彩笔在黑白线条上着色。不一会儿，画作完成。姐妹俩一人捏着画纸一角，忽闪着又黑又亮的眼睛，歪着头欣赏。她们看到了什么？粉红色的小屋，低矮的竹篱，多彩的野花，亮晶晶的小溪，飞来的雁阵，画面生动，显示了儿童率真的天性。大自然对人类的启迪和滋养，胜过书本的教化，孩子们的想象力被自然所催化和激发。

一，二，三，四，五，六，一群中学生走出图书城，一人一只滑板，以火箭升空的速度穿越人潮，街道，楼群。一只脚稳稳地站在窄窄的滑板上，另一只脚起起落落，触地、助推自己加速，接着，双脚呈一字前后站立，人与滑板合而为一，在平坦的道路上驶出一艘快艇的风姿，一会儿蛇行，一会儿直航，轻快无痕地滑向无限远方。他们的书包里装着精心挑选的新书，有《欧洲艺术史》《明朝那些事》《罪与罚》《狼图腾》《理想国》《战后风景》《命运的内核》《知堂回想录》《伊索寓言》等等。偶尔一马当先的那位同学会减速，等待落在后面的伙伴追上来，聚拢后他们欢快地议论几句，轻笑几声，然后，比赛着继续向前冲刺。一本本新书芬芳了年轻人心灵的花园，使如饥似渴的灵魂找到健康丰富的精神皈依。

很多人在广场上放风筝，其中有一位奶奶级人物，腰不弯背不驼，满面皱纹，一头银发。只见她一手执线桄子，一手将着细线，昂着头注视着天空，空中飞动着她的苍鹰，黑色的翅膀张开，飞得高而稳。每年春天，她自己糊风筝，除了留给自己用，也把大大小小的风筝送给孩子们。她的风筝有粉色的蝴蝶，蓝色的孔雀，红色的鲤鱼，黑白分明的熊猫，那些惟妙惟肖的形象是她自己亲手绘制而成的。像爱美的女孩儿频繁地更换不同款式的新衣一样，每一天，老太太都会骄傲地举着一只大小、图案与前一天决然不同的风筝来放。当她听到赞扬，老太太的笑声如春风，使周围的人们禁不住心花怒放。

诗人说，风刮风很累，花开花很疼。古人曰："金英翠萼带春寒，黄色花中有几般？恁君语向游人道，莫作蔓菁花眼看。"迎春花开了，先花后叶，清香金黄，外染红晕，枝条开张，麻雀们钻到"伞"下，看着外面雾雨茫茫。它们叽叽喳喳地议论，跳来跳去地欢腾。如果《红楼梦》里名叫迎春的女子的命运与一朵花相似，那么她的落落寡合、不择风土、端庄秀丽的气质，应当被人们所喜爱，所同情，所理解。花开花落，有欢喜有忧郁，它是季节在更替，是希望在孕育，是梦想在生根、发芽……

蜡梅花儿开

名气很大的蜡梅花绽开了。古人说:"天寒日暮吹香去,尽是冰霜不是春。"然而,蜡梅凌寒留香,花色美秀,艳而不俗,路过的人,依旧忍不住驻足多看几眼。

童年时,每当蜡梅花开,家里人都会从房前树上折下几枝,插入瓶中,置于窗台上。阳光起舞,满室馥郁,花香浓而清,花朵久放不凋。或者将那长得紧实的花蕾摘下来,晾干,做香囊,泡茶,微甜清芬的气息,萦绕如烟,绵绵不绝。或者将风干的蓓蕾粘在一张纸上,再用毛笔勾出斜向一角干枯如铁的枝杈,然后镶入镜框,竟是一幅画,近看、远观,确实很美。

蜡梅花开时,大雪纷纷飘落,全家人用脸盆将雪运至阳台,堆成一尊雪人。雪人有一对明亮的玻璃球眼珠,挺拔的胡萝卜鼻子,浓密的胡须,重点在于,头戴一只蜡梅编织的花环!孩子与雪人,一高一矮,一动一静,雪人成了他无话不谈朝夕相处的伙伴。雪人与家人一起听音乐《托塞利小夜曲》，一起看《小王子》动画片，一起欣赏古诗"墙角数枝梅，凌寒独自开。遥知不是雪，为有暗香来"。随着天气转暖，雪人日渐萎缩，孩子急得直哭：须得想个办法让雪人"活"下去！多久才是期限呢？反正越久越好。俗话说"三个臭皮匠，顶个诸葛亮"，最终有了妥帖的办法：将袖珍的雪人请进冰箱里，否则，怎么让它活下去呢？

到了炎炎夏日，雪人再次被孩子请了出来，轻轻拂去雪人眼睛、鼻子上蒙着的霜花，雪人站在托盘里，望着老熟人眉开眼笑，仿佛在说，在冰箱里待着，真叫舒服啊。夏日高温，不一会儿，雪人并不魁梧的身躯，化为一汪陈年的雪水。

奇怪的是那只用蜡梅编织的花环，枝头上已经干硬枯萎的花蕾，不知怎么，竟恢复了生机，简直像刚发出来似的，一粒粒紧致、圆润、饱满，警惕地紧贴在枝条上。经过雪水浸泡，枝子变青，花蕾一点一点舒展，眨眼之间，豆粒大的花骨朵儿爆炸一般绽开了花瓣。隔年的蜡梅此刻金黄灿烂，芳香四溢，晶莹剔透，令人张口结舌。盛开在夏夜的蜡梅花，梦一般的生命奇迹，永恒地刻在记忆里，多年之后，仍历历在目，恍如昨天。

今年，一场大雪后，迟迟醒来的蜡梅终于盛开了。疏落独特的花容，自由孤傲的个性，高洁清雅的品格，有几人才能读懂呢？蜡梅的花事，一时间成为人们关注的焦点。不远处的一片灌木丛中，也有猩红花苞从针刺里不甘落后地滋生出来，小如绿豆，圆如珍珠，七八粒，十几粒，紧紧抱在一起，于荆棘的束缚中努力向外伸展身体，找寻阳光，绽放微笑。哦，贴梗海棠。不起眼的灌木丛若绽出花来，则变得绚烂耀目，十分美丽。到了秋天，核桃大的果实气味芳香，色泽金黄，与水果摆放在一起，令人心怡。两只喜鹊一前一后落在草地上，它们头对头、肩并肩，举止亲密，享受一份静谧。

春天来了。诗人描绘的景象依旧停留在诗句中："天街小雨润如酥，草色遥看近却无。最是一年春好处，绝胜烟柳满皇都。"

"都说梨花像雪，其实苹果花才像雪。雪是厚重的，不是透明的。梨花像什么呢？梨花的瓣子是月亮做的。"汪曾祺先生说。其实，应当补一句，蜡梅花的瓣子更是月亮做的呢。那些饱满丰润的花蕾，是星星，在夜晚清冷孤寂的天空中，温柔多情地闪烁，那样秀美，令人神往。

二月二，龙抬头

"诗家清景在新春，绿柳才黄半未匀。"早春二月，连着几日是晴天，蛰伏在泥土或洞穴里的昆虫蛇兽从冬眠中苏醒，社员们告别农闲，开始下地劳作了。

二月二，龙抬头，孩子大人要剃头。除了剃头理发，还讲究吃。吃什么呢？那可就多啦，比如摊煎饼、爆米花、挑野菜。但见街筒子一群孩子一边跑一边吟唱童谣：二月二，龙抬头，家家户户炒豆豆；你一把，我一把，剩下这把喂蚂蚱，喜得小孩儿咧着嘴。童谣里唱的都是心中的渴念，那年头，真能吃到的东西事实上并不多，所以用唱来满足吃的念想。

那天，遵照房东唐大娘的吩咐，我提着瓦罐给耙地的牲口把式唐大爷送饭。什么饭？糊涂（玉米糁红薯粥）和菜馍（铁鏊子烙的菜盒），包在一块白粗布里，好闻，香得你不断歙动鼻翼。

唐大爷吃饭的工夫，我从唐大爷的手里接过鞭子，驾驭着两头牛，吆喝着耙起地来。

耙具是木制，梯形，装有棱锥形铁制耙齿，前梁九齿，后梁十齿，齿有拇指粗，半尺多长，两端木撑后部一边翘起。当地的习俗是女子不许耙地，唐大爷不管这一套，他拿我当男劳力调教。第一次踏上耙具，我双腿直抖，耙在颠簸中向前，身体反倒控制不住地向后仰，大有要翻仰过去之势，吓得不轻。也明白，如果掉下耙来，给耙齿戳着脚或腿是很惨的。也有被耙齿戳破肚子的例子。但那时的我年轻气盛，愣头青的脾气上来了，几头牛也拉不回来，由着自己的性子做事。从耙上掉是掉下来几次，但又妥妥地跳了上去。耙过几次地后，好像上了瘾，恨不能将所有牲口把式的绝活都掌握。牛们在我的吆喝下，走直线，走"之"字形，极大地满足了我的虚荣心。

其时，我已基本掌握了吆喝牲口的号子："唎唎、唎唎""嗒嗒""哈是、哈是""喔喔"。当听到口令，大摇大摆的牛们应声收敛散漫脾气，变得精神抖擞、步履铿锵起来，它们大概听懂了加油、用劲的意思。我佩服这些牲口们的灵性，忍不住对着牛的背影赞扬几声。如果牛的智力与人类相当，人类的无知一定会被牛所识破。

唐大爷是生产队里当之无愧的牲口把式，一头牛走过来，他就凭看看牙口、身段、体重、膘情，拍拍前胯后臀，便知道牲口的成色。"丑牛俊马，一个顶俩；拱腰驴，凹腰马，弯弯腿牛不用打。"这是他的口头语。

牲口把式在农村是特殊的匠人，驱赶着牲口们犁地耙地、拉车碾场，做各种农活儿，牲口卸套后，不仅要伺候牲口们的吃喝拉撒，还要负责给牲口交配，为其接生，照顾得病的牲口……总之，人知道牲口的脾气，牲口也懂得人的心思。一般人真摸不清其中的门道，唐大爷却做得称职、权威。

唐大爷吃完饭，嘴一抹，起身干活了。

不知为什么，我觉得唐大爷没吃饱。在地里干了大半天活计，应该早就饿得不行了，送来那点饭怎么能吃得饱呢？但是我低下的头没法抬起来，更不敢开口问他一句。

其实我早就后悔了，来的路上，我闻着香味儿，不知不觉中打开了粗布包着的菜馍，先尝了一小口，接着又尝一口，最后竟然把一个菜馍给尝没了。当然，这顿缺斤短两的午饭唐大爷是没法填饱肚子的。

我抢着去耙地，就是希望能补偿唐大爷点什么。话又说回来，谁叫大娘做的菜馍那么好吃呢？馋得人晕了头。

去年我回村里，没见着唐大爷，听说他老人家过世了，不晓得他是否知道当年我偷吃菜馍的事？

第三辑

黄·还乡的火车

牡丹开在红石谷

半夜醒来，忽然传来声响，侧耳谛听，哗啦啦，像在下雨，声音不大不小，正好让人能够听清。清晨雨还在下，气势不减，马路上车辆稀少，树木于雨中静立。

最为惦记的是牡丹。昨日前去谒见牡丹，太阳西沉，光线晦暗，牡丹兀自张开笑脸，娇艳可人，然而摄入镜头时效果平平，我顿感辜负错待了一派美景，心有不甘。次日早早去补拍，免得遗憾。

故乡有座山，山上有一道红石谷，进入红石谷要途经一片牡丹园。今年春暖，花比往年开得早，花丛一人来高，枝叶舒展，花儿含露吐蕊，十里染香，生机盎然。乍看花如云海，又似雪涛，花朵粉色、红色、绿色、紫色、紫红色、白色，五彩缤纷，万紫千红，一眼望去，无边无际，成百上千的花朵，硕大无朋，花色花形美艳无比，令人目不暇接，惊叹不已。

花儿使人心醉神迷，流连忘返，一种飘飘欲仙神游太虚的幻觉油然而生，人间最大的享受莫过于此。

深山之中，荒僻之地，却隐藏着如此神秘幽静之桃花源。红石谷，虽名不见经传，却难掩秀美容颜：碧绿的庄稼伸向远山近水和白云蓝天之间，山也清水亦秀，屹立于大横山的这道红石峡谷，静如处子，沉默寡言。山石红如烈焰，一尊一尊，古怪如兽，庄严列队接受游客们检阅。若红石怪兽有灵，或许能嗅到牡丹之香，听见人们交口称赞。那些巨石层层叠叠，交错并立，螺旋向上的造型，盘踞山峦的姿态，俯视众生的表情，惊世骇俗，历历可数。

正是红石谷的护佑，使这里的牡丹开得肆意鲜艳，热烈温婉，洁净纯粹，如花仙子降临凡间俗世，所带来的美感，不仅美化了山林，也净化了人的心灵。

在国外品粽子

这个端午节,摆在门外供烤肉用的铁架子势必受到冷落,一群中国面孔聚在一起,铺好桌布,摆上碗筷,吃正宗的中国粽子,喝正宗的自制米酒。

沈默从墨西哥飞来,刘晓龙从意大利那不勒斯来,田之跃和宋宁从南卡罗来纳州驾车过来,任威在旧金山登机,飞机兜兜转转,经科罗拉多州的丹佛,得克萨斯州的休斯敦,再到佐治亚州的亚特兰大,十几个小时后才把他带到了纽约,他发表高见:真不如乘坐国内高铁,那有多爽,多快!

包粽子所用的糯米、红枣、赤小豆和粽子叶是我从国内专程带来的。途经洛杉矶办理入境手续时,免不了接受美国海关人员的盘问,但它们不是黄金,也不是毒品,更不是肉松牛肉干,没有违反美国海关的规定,所以无须恐惧。本来美国海关检查入境行李是例行公事,但新一届总统上台后,不知怎么,检查莫名地细致耗时了许多，结果，还是顺利过"关"。不像梁实秋先生，当年给女儿带去的一包豆腐干，不仅被美国海关人员一再盘查，还要经过美国农业部专员鉴定，最后听梁先生一番陈述，那位专员摸了摸，闻了闻，皱皱眉，又想了想，一言未发地放他过关。"只知道吃热狗、牛肉饼的美国人怎能知道这是什么东西呢？黑不溜秋的、软勒咕唧的，放在鼻头一嗅，又香喷喷的。"他在检查室耗费了一个多小时，使得来接他的家人们隔着玻璃窗在外面等候，急得像热锅上的蚂蚁。梁实秋认为，"住在国外的人没有不想吃家乡食品的，从海外归来的人往往以饱啖烧饼油条为最大的满足"，所以，一包豆腐干正是惠而不费的最受欢迎的珍品。

在国外待几年，爱吃或想念的中国食物实在太多，儿子并不是只爱吃粽子，别管南方口味或北方特色，对于他而言，来者不拒，多多益善。当有一天，他说最想吃的竟是馒头时，国内的亲人才突然发现，连馒头这样简单的食物都吃不上，这让祖国的花朵们在那种国度怎么活人？于是就嫌时间过得太慢，盼望孩子早日学成归国，中国养得起爱吃馒头的孩子。

糯米、赤小豆是舅舅在自己田里种的，我从南方背回来半袋子，又带到了美国去。美国人可能不知晓，水稻是中国最早栽培的粮食作物之一，其栽培技术已传向世界，对人类的生存和发展做出了重要贡献。这是中国最早的科技发明之一。但美国人以肉食为主，很少吃大米。红枣，是河北唐县的一位朋友从自家院儿里的枣树上采摘后寄来的。枣在中国已有八千多年历史，《诗经》已有"八月剥枣"的记载。其药用很早，《神农本草经》《本草纲目》等历代药籍均有记载。民间一直视红枣为"铁杆庄稼""木本粮食",有"日食三颗枣,百岁不显老"之说。

手把手教儿子包粽子,用的是一块剪成条状的厚布,折成筒状,装入沙子,反复练习,熟练后才能进入实战。我留意过纽约的大街小巷,不曾发现哪里栽种箬竹,公园里倒是有芦苇,叶子长得相当茂盛宽大,但美国人不懂吃粽子是怎么回事,所以不关心那些叶子的长势和归宿。如果超市里有竹叶或苇叶出售,一般是从台湾或东南亚进口的。我带来那点可怜的粽子叶,当宝贝对待,舍不得供生手练习使用。

一场与粽子有关的聚会开始了,提前两天酿制的米酒正好出酒,酒的甘甜与桂花的浓烈芳香交织在一起,每人一碗,碗不够,有的用瓶子,有的用锅。孩子们边吃边喝,神情那么专注,意态那么陶醉,令旁观者心宽、心动,也令人心疼、心碎……

盼望一场雨

天公有情绪,褐灰是它暧昧的基调,藏在云层里的幽暗阳光毫无生气,十分抑郁。抬头的怅然里,紫薇淡然一笑,似一道火焰,轻叩柔软的心扉,激荡热血心跳。在婆娑起舞的绿意中,荷花小仙女儿暗自择定佳期,在荷塘里抒写着轻灵绮丽的诗句。

老者走过荷塘,轻声慨叹:一年一荷花,一岁一白发。

不必介意天降阵雨,哪怕它带来一场冷风、飘风甚至厉风,在人籁天籁地籁的演奏中,在箫管参差、宫商异律,在风吹树动禀气自然的和声里,相信都将是一场及时雨,在黑夜或凌晨的沉睡中造访城市。不妨郑重地嘱咐自己一句:迎接她的到来,用足够的虔诚。盛夏的嘉宾,恭候您。城市的确需要一场甘霖清洁自己灌溉精神。

持续的高温,闷热的天气,气象部门频繁不断发布的橙色天气预警,是为迎接一场暴风骤雨吗?一场雨,迟迟不肯光临,尽管人们已经苦苦等待了三天、五天，甚至一周。工地上，雾炮车虎视眈眈，巨型的喉咙在发言，围挡上方串起无数小巧可爱的喷雾嘴，一缕一缕吐着袅袅轻烟。如果从空中俯瞰，仿佛那是翻滚的云海；如果你是诗人，城市里诞生的所有，都晕染着淡淡乡愁。当你离开城市一段时间，归来后就会产生如此缠绵的情怀。如果你一生不曾离开，固守乡土，你庞大的根系必然深植于脚下，生命之树日益茂盛壮大。现在，城市里的一草一木，等待一场甘霖不期而至。

有人前去工地慰问，送水，送酸梅汤、绿豆汤、藿香正气水，大型机械臂举得高，伸得远，掘得深，那些壕沟、土山，遮盖粉尘的绿网，整天就在来来往往的行人眼皮底下，只要不打开围挡，你永远像被蒙在鼓里，不明就里，视而不见。钢铁雄壮的身躯，敏捷灵活的动作，令大地震颤、畏惧，令走近的人们震惊、目瞪口呆。

酷暑，烈日，闷热，树叶的油绿被日光晒黑，道路软成面团，头发被太阳黑子弄得灰黄，亢奋或沮丧，各种心情在展演，而无奈真切地写在脸上。天气不遂人愿，甚至故意地给城市出难题。高温在持续，雨，依旧在预报与期待中徘徊踌躇，热望与热血，热心与热汗，使城市忘我地妩媚，日新月异。忙碌的人们，带动一座城市朝着前方奔跑，一往无前，披荆斩棘，愈战愈勇。一场雨在孕育，今夜将有大雨造访。

奔跑的眼睛

连绵细雨下了几天,洗净了空气,强烈的太阳光照,从早晨便急急登场,令人猝不及防。眺望太平洋的波涛,令人一步踏进了思乡的深渊。如果此刻我在国内,正是清晨跑步的时候。

湖水涨了,深沉碧绿的湖水,漫过桥墩擦着桥身,险些越上桥面,给人一种游在水中或于水上飞行的错觉。在湖的另一端,逆光中的湖水,水平如镜,忽见一道利刃将湖面划破,伤口向着邈远寂静的天空敞开。剑客是谁?蝌蚪?鲢鱼?抑或是一位年幼的水蛇,或者是那向以沉稳著称的乌龟先生?荡开的涟漪,当是潜入湖水深处欢笑的生灵吧。

昨夜沉沉的睡眠将积累多日的疲劳一扫而光,虽然夜里热醒过一次,但踱至阳台呼吸夜晚的凉爽空气,正好撞到月食的盛况,再次回到床上,很快进入梦乡。在梦中,经历了一次美妙的旅行,乘邮轮在大海中航行。醒来天已大亮,实在是睡过头了。

但并不慌急,按部就班将饭菜一一备好,扎扎实实做完了运动前的热身活动,稳步下楼。按照自己的预案,寻着自己的节奏,和着夏日清晨雨后的清凉之风,先慢跑,然后加快速度,进入公园。

跑道上,一位女孩儿的胳臂上挂着手机,跑步的姿势标准自然,步态轻盈活力四射,小腿肌肉漂亮而结实。短裤,上穿一件连帽衫,布料轻薄透明,吊在肩上的紧身背心的细带子隐约可见。薄衫后背别出心裁开了两个拳头大的孔洞,如同两只圆睁的眼睛,惊愕又充满挑衅地望着你,令人避之唯恐不及,谁敢与之对视?紧随女孩儿身后的是一位老太太,肩膀一高一低,行走时身子向一侧倾斜,她的衣服溻湿了,头发雪白,面色红润。一位中年男子,腿脚不太利索,每次右腿抬起,便不由自主画个圆圈才落地,他沉默而倔强,行走的速度飞快,每日清晨六点准时出现在跑道上,鲜有缺席。他的脸膛闪闪发亮黑里透红,摆臂夸张有力,迎面而来的人向他致意,他点个头,继续向前快走,好像世界是他自己的。

在林间、草地、湖边飞奔着跑步的人们。风擦着耳廓忽忽吹过,既是鼓励,也是贴心的陪伴。

一位戴礼帽的女士常去单位洗澡,无论何时,她衣着得体,皮鞋锃亮,洗完澡后,把头发梳理得一丝不乱,帽子戴周正,裙子穿得规规矩矩,款款步出澡堂。

她来公园里练习模特儿步。

草地上一些散漫随意的客人,在聊天,或这里看看,那里瞧瞧，若有所思。如果你觉得其中一个面孔似曾相识，并不奇怪，那天下雨受了伤，有人恰好带着创可贴为伤者所用，这次歪着头打量你的眼神，警觉而熟悉。不一会儿，客人们结束了晨会，或远或近或高或低地飞走了，飞向广阔深邃的苍穹。

  这是一个梦境，它呈现着清晨时光里生命的狂欢，亦真亦幻，但又触手可及。如果不在远方，那些日常平庸的生活场景，那些司空见惯的细枝末节，还能在梦境里再现吗？因为离开，才期待团聚。没有团聚，离开又有什么意义？

日暮遇之

华北的盛夏尚未到来,五月中旬周先生已携夫人双双赴山东沿海度假。世界很大,谁不想去看看?八十岁还不老,如果在国内或国外看到他们潇洒的身影,证明你对大千世界也抱有"看看"的浓厚兴趣。圣人说过,智者动,仁者静。换言之,周先生是智者?

去年他们在海南过冬,与一群来自天南海北的人们住进几幢小楼里,快乐得像一群不知烦恼的儿童。他们一起品尝南方奇异水果,一同品味北方水饺、菜肴。或者透过小楼精美的圆窗,观日出日落;或者登上礁石眺望点点白帆,聆听海鸟鸣唱;或者在浓荫覆盖的椰林大道散步,感受阔叶林的温情柔顺,海风的清凉湿润。新奇的体验似餐后甜点为生活助兴,夜晚的静寂为沉实香甜的睡梦做好了铺垫。春节将至,周先生与夫人毛遂自荐,要在异乡奉献一台自编、自导、自演的文艺晚会!"候鸟"们积极参与，身兼观众演员，出谋划策，踊跃排练。除夕之夜的焰火已被点燃，化了装的演员们，登上了自己营造的舞台，歌之舞之蹈之，欢声笑语，其乐融融，此时的他乡是故乡，故乡则成为远方。

为了追寻欧内斯特·海明威所描写的《老人与海》故事的踪迹，周先生与夫人不远万里，去了古巴哈瓦那。他们踏上了那条小路去海边，再反向走到窝棚似的小巢，然后乘上一艘快艇，沿着水势旺盛的墨西哥湾暖流，从古巴西南方一带开始，经过古巴北面向东，再驶向东北方向的北大西洋，想象已经八十四天没钓到鱼的那位开朗、打不垮的桑提阿果老人在海上最终遭遇大鱼的情景。在古巴北岸，他们还光顾了那个著名的砖石结构的临海餐馆，它坐落在阔希马尔的村镇上，餐馆外面的那棵大树还在，作家海明威如果打鱼归来，会和这里的渔民聊天，遗憾的是"当天"海明威没有出海打鱼。从桑提阿果身上，或者从海明威的文字里，二位东方老人究竟获得了什么启示和力量？周先生的右腿那时已"栓"住几年了，但带着轮椅出行是他得意的创举，他头戴小礼帽，"行走"如风，一派绅士风度。

在加拿大多伦多图书馆，周先生借阅了中国古典名著《西游记》《三国演义》《水浒传》的中文版，博大精深的中华文化，透过方块字，折射着艺术的恒久魅力和思想智慧。在异国他还借阅了当代作家铁凝的《没有纽扣的红衬衫》、莫言的《檀香刑》，一种为自己的中国血统而自豪的情感，深深浅浅浓浓淡淡，激荡着他的心。

周先生与夫人特意品尝了加拿大的龙虾，鲜美至极。那一年，许多中国家庭的餐桌上也有异邦的这道美味，因为阿里巴巴的马云通过互联网，用72小时，将九万只加拿大龙虾送到了国内消费者家中。世界很大，七百多年前马可·波罗从欧洲来到中国花了四年时间，再用三年返回欧洲；往事越千年，今天有了互联网，八秒钟能抵达中国几亿次，世界变小了？！

几天前，二老发来文件，原来是他们编辑制作的自己的电子相册，那是对他们几十年生活的总结和回顾。有黑白照片也有彩色的，一身戎装、佩戴军衔肩章的年轻男子，英气逼人；一位美丽的女孩子，目光清澈，神情拘谨。个人照，双人照，再到幸福的家庭合影，背景音乐采用了抒情钢琴曲，给人时光远去的淡淡惆怅与忧伤，而照片的说明文字简洁有趣，坎坷艰难的过往一笔带过，画龙点睛的是纯粹美好的生活，令人禁不住泪眼婆娑，感喟不已。五十年婚姻，从青涩到苍老，光与影，透视了时代发展，透露了私人小秘密。经过人生的淬炼，生活的磨砺，两位老人的情感历久弥新。在远离尘嚣的海滨享受二人世界，纪念五十年金婚，更有亲友们真诚的祝福为之助兴。

彭祖，历夏经殷，据说活了八百岁；上古一棵大椿树，叶生叶落，以三万二千岁为一年。朝菌不知晦朔，蟪蛄不知春秋，而人生百年，说长不长，说短不短，庄子问："其我独芒，而人亦有不芒者乎？"如果谁觅到了安妥心灵的方法，不管外面的世界是纷扰或精彩，你都会与幸福旦暮遇之。

见字如面

我与父亲九年未见,想念自不待言。

依稀记得,那是夏天,我将刚在文学期刊上发表的文章"推荐"给父亲,父亲戴上花镜,一字一句读完,脸上的表情腼腆而怡然。文章重温了少年时代我与父亲之间发生的故事:女儿任性贪玩冒险,父亲严厉铁骨柔肠。那时,我已然做了母亲,儿子的年龄与文章中的"女儿"相仿。

写父女的文章不止一篇,给父亲看过的却仅此一篇,这是为什么呢?我从小惧怕父亲,即使已为人母,面对父亲,还是放不开,岂敢造次?

曾记得,一列火车正在进站,我沿着路基跟火车赛跑,随后一把抓住车厢的铁扶手,助跑,纵身一跃,攀了上去。一只脚搭在车梯上,一只手攥着扶手,将身体摆成一个"大"字。呼呼直叫的风,吹得衣服鼓出大包,感觉自己像出海的巨轮高高扬起了风帆，威风八面！在大人眼里，此举无异于螳螂怒其臂以当轩车之辙，那天父亲值班，手执红黄绿信号旗调度车辆，忙得不亦乐乎，哪有工夫顾及我演的独角戏！

我曾委婉地试探过父亲，对于我那一连串惊险动作，有何见教？如果父亲当场表扬几句，我会不好意思，暗自感激。但无论父亲是何态度，我绝不敢表现出失望，或者遗憾。许多年过去，我像等待相声里要落却一直未落至地板的那只皮鞋一样，总想亲耳聆听父亲的有关说辞，每次，都莫明其妙地错过了。

今年，我依然无法与父亲相见，我想，还是给父亲写封信吧，像此前那样，无非还是谈些日常起居、学习工作、孩子家庭，诸如此类，但也许得知这些情况后，能免去老人家记挂。既然父亲不反感亦不阻拦我写些粗陋文字，我呢，又习惯与父亲纸上交谈，犹如架起神秘的心灵桥梁，我有许多心里话要说给父亲听。可我为什么非等到今天才写呢？

信刚写了几行，送报纸的来了，恰好又有新作《旦暮遇之》发表，不妨将此作与家书一并送去，想必父亲见了最开心。

有一回，父亲从报纸上移开眼睛，问我几个字，我一一回应，好像都答对了。但也有一个字，"王"字身上四张嘴，我答不上来，便恶狠狠地诅咒：这个字是妖怪！脑袋嗡嗡乱响，想啊想，脑袋都想疼了，终未想出个子丑寅卯来。那真是个奇怪的汉字！父亲无声地笑，狡黠而诡异。我的脸火烧火燎，懊恼，自责，惭愧。那时，不知道字典为何物的人比比皆是。拥有字典的是什么人？不知道。我那时刚上初中吧，不对，是小学四年级，不对，好像在上高中，因为不久听到广播，毛主席逝世。

这个难倒自己的生字像一粒种子，在心里生根发芽，使得一个孩子敏感而热烈地对生字产生迷恋，最后竟然将文字书写发展成为一生的志业。

我曾和父亲站在石桥上，看沿河两岸的风景，有人在钓鱼，小木船在水中悠游，鱼儿高高跃起，激起的水花宛如黑白影片里绽放的礼花。父亲转过脸，闭上眼睛，说头晕。我开始游泳时，也怕水。现在不怕了。父亲年轻时，跟随部队从厦门到安东，涉过鸭绿江到了朝鲜，那时晕不晕？他答非所问地说，年轻时连命都豁得出去，还会怕什么。怕水会遗传吗？儿子好像不怕水，五岁被教练拦腰抱起来，嘭的一声，扔进泳池里，"咕咚""咕咚"喝一肚子水，当天晚上发起烧来，但他学会了游泳。

此刻，我把闻一多的诗抄给父亲，诗里嵌着当年被父亲问倒的字："……我来了，因为我听见你叫我，鞭着时间的罡风，擎一把火，我来了，不知道是一场空喜。我会见的是噩（！）梦，哪里是你？那是恐怖，是噩梦挂着悬崖，那不是你。那不是我的心爱……"

遥寄当年

十八岁那年我已经下乡,时值金秋,遵照父母的叮嘱奔赴千里之外去接外婆。火车后半夜到站,简陋的候车室灯光昏暗,站台漆黑。凭借七八岁时的模糊印象,大概记得外婆住在车站对面的山坳里,途中涉过一条宽阔冰冷的沙河。敲开售票口小小的圆形木窗,买了返程票,拎起行李,一头扎进黑暗之中。售票员追出来,硬把我拉进售票室。当外面传来纷乱脚步和说话的声音时,售票员才肯放我走,却可笑可疑地送我一根木棍。

雄鸡高唱的清晨,我肩上的木棍一头挑着旅行包一头是网兜,裤子的膝盖上打了两块补丁,一高一低卷着裤腿,我找到了院墙有豁口的外婆家。舅舅见我穿件洗得发白袖口脱线的男式铁路制服,五枚铜纽扣排列整肃,一头热汗,左胸衣兜上还别着英雄钢笔,便问,遇到狼了吗?没有!干脆的回答没有一丝惧怕,还无端地兴奋、豪壮着自己,像个女武松。原来木棍并非用作扁担，而是对付野兽的贴身武器。

外婆带给我们一包花生，存到过年，用沙子在铁锅里炒熟，剥开蚕茧织锦似的外壳，跳出两颗粉红色籽粒，香喷喷的记忆，从感官滑向脏腑，在骨子里悄然扎根、葳蕤。乃至于今天，当我写下这段文字时，还能清晰地闻见四十年前那种悠远盛大的香味儿，每一粒花生都浸透了光阴的味道。仔细含一粒在口中，催发无穷无尽的想象，香醇，销魂，动情，渲染勾勒出梦魇呓语，醉人的乡间风物！

又见外婆，是十三年后，我送母亲回去。伴随着时代嬗变，青年人读大学，分配工作，结婚生子，个体生命经历着疾风闪电的行旅，不觉已是中年。早已搬到村外的外婆拄根拐杖，倚着门框眼神迷离，但能叫出我的乳名，而我说了什么外婆已无法听清或听懂。之后，外婆开始数落我妈妈心狠、不孝顺、老不回家等等。我带来一套母亲为外婆准备的"老衣"，从布料花色的挑选，到样式尺寸的裁剪，再到纯手工细巧的缝制，帽子、鞋袜、手帕、内衣外罩棉服配备之齐全。外婆小心摩挲着光滑的绸缎，迎着光线端详匀称的针脚端直的走线，反复往身上比试，一脸的可心如意，一时间喜不自禁，泪流不止。只有母亲如此体贴周到，只有母亲真正洞悉外婆隐秘的想法，深谙外婆只字未提的心思。

外婆颤巍巍地钻进厨房，做最拿手的糖粘花生给我吃。炒熟的花生米脱去外衣，熬化的蜜黄色糖浆浇上去，晾凉后切成块，谁说比不过商店里卖的包装精美的点心呢？你一块，我一块，吃出满口满屋子酥脆清香，世上什么吃食比外婆的糖粘花生更高级更绝世无双吗？好吃到难以形容的糖粘花生，简直是岂有此理。外婆叫我留几块给母亲吃，推来让去，我就是不肯动手，外婆生气了。可是——母亲已不在人世，此行正是送母亲回来安葬。我们装得若无其事，唯有风烛残年的外婆被蒙在鼓里……

九年前，开车陪父亲回山村，驶过涵洞，但见一列火车呼啸而去，昔日小小的火车站已撤除，扳道房、信号牌了无痕迹，售票员在哪儿？沙河上架了桥，湍急的河流奔向远方，成群的鸭子戏水追逐，嘎嘎清唱。外婆外公相继过世，舅舅将旧房翻修一新，红瓦白墙，宛如童话。院子里树影婆娑，红豆杉、枇杷树、椿树，枝繁叶茂。舅舅开着电动农用车下地拔了满满一车新花生，要我们带走做卤花生吃。浓绿的枝叶，缀在根茎缨络上的荚壳，攥住一把往下捋，果实纷纷落地，剥开壳，胖胖的籽实如粉色珠玉，嚼一嚼，清甜脆嫩，堪比水果。可惜了，再有月余或二十天，成熟的一车花生，出油率可达百分之五十，集市上准能卖个好价钱。村里人靠土地吃饭，每一粒收成都是碗里的一日三餐，日出日落地耕作，便是对长长一生的守望。

外公长眠于对面山上，俯瞰山村，守护生灵，散发着慈悲的力量。外婆跟母亲的墓地挨在一起，令晚辈思考生死相依的意义。死亡使肉身的今生终结，而灵魂的出走，将如何叩开陌生的来世之门？在天国，依旧保持固有的家庭秩序吗？还是在重建的人伦关系中，找寻某种精神旨归？今世的我们，为什么悦生恶死？一旦摆脱俗世的约束，轻灵美妙的灵魂遨游于无何有之乡，活着的人们又将怎样感知逝者的自由与超脱？

山村，狼群不再出没。

在纽约过中国年

年关近在咫尺,天气预报还有雨夹雪。纽约的雨雪一般不会爽约,挟着四五级风,隔三岔五来一场,令客居的人无法拒绝。雨雪之后,天空一派真切明艳的蓝,眼前身后的云朵手牵手,大有要突然坠落在地的趋势,令人忍不住伸手去接。

云朵与云朵,在无声交谈,空气里弥漫着淡淡的甜。

"记得带伞。"这句话成为我的口头禅,每日提醒儿子,儿子不嫌我啰唆,伞像背包里的笔记本电脑每天随身携带。雨雪如约而至,滴滴答答,飘飘洒洒,劈头盖脸,纵情恣意。

阴天还能去公园吗?那是当然。在公园里的健身器械上训练胸肌背肌腰肌和臂力,按照图示,调节器材的刻度,逐步提升训练强度,那是一个趣味无穷的过程。如若图个轻松随意中断,只会被自己轻看。当坚持的力量大于放弃,再小的事也能做成。如果几个月后我练出了结实的肌肉、强健的体魄,对自己不也是一种奖励？

　　湖里游动着北美绿头鸭，站在桥上俯瞰，见它们一会儿列队而行，一会儿绕着圈追逐，又小又黑的眼睛在镜头里闪着亮光。冰冷的湖水，在绿头鸭看来如同温泉。

　　松鼠在树下或草地上出没，粗壮蓬松的尾巴竖立着，短小的前肢抱着松果啃食，噌噌几下蹿到树杈上，或者拦住你的去路，把你吓一跳。

　　两小时后结束运动，静心读几页带来的书，做些笔记，对着窗子冥想。天色渐暗，起身备晚饭，迎接儿子下班。日常生活本来平淡琐碎，油盐酱醋，吃喝拉撒，可若离开或摆脱了烟火之气，生活是什么样子？正是平淡的生活，才具有生命最本质的意义。

　　儿子食欲不振，晚饭只喝半碗蔬菜汤，水果少量，主食未动筷子。昨晚他与一位从西雅图来出差的女同学约在曼哈顿相聚，谈得投机，对方还为儿子介绍了一位女生，年龄与儿子相当，目前在芝加哥工作。当晚儿子已与女孩儿电话聊了几句，倘若二人心有灵犀，他争取三月份参加芝加哥年会，借机与之晤面，以加深彼此印象，推动感情进程。

　　今晚九点钟儿子的项目培训课开讲，每周一三五上课，每次两小时，两个月结课；同时，还要兼顾为时三个月的编程课，每周一三五六日上课。学完这两门课，儿子打算去西部工作。送儿子回宿舍，我顺便到四十八街买奶茶和瓜子，用来打牙祭。

　　年关愈近，纽约的华人超市里人头攒动摩肩接踵，生意红火，货架柜台上披红挂绿，各种灯笼、唐装、福字、窗花、对联，琳琅满目。

在纽约过年，依旧讲究的是中国味道——包韭菜馅水饺，蒸枣馍，吃元宵，而重温那些将肉、禽、鱼、米、面做成美食的过程，追忆在灶前忙碌着腌、炸、炖、蒸、煎、煮的那些熟悉的身影，还有对于包压岁钱、穿新衣、放鞭炮、走亲戚、彻头彻尾的中国式过年的想象与渴望，是这个春节不可或缺的内容。一串串乡音犹在耳畔回响，浓浓的中国情结犹如大西洋荡漾的波涛，汹涌而来，昼夜不息。

还乡的火车

最后一门课考完，拿到成绩单，同学们便匆匆话别，一手拎着鼓鼓囊囊的提包，一手紧紧抓着火车票，登上南下或北上的列车。

火车缓缓离开幽暗简陋的车站月台，驶向寒冬的黑夜和茫茫白雪里，雪光迎着车窗闪烁，并从车厢两旁向远方伸展。沿途小站上潮湿昏黄的灯火，如风中悬挂的橘子，一掠而过；空气中突然吹来一股寒风，使人神清气爽。每逢寒假，家在外地的同学都盼望着这一刻快点到来，然后日夜兼程，赶回家与亲人团聚，张罗着过年。

车厢里学生不少，但年龄悬殊，三十岁出头、二十几岁、十六七岁的都有。他们衣着朴素，眼神干净明亮；胸前佩戴着白色校徽——某某大学、某某学院、某某学校，很是醒目。车门旁站着一位军校生，军容整肃，身材魁梧，格外引人注目。车厢里拥挤，过道上、车厢连接处、盥洗室、两排座椅之间，到处是人和行李。

乘客有的在愉快热烈地交谈；有的捧一本杂志，饶有兴趣地翻看内文、彩色插页，快速浏览或仔细阅读；有的站在那里，困倦地打起了盹儿；有的穿越人海，目光凌乱，嗓音沙哑地叫着陌生的名字，焦急地寻找着走散的同伴。

提包、箱子、包袱、铺盖，或塞到行李架上，或推至座位底下，或堆在小茶几上，每一寸空间都被塞满。我的提包由另一节车厢的男同学看管，里面装的是送给家人的礼物：两双尼龙袜子，老人的栽绒帽子，弟弟妹妹喜欢的泡沫文具盒、塑料皮面的笔记本，还有两斤杂拌糖一包葵花籽，以及一斤封好的糕点——特意带给外婆的。

身后乘客的收音机里，李谷一深情的歌声荡过来："你的身影，你的歌声，永远印在我的心中。"

红帽徽红领章映着那张年轻的脸庞，英俊的军校生说，他陪父亲回中原老家，假期短，五天往返。大家向他投去羡慕敬佩的目光。

收音机里又换了一首歌："甜蜜蜜你笑得甜蜜蜜，好像花儿开在春风里。"邓丽君温柔的倾诉，既让人新鲜又令人警惕。

对面老佟在医学院，三十二岁，带着不满周岁的孩子来念书。不过，他成绩不错。上了车他就跟孩子笑、闹、逗。他和侄女同时考上大学，侄女只有十五岁。这学期，他有一门课不及格。为了安慰老佟，我红着脸说，上学期《概率统计》自己也补考过，因为弄不懂"正态分布曲线"（或叫浴盆曲线）的原理，考砸了。但是老师说，这一章难度大，不管你是应届生、知青、带工资的同学，一视同仁，全班成绩一片飘"红"，都"蒙"！

夜深了，想象中的团聚场面又在眼前浮现：家人的生动表情，明亮的笑声，起伏的语调，忙碌的身影，亲切的呼唤，诱人的食物，疲倦的奔走，灯火通明的厨房，风中的雀儿，历历在目，挥之不去。

与家人团圆的日子过得飞快，走亲访友的习俗，你来我往的礼数，浓重的乡音，丰盛的饭菜，淡淡的离愁，一同进入梦乡，使得梦境缠绵而又甜蜜。

树叶落光的街道，家家户户的灯火对着外面的黑暗低声吟唱，天上的星星你来我往，一片繁忙，夜空中洋溢着神秘的兴奋。随着返校日临近，一丝伤感浮上心头。提包，照例被父母装得满得不能再满，有各种小吃，也有本地特产，还有母亲烹制的甜食，更少不了从小爱吃的豆酱、腊肉、米花糖——其中有童年的影子和深长的回忆。

当同学们返回校园，宿舍里像举行小型食品博览会，小包大包，一把，一捧，一盒，一堆，带着家乡的味道，依依不舍的亲情。相邻宿舍的同学聚过来，像家人一样围在一起，吃着品着，说着笑着，之后，重新投入紧张繁重的学习。在书本里，在师承中，朝着未来的目标孜孜以求，不断探索。

那时，历史处在二十世纪七十年代末八十年代初的特别时间节点。还乡的火车，绿皮车厢，逢站必停，远途的同学中途签字，倒几次车，几天几夜，才能到达目的地，饿了渴了，忍着，忍到家再解决温饱。夜里寒气逼人，身穿棉大衣棉鞋，裹着厚围巾，也都冻透。当然也有快车，但车次少，且不售学生票。学校每月发的十几元助学金，每月省着用，节余的钱放假时留给家人买礼物，千方百计为家里减轻负担。

然而正是因了乘坐绿皮车去远方念书的机遇，使得一代青年人为理想插上了飞翔的翅膀，而还乡的火车，在他们的记忆中留下了最鲜明的印象。

下回再唱

那天聚会将要结束，忽然出现了一个小高潮。诗歌朗诵之后，有人清唱京剧，唱的是《四郎探母》，都叫好。接着又唱少剑波，跟着是郭建光、李玉和、杨子荣。五十来岁的人都能听懂，也跟着唱，气氛热烈得要燃烧。最后，有人提议，著名作家一合先生来一个，唱拿手的《在那桃花盛开的地方》。人们的目光很快聚到了这位作家身上。

一合先生神情略显疲惫地扫视着大家，双唇嗫嚅念叨歌词，大伙儿一时安静下来。他端坐在硬木椅子上，皱着眉，这使大家更加专注于他的反应。一合先生推开了椅子，看看这个，望望那个。"时候不早了，"居然将目光移向天花板，好像那里写着时间，末了他说，"下回再唱吧。"

于是，大伙儿散了。那天是二〇一六年七月三十一日。

初识一合先生，是在潮湿多雨的南方那次笔会。第一天见面会，自我介绍环节，我第一次将真人与作者一合对上了号，就像认出了很久以前就认识的朋友。都来自河北，生活在同一座城市，而且，各自的作品在同一本杂志的同一期发表，还不止一次。对于写作者，这是令人愉快的巧合。如果不来参加笔会呢，就算街头相遇，铁定了撞个跟头也还是彼此陌生。

那部众人熟知的《黑脸》刚刚出版，一合先生就送给我一本，嘱我写点什么。我读后，很兴奋，但没有写点什么的打算。那么厚重的书，几十万言，我只读一遍，就去写点什么，未免太轻率、太自以为是了，因为自知我缺少与这厚重之作相匹配的东西。

最终，我还是写了关于《黑脸》的文章，很短。发表后他先看到，在电话里他历数文中的几个细节、某个用词，看上去他还算满意。因此我放下了一桩心事——害怕亏待或辜负了充满灵性、古雅端庄、饱蘸心血的那一行行、一枚枚汉字，同时自己的虚荣心暗自膨胀，却又被压制下去。

一九九九年五月，我去参加一次会议。会后去附近小书店转悠，跟与会的几位同行不期而遇，其中就有一合先生。那次我幸运地买到了《卡尔维诺小说集》。一合先生买的是二月河的著作，很厚。

我跟一合先生熟悉起来，不久，我到他单位传达室，取回他送我的王小波著作《青铜时代》，我回赠他一本《荷马史诗：伊利亚特》。《青铜时代》在当时以及今天，都是我珍爱的文字，正如我对《荷马史诗：伊利亚特》的珍爱一样。

春天,他在上海成功接受了一次手术,术后身体恢复良好。我们聚会那天,他看上去虽面容略瘦,但精神不错。一向声音洪亮的他,那天显得矜持而散漫。

在网络的朋友圈里,一合先生给人造成一种错觉,似乎他要在创作上转向医学题材了。一合先生的微信头像是一幅他的彩色画像,逼真,比他本人略显年轻。他说,将来拿它当遗像。大伙儿也都翻找着手机,琢磨自己哪张照片当遗像好。

炎热的夏季很快过去,几十年一遇的洪水对人们生活的影响业已沉淀为记忆,"下回再唱"的聚会也已经过去了几个月。其间,我和一合先生隔三岔五通个电话。当时,他正在写一部作品,以每天五千字的速度推进。

二〇一六年十一月三十日,我打电话给一合先生,像平时一样,铃响两声后电话接通了,我首先向他道喜:据报纸消息,他那部作品出单行本了。接着又急不可待地问,他正在写的这部书稿进展如何。

过了一会儿,我才听见了回答。却不是一合先生在说话。我的心脏先是突地一跳,然后,剧烈的心跳再也无法平息。

我只听见了"他,他,五天前……",再也听不见后面都说了什么话。

"下回再唱。"一合先生的话再次回响耳畔。在我的记忆里,每当他唱起《在那桃花盛开的地方》的时候,双腿自然分开,美妙的共鸣音不知是从胸腔或头腔还是从腹腔奔涌而来,歌声激荡着深情,嗓音浑厚而又明亮,水平不输原唱蒋大为。现在,他以边走边唱的方式,向另一个世界宣告他的到来。与他相熟的人,或许有感知。一合先生这次的歌唱其实并无不同,只是换了个地方。

感知幸福

时令已是立春，要不了太久，就能看到一幅幅春天的画卷。那时，白玉兰绽放，花朵圣洁如雪；粉红的望春恬静挺立枝头，寻梦般和着暖风解读大自然神秘的韵律和节奏；迎春花金黄，以炽热的态度与过往的行人进行细腻交流；草地上，纷纷扬扬落下了杨絮，踩上去如同地毯一般绵密柔软，体贴亲密；灰鹊们踮起足尖，头一点一点地悠闲散步，或者，用尖硬的喙在草丛里寻找美食。

我与一位多年不见的长者相遇。跟几年前比，长者的精神面貌发生了改变，给我印象最深的是他对新鲜事物的敏感好奇，爱提问题，也乐意尝试探索一些过去没有接触过的事，这些表现出乎我意料。从七十岁开始他喜欢上了诗词。他看报纸副刊，做剪报，还写诗，作品收进了为国庆六十五周年结集出版的一本诗集中。理科出身的他，像在仼时满腔热情地对待工作一样，研究思考诗的平仄韵律，感受"空山新雨后，天气晚来秋"的意境，向懂诗写诗的人讨教，用赤子之心抒发对世界对中国、对现实对前途的认识，诗作既有政治胸襟，又有诗人的浪漫情怀。

他提到了费尔巴哈，谈起了"共产主义的幽灵在欧洲游荡"。在美国生活一年，他去当地图书馆读了中国古典名著，读了当代作家王蒙、铁凝、李国文、莫言、蒋子龙的作品。他说中国已然走向了世界，单就文学而言，在世界中心有着中国的一席之地，他为中国的繁荣、进步而由衷自豪和骄傲。

每天读报已成习惯，他说报纸的质量好坏，取决于副刊水平的高下，因为它熔知识才情学问见识阅历于文学一炉，非其他文章能比。几年前他疾病缠身，心情郁闷。而今，他面色红润，反应机敏，谈吐睿智，处世乐观豁达，对社会对生活既能看到问题症结更能看到其主流和发展趋势，分析事物全面客观多元透辟，见解新颖独到。他变了，仿佛年轻了几岁。

生活的力量在改变人们，但生活也离不开每个人的积极参与和付出。告辞后，他又陪我走了很长一段路。站在路口，他频频向我挥手。起风了，风中长者走得坚定，我被顶着寒风行走的老人深深打动。

太阳拥抱众生，生生不息，生命赋予每个人责任，人人负有好好生活的使命；人类，愉快充实地活着，是一件认真庄严有意思的工作，它是哲学命题也是日常需要。活着的意义和雄心，就是感知幸福，从烦忧中寻找快乐。追求与体验，无疑是一个人活得精彩的最大智慧。

元宵节

农历正月十五是元宵节，又称灯节或上元节。元宵节有赏花灯、包饺子、闹年鼓、观社火、猜灯谜、吃元宵等习俗。街上的人们欢歌笑语，熙熙攘攘，恨不得通宵都在热闹的气氛中度过。

元宵节，令人难忘的是那年看灯展的往事。灯展西起火车站，沿长安路一直向东，延伸到东明桥甚至更远，途经长安公园、第一工人文化宫、广安街、展览馆、霞光大戏院，街道两旁隆重展出各式各样的花灯：走马灯、十二生肖花灯、荷花灯、宫灯、彩绘灯、人物故事灯。使用了钢丝铁丝，塑料彩布，和声光电。大小汽车用彩布彩绸彩带彩球彩纸装饰一新，与花灯融为一体，令人叹为观止。

元宵节那天，早上吃完饺子或元宵后，在"咚咚锵，咚咚锵"的锣鼓声中，红红火火闹元宵的序幕拉开了。人们扶老携幼从城市的四面八方，从郊县乡村赶到市中心，风尘仆仆而又兴味盎然地来看表演：舞狮子、耍龙灯、踩高跷、划旱船、跳大头娃娃舞、舞蚌壳舞、敲常山战鼓、跑竹马、搞八音会等等。一直闹到天黑，"月上柳梢头，人约黄昏后"。这时临街的人家，于暗下来的天光中，在门前窗外挂出自家制作的花灯：可爱的动物，鲜艳的花卉，传说中的神祇，孔武的英雄，毫不谦虚地展示在来来往往的人们面前，坦诚地接受着他们的品评欣赏和不无挑剔的指指点点。

傍晚，街道实行交通管制，人们三五成群、兴致勃勃地向灯展的主街道——纵贯东西的长安路迤逦而去。猜灯谜，看烟火。天上明月、人间灯火交相辉映，煞是好看。观灯赏灯，烟花表演，万人空巷，规模空前。如果时光倒流，你会与唐代诗人苏味道相遇，他在《正月十五夜》一诗中说："火树银花合，星桥铁锁开。暗尘随马去，明月逐人来。游伎皆秾李，行歌尽落梅。金吾不禁夜，玉漏莫相催。"如果苏味道来到我们这座现代化城市的街道上，看到如此繁华热闹的景象，又会写出何等精彩的诗篇呢？

我们提前用彩纸丝帛竹木蜡烛自制了一盏鲤鱼手提花灯，儿子挑着点燃了蜡烛的鲤鱼花灯，在大街小巷里穿行，引来无数孩子们的追逐、围观。

然而在游走的人群里，儿子走失了，我们顿时慌作一团。这里去找那里去寻，通过高音喇叭广播寻人启事。当我们疲惫不堪一无所获地回到家中，开锁进门时，踩到了一团黑漆漆软乎乎的东西，那便是儿子，那年他三岁。

在名著《红楼梦》第一回中,正月十五元宵节,甄士隐叫家奴霍启带女儿英莲去看社火花灯,结果霍启小解出来把英莲弄丢了,导致了甄士隐一家的一场灾难。由此可见,元宵节之夜观灯的人之多,由来已久,走失的人也多。

闹元宵是民间文化娱乐习俗,既有节日庆典之意,又包含着团圆和美的愿望。只有过完元宵小年,才算过完真正意义的春节,这时人们才出门,朝着下一个元宵节义无反顾地前行……

乡下小院

昨夜入梦,与父亲相遇。父亲鬓发如雪,目光昏暗,唯说话声如洪钟,侃侃而谈。我们从白天聊到夜晚,当我去取茶的当儿,父亲已消失不见。一觉醒来,天大亮,梦境历历在目。因谈话通篇疑似古人,便仿文言文记录在案。自知《史记》《春秋左氏传》《尚书》《诗经》《梦溪笔谈》《洛阳伽蓝记》的字眼句法体例可学可取,但一以贯之的浩然之气、光芒万丈熠熠生辉的思想之道难取也。

小楼一幢,闲田半亩。邻家种瓜播豆,菜畦相望,虫逐菜花而来,嗡嗡营营为数众多。每当星月皎洁,风露微零,则绕屋前窗后,如风雨骤至,如车水马龙,如将士出征,此起彼落,嘈杂终宵,加以树叶萧萧,草梢瑟瑟,其声有如欧阳修所赋者淙淙铮铮,金铁皆鸣。然习闻既惯,亦无动于衷。

十几年前,父亲尚在,居院宇远离城市,前临河渠,后有麦田。院中左有石榴树一株，右有无花果一株，皆粗如碗口。阶前檐隙深红浅紫，花木扶疏；闲田不闲，植桃树、椿树、柿树、花椒树数十株，播时令蔬菜瓜果。两间房屋，自辟斗室，为读书写作之所，唯有一窗，可环视小院矣。窗下置一水缸，为邻居承接"天水"浇花所用。

院中鲜有人至，放眼四顾，则左右上下，一望皆绿，树木畅茂，菜圃青葱，时有花香，饶有清趣。心定神闲，日日伏案写作读书。午后，出院落，闲步麦田。麦中藏野雀，往往惊而突出，扑扑四处飞去。每值此时，颇觉诗情画意，荡漾不止。麦田外有种油菜者，一片郁郁葱葱之中，略杂金黄一二亩，亦甚调和悦目。随步而行，忘路之远近，直至一道清溪之岸，水映天上红霞有光，三五小蛙，咯咯于其中作得意鸣。驻足暇观，颇发幽思。游不必多，亦不必远，于是，绕道而回。入门不无小倦，饮清茶一盏，依旧伏案写作，至黄昏不能见字，乃在门前河渠水柳之间，苍茫暮色之中，望远兀立，脚下野花数朵，于其间嫣然向人，散其清芬，小而绝媚。晚饭后，或与父亲闲话，或一起赏京剧《鱼肠剑》《借东风》中唱段："习天书学兵法犹如反掌""一事无成两鬓斑，叹光阴一去不回返"。灵感忽来，随手记之。以上所述，虽非日日如此，非有他事，亦未尝不如此也。

伫立夜空之下，或搁笔小憩，瞑目遐思，便觉树木瓜豆均摇曳身畔，且环吾居，风光花气，水木明瑟。因念吾何日再与父亲闲话听戏？见窗外树摇，拂风作答，如歌如泣，其然乎，其然乎？黎明早起，时则残月如钩，斜挂远树，朝日未出，宿露满枝，微虫独唱，其声丁丁，一二分钟一阕，绝似小叩金铃，闲敲石磬。妙在小，又妙在其能间断也。此非城市人所能知，亦莫能得些境遇，盖造物以之予乡居之人者耳。天色渐亮，日光清朗，小院虽小，倍有情致矣。

野菜花开

当听见花开，嗅见草绿，久居城市的人们，如同聆听四季交响乐中的春之曲，一下子兴奋起来。于是乎，约几位好友去乡间挖野菜，在艳阳高照的天空下沐浴春风，显得这倡议既富有诗意，又很煽情。

对，挖野菜去！

骑车、坐公交车两便。朋友们选择骑车。后车架上绑了竹篮，前车筐里放着布袋、小铁铲。穿过二环，冲到三环，再骑上一段路程，便可望见广阔的原野。眼睛不够使了，树木成行，道路蜿蜒，绿茵茵的庄稼地，奔流的河水，走近土坡荒地，到处都有野菜的身影。灰灰菜，荠菜，面条棵，马兰头，野韭菜，紫云英，它们长得茎叶肥嫩，生机勃勃。也有在城市的公园里根本看不到的天南星，苍耳子，猫猫眼，据说这些植物，食之不多即可中毒，使人恶心呕吐、浮肿晕厥，甚至危及生命。除了野菜，还有火焰般盛开的野花、啁啾的鸟雀,溪流中欢快穿梭的是细如面条的游鱼。

早市或网络上已有荠菜出售,价格不菲。古书典籍里可以查阅野菜的前世今生,陆游在《食荠十韵》中品野菜真味:"唯荠天所赐,青青被陵冈。珍美屏盐酪,耿介凌雪霜。"词家辛弃疾对荠菜加以吟诵:"城中桃李愁风雨,春在溪头荠菜花。"名人逸事里也能窥见他们对野菜的倾心之念。周作人说:"妇女小儿各拿一把剪刀一只'苗篮',蹲在地上搜寻,是一种有趣味的游戏的工作。"而汪曾祺对一道翡翠蛋羹情有独钟:"一个汤碗里一边是蛋羹,一边是荠菜,一边嫩黄,一边碧绿,绝不混淆,吃时搅在一起。"医书里也注释着野菜的药用功效与生长特征。李时珍《本草纲目》中云:"荠生济济,故谓之荠。"意即它能济世济人济苍生,功莫大焉。

而记忆中抹不去的最是童年关于野菜的浓情片断——不必远行,房前屋后,学校的操场边,上学放学途中的河沿池塘边,随手就能采到野菜,不仅有荠菜,也有葛根,或蒌蒿,或紫云英,边采边唱歌谣:"阳春三月三,野菜当灵丹。"野菜装在书包里带回家,就能成为饭桌上的美味;或将荠菜花插戴头上,据说可明目;或置于灶台,以驱虫蚁。

野菜多半带有一点儿苦味,凡苦味菜皆可清火。春天北方气候干燥,食野菜最为相宜。采来的野菜洗净控水,配肉丝爆炒,口感绝佳;或焯水后,香干切丁,辅以海米、蒜泥、生抽、醋、香油凉拌,很是新鲜。或者做汤,汤里放几片嫩笋,或几朵香菇，再洒上蛋花，单看色彩就生食欲，品一口，鲜，香，爽，滑，润，如饮了陈酿，醉了三分。或者做成烧卖，更是别有风味。当然，你想煮一碗汤面条，最好是龙须面，面条煮至五成熟，复将淋了芝麻油的野菜、葱花、姜丝往热腾腾滚开的锅里一撒，起锅后一人来上一碗，雪白翠绿，你说自己不馋，谁信！

采来的荠菜，芯里出了莛子，莛子上顶着细碎白色的花，一朵一朵，仿佛满天星子。将这些莛子一一剪下来，与采来的紫红色蝴蝶花——花朵仅有指甲盖大，像极了紫云英——和金黄色野生蟹爪菊放在一起，辅以修竹一二枝，纳于一只盛了水的竹制笔筒内，供之于书桌上。碧绿之中，野花妖娆地对你浅笑。晚霞夕照，娇艳的野花投影到墙上，衬着轻雾般飘动的窗纱，暗与明、黑与白，参差错落，如一幅水墨画。伏案读书或写作，偶尔静思，便见花与人相对粲然。此时的写作，如在山重水复搜索枯肠中，花给人以启迪；如在顺风顺水笔下生花时，花儿定然会带给人莫大安慰。野花不笑你书桌之凌乱，不嫌弃文字之粗陋，反而欣赏主人有此雅兴，甘愿与主人相守相伴。当朋友来访，插在"花瓶"里的一束鲜花令人无不惊讶，赞赏有加，但谁也不信花之出身如此"卑微"，而主人神情之得意则一览无余。野菜可食，殊不知生于野菜上的小花，淡雅，清香，是书桌上最有情意者，故特笔记之。

端午节

　　端午节到了，正是麦收时节，天不亮孩子们被叫醒，挎着篮子去拾麦穗。蹚过麦茬地，鞋子裤腿被露水扫湿。小麦长势良好，麦穗沉甸甸地低垂着，田垄长得一眼望不到头。麦田里弯着腰挥镰收割的人们，欢喜而忧愁。天下的农民无不渴望丰收，却也担心，成熟的麦子如若突然遭遇一场暴雨，一年付出的辛苦就将付诸东流。谁能保证这几日老天爷不变脸，不刮风下雨？所以，麦收就是一场争分夺秒的生死激战，社员们铆足劲，跟老天赛跑。放倒麦子，捆成个儿，马车运到麦场，晾晒，脱粒，归仓，麦子的使命完成。抢收完麦子，战斗才打赢一半，接着，就要在麦茬地上种玉米、栽红薯、点大豆。那场面，虽不及麦收壮观，却也别开生面。分散在地里的人们，神情紧张动作麻利，一会儿沉着一会儿疯狂，忙碌的身影，穿梭的车辆，受苦的牲畜，挥动的农具，像在排练一幕活报剧，表演者既放松又生硬。

太阳一竿高，孩子们收工，扛着装满麦穗的篮子，手里攥着一束束野花回到家里，这时，几案上已布置好芦苇叶包的粽子、白水煮蛋和煮熟的新蒜头。美食等待的是孩子们爆发的一声声惊呼，接着，他们拖动桌椅，动用碗筷，制造出一阵阵骚动。

拆开粽子的包装，晶莹饱胀的江米，红豆绿豆大枣醒目地点缀其间，咬一口是香甜软糯的味道。一时之间，那种难以尽述的欢喜、刺激、兴奋之情，在屋子里如花一般盛开，香气弥漫。

吃，是对食物的最好礼赞，是对包粽子人的极大褒奖和尊敬。母亲坐在孩子们身旁，动手解开粽子的外衣，放到一只碗里，均匀撒上白糖，端给这个，递给那个，脸上的表情安详而满足。

傍晚孩子们放学回来，窗台上多了一只插着野花的陶瓷瓶，矮柜上，一只盘子内陈列着几只金黄色杏子——它们的存在，像一幅装点幸福的画，色泽明丽，香味浓郁，姿态优雅，照亮了陈设简单的家。当杏子失去水分，外表逐渐变皱，色彩不再鲜艳，母亲慨然允诺孩子们，将其分而食之。

母亲用香草烧了热水，晚饭后让所有的孩子轮流去厨房内的一只大澡盆里洗浴，祈望孩子们年年吉利平安，身体健健康康。

长大后品过许多口味的粽子，比如四川辣粽、山东黄米粽、苏州枣泥粽、嘉兴八宝粽、海南叉烧粽、西安蜂蜜粽、广东裹蒸粽、闽南烧肉粽、它们各有特点，口感不同，虽喜欢，但比起母亲包的粽子来，还是觉得逊色，不免遗憾。试着按照母亲操作的程序对食材进行搭配，包制，竟然与母亲所包粽子的品相有几分相像，这时，才恍然大悟：日子滚滚向前，记忆停留在过去，无论生活发生怎样的改变，我们再也无法复制亲情和对父母的那种依恋。当又一个端午节到来，当吃到的粽子夹带了怀念，谁都知晓，今天不能错过。

你好，地铁

中午，上海同行连连打电话找我，而我在拥挤闷热的大街上穿行，压根没听见电话铃声，到家之后我才发现一串未接电话。赶忙打回去解释：城市在修地铁，街道只留半幅，狭窄的道路让人心口发堵，到处都是噪声，别说电话铃声，就是天上打雷，保不齐都听不见。一推六二五，责任似乎理应"地铁"承担。对方说，修地铁啦？听口气，好像不该似的。暗暗地嗔怪对方，当即把话题扯出去老远，我说，当然跟你们大城市没法比，上海地铁里程全世界第一，但在全球一百一十几个已建成地铁的城市里，我们忝列其中榜上有名，已经很不错了。自豪和夸耀，好像建地铁的决策，有自己一份功劳。

转眼，地铁即将走进人们的日常生活之中，我反而觉得这个时刻来得太快太急，有点儿不太适应，有点儿手足无措。

在安静的清晨或傍晚，城市身披着晨曦或夕阳，此时，准备出门的人们，忽然听到闷雷似的隆隆之声，从远到近，接着远去，很快恢复了平静。说不清，这声音是来自天边，还是来自别处。没人太在意。然而，当某日再次听到轰鸣，不会不怀疑这是汽车驶过引起的震动，甚至想，它是不是闹地震。事实上这时窗外寂静，喜鹊飞在天空，马路静止不动，车辆不见踪影；地震台网没有相关报道。有时，你在读书，忽然传来了一种奇怪的震动之声，你便留意地记下它出现的时间，合上书，捕捉它再一次出场，结果发现它的响声有规律可循，大概每隔五分钟重复一次。那种响声，如同放大的心脏跳动的声音，又似夏日滚滚而来的闷雷。有一天，你猜它应该是地铁列车在狂奔。

我愿意把它看成城市的一颗心脏在跳动，它年轻健康，跳动的节奏鲜明有力。

纽约堪称世界上地铁线路和车站最多的城市，密如蛛网的三十条线路和四百多个车站，令人眼花缭乱，如同迷宫。当我去中央公园时，未敢领教人家的地铁，而是花十二美元骑着共享单车尽兴游历城市，过足了拍照的瘾。"洋白菜"说起纽约地铁站，一概剔除赞美，仅剩直白的坦陈，拿汉语说就是"一股尿臊味儿"。

有一次聊天，我说这里的地铁马上要运营了。远在万里之外的"洋白菜"一愣，之后郑重发问，什么时候的事情？自己怎么不知道？是啊，离开几年再回来的话，你所看到的家乡，哪能与印象里的城市一模一样呢？对比之下，才能发现变化，并产生特殊的感情，对国家和民族的认识会与没离开的人大有不同。

可是，在修地铁的日子里，道路变得窄细、崎岖，或者限行，或者绕行，公交车线路、站点改来改去，慢，是人们在这座城市出行时所面临的共同难题。蜗牛似的行车速度，磨去了人们的耐心，要么渐渐地适应这慢节奏，要么在等待中，培养沉着稳重的绅士风度，从二〇一二年九月地铁开工，到二〇一七年六月试运营，五年的修炼，老百姓迎来了城市交通的新宠——地铁开通。

地铁，是城市发展的一道景观，地铁文化悄然成为一座城市的代表性文化。

世界上有许多美丽的地铁站令人赏心悦目，流连忘返。比如中国台湾的美丽岛捷运站，堪称世界上最大的玻璃艺术品，由四千五百块玻璃板组成。绚丽的图案，五彩缤纷的光影效果，如炫酷无比的万花筒，甚至可作婚礼举办场所，为新人青睐。

瑞典斯德哥尔摩，九十多个地铁站内全部以特色雕塑、马赛克艺术、名画以及其他艺术作品作为装饰。而它的体育场地铁站，那种现代与古代结合、模拟岩石和洞穴的设计极具神秘感，又充满艺术气息。

毋庸置疑，地铁，与现代都市人的生活联系得越来越紧密。它的脉络，如同蛛网般埋藏在地底深处，纵横交错，把城市的各个区域连成一个整体。从某种意义上来说，地下，将成为现代化城市状态的缩影。

我们这座城市的地铁，将以怎样的姿态塑造独特的地铁文化呢？目前虽还没有现成答案，但它一定会产生于穿梭在城市的你我之中。

第四辑

绿·一碗乡村饭

翩翩少年

去图书馆路上遇到了郎郎，我们相向而行，他戴着耳机，我抢上前去拍了拍他肩膀。他一愣，绽开微笑，露出崭新两排牙齿。

果真是郎郎！

一晃几年，昔日的"小豆包"长大了，身高须仰视，清脆响亮的嗓音变得低沉粗哑，额头上几颗小痘痘在闪烁。

每天下午放学，他坐公交车去上篮球训练课。由于今天的训练课推迟一小时，他改为步行，也算热身啦。说着他又笑了，嘴角漾出一个精巧的酒窝儿。

见我手臂吊着绷带，他关切地询问伤情，接着拟出一份食物清单：虾皮、海带、瘦肉、排骨——最好带脆骨的那种，还有芝麻酱什么的。最后他强调说：补钙！

他扫一眼腕上佩戴的超大电子手表——表盘像块怀表，为赶去训练，匆匆辞别。

那时，他刚上小学，下午放学后，我们来到公园，坐在悬铃木下一张长椅上，读一段美国人尤里斯写的小说《出埃及记》。书上的字十之八九郎郎都认得，想不到小小的人儿有如此惊人的识字量。有时我读给他听，有时我们齐声朗读，有时他跳着读。他为儿童挨饿抽泣，也被主人公的风趣话语逗得朗声大笑。

街头偶遇之后，郎郎常给我打来电话询问伤势愈合得怎样，补钙的食物吃了哪些，像个家长似的体贴，细致，面面俱到。他说，康复的过程比受伤时更疼痛，疼得人掉眼泪，哇哇大哭。刚骨折时，打了石膏的胳膊直棍似的吊着，夜里疼得睡不着觉；熬过一星期，人困得倒能睡着觉了，可睡着以后，一不留神扯动了伤处，又会把人疼醒。一旦拆掉绷带和石膏，每天都要做康复训练，由于长时间不活动，骨骼、肌肉、神经、韧带长死在一起，伤倒是好了，如果不能恢复功能，胳膊就将报废。他说得头头是道，我听得心惊肉跳，如果胳膊真给报废掉，我实在接受不了。

去医院复诊时，医生对着X光片讲了半天，用专业术语向我提出了诸多要求，我频频点头，其实像听天书。细一琢磨，又有几分耳熟，感觉跟郎郎说的大同小异，不禁自问，一个孩子的想法，怎么能跟饱经沧桑的成年人、专业的医务工作者如出一辙？

郎郎笑着解答了我的疑问：嗨，二年级时我胳膊骨折过一次！做康复训练时，两个大人一边一个按住我，非把木棍似的胳膊掰弯，从一度开始，二度，三度，五度，十五度，三十度，四十度，直到九十度为止。一开始疼得我扯着喉咙嗷嗷直叫，非要回家不可，医生不仅不训斥，还给我擦汗揩眼泪。每次把医生累得满头大汗白大褂湿湿。我买炸鸡腿给医生吃，让医生们长力气。现在我这只受过伤的胳膊完全康复了，活动半径达到一百八十度。您也能恢复得跟我一样好，我保证。勤晒太阳，适当活动，多摄取含钙食物，康复时咬牙挺住。我能做到的，相信您肯定也行！

当我拆掉绷带、石膏后，经过艰苦漫长的康复训练，手臂渐渐恢复了功能，如今又能在电脑前自如地打字正常写作了。这时会想起郎郎，他像一道阳光，将每一个难熬的日子照亮。暑假后他上初中，那个调皮活泼的小不点儿已然是个翩翩少年了。

一碗乡村饭

在西班牙首都马德里做汽车贸易的华裔商人武先生，当过知青，爱收藏农具，乐于种地。他在自家花园辟出一片地，种韭菜、茵陈（中药材）、谷子、玉米。他说，山西盛产小米，柴火熬的小米粥搁几块红薯，那叫绝配。一提"小米"这俩汉字，就能闻见熟悉的烟火味儿，像刚揭开锅盖的热腾腾的小米粥，香气扑鼻，叫人馋。

我也插过队。一下雨泥泞不堪的村路，深秋刨红薯的场景，杂面条的豆腥味儿，雨天湿雾般笼罩在心头的清愁，不经意间会突然重现，猝不及防。

记得下乡那天，雪下得紧，解放牌卡车载着我们来到村口，车趴了窝不能动弹，一侧轮子陷进半尺多深的泥泞里。前两天下过雨，一条窄窄的黏土路被雨水浸泡成沼泽地。村里的人，沿着墙根，挑着路"眼"曲曲弯弯地走，轻盈灵巧的身姿，实在是不难看。

车斗里跳下来的人与留在车上的人,将行李、装着脸盆牙具的网兜互相传递;十七个人,加上带队老邱,肩扛手提,趄进大队部。三三两两被分到一至七生产队,各队的队长念着名单,对号入座,将人带走。鞭炮忽地噼啪作响,"神来之笔"的噱头缘于男生们淘气。寂静的村子在短暂热闹之后,更加沉寂。

天晴之后,队长派活儿叫我去刨红薯。一把三齿铁耙:苗壮的铁齿,窈窕的木把。挟着风,抡过头顶;落下时,惯性加重力,瞄准鼓凸的土包抖动手腕,嘭的一声,铁耙钉子似的揳进泥土里。将木把稍微朝外撬动,向上提溜时再往怀里一兜,一嘟噜圆头粉脸儿的红薯,袒露于土地之上双眸之下,绝处逢生地送你一个微笑。队长在旁边指点。我脸上挂着汗珠,叉开双腿,往手心里吐口唾沫,浑身生猛地使着蛮劲儿,不一会儿,手上打了几个血泡。

收工,去会计家吃派饭。烧火拉风箱,我从堂屋蹿到厨房,又从厨房来到院落,死活插不上手,急得团团转。天已黑透,风刮得呼呼响。大海碗里盛满了杂面条——它混合了黄豆面绿豆面红薯面玉米面小麦面大麦面,切得比韭菜叶细。饭里还掺杂了霜打得发黑的红薯叶、切成滚刀块的新红薯、粗粝的玉米糁,大盐粒搁得慷慨。结结实实一碗饭,连干粮带菜全有了。

队长说,只有上头派来的人才有口福吃上这碗高级饭,庄户人家,年景好了吃一顿,念一年。队长的话,令我敏感自己不是"上头派来的人",一时黯然。转念又想,吃了这碗饭,也许自己

169

被高看一眼呢，顿觉情绪焕然。

会计家的小孩儿脸上挂着两筒鼻涕，又黄又稠，乌黑的小手皴得流着血，他一会儿跑进来，一会儿又出去。会计有七个孩子，最小的不到两岁，最大的读初中。我去了厨房，想把饭匀给孩子吃，可是，家里只有三只碗。会计陪我干坐在八仙桌旁，我推让着不肯先吃，不知怎么碰翻了碗，饭洒出来，我一下愣在那里。会计腾地弹起身，顺手从屋角抄起一只灰瓦盆，贴着桌沿，伸出胳膊用棉袄袖子一扫，连汤带面赶进盆里。浓厚的豆腥味儿从堂屋向院子里飘散。饭又从瓦盆里倒进了大海碗，不烫不凉，我饿得慌，闷头将这碗饭吃了个底朝天。

从胃里向上顶的食物和豆腥味儿，很冲，我忍不住打了个响亮的饱嗝儿。

饭香夹着瓦盆中的气味，似有似无，或浓或淡，贪婪的食欲恰到好处地替我的嗅觉打着掩护。

此时，会计仔细地舔着弄到棉袄袖口上的饭渍，舌头一伸一卷，神情怡然。

三年后我离开了村子。

乡村版杂面条的豆腥味儿弥漫在记忆里，经过数十载光阴浸染，如今我有了它的升级版：红薯青菜玉米糁煮挂面。前些年，还能吃到霜打红薯叶，有时村里人主动寄来，有时我写信去要。现在田里的红薯种得少了。但我吃得精心庄重，在我眼里，一碗饭盛着春种秋收；一碗饭，诚实地折射出日月苍生。

会计的孩子都成家了，清一色七个儿子，一人一张嘴，得用多少碗啊。队长的女人一连生了八个女儿,我走那会儿她又怀上了,分娩时她死了,保住了孩子,是个男孩儿。

我对乡村饭有种执拗的偏爱。带着这份偏执和热爱我飞到美国,游历欧洲,还有一些大大小小的岛国和那些神秘的小镇。挑食,并非中国人独有,正如韩国人热衷于泡菜,日本人喜食寿司大酱汤,美国人钟情热狗,意大利人心仪比萨,其实胃与食物的关系,就像一对父子,亲密而挑剔。

人类在地球上生活,无论种族、贫富,凭着一碗饭的成色和口味,足以准确地指认同胞,犹如胎记之于失散的亲人,标记着一脉相承的血缘。当你在世界任何角落遇见华人,都能找到华人超市或华人餐馆,那里的食物会成全你的味蕾和你一以贯之忠诚于乡村泥土的胃,屡试不爽。

山村

　　山中丰草塞途，野花不断。阴雨之时，谷黯如漆，荒山巨影，巍巍当前。长风忽起，拂松作海啸声，摇撼小树于黑蛾蛾中，其影仿佛能见，若巨魔做攫人状。两三小时后，云霁日出，宇宙倍感皎洁。仰望山峰，一角为斜阳所射，深草疏林，若镀黄金，有农人随水牛两头，同入此金黄朗澈世界。间或村犬遥遥二三吠，其声沉闷，似若有所惊。俯视山村，炊烟二三缕，出入此上明下暗之空谷中，其意境殊非俗手西洋画家所能写。

　　初入山村，年始七岁，遥望水牛，颇以为奇。近视之，疑为骆驼肿背不存也，奋而驭之，遽引吭高歌，声震长空。村前青山忽失，丛林小树，微露其梢；恍兮惚兮，疏影横斜，山家草屋，隐约露其一角。破壁颓篱，模糊如投影画。有三五人影者，自摇摇暮霭中来，旋又于暮霭中消失矣。山村静寂，檐下苍髯叟坐枯草堆上，二三小儿，环绕膝前，小犬蜷伏地下。山上，银光满空，小柏苍翠，为光映作黑色，暮景苍茫，笼罩小树若无数古人。微闻村犬汪汪然，不辨其出自何家也。峰在排山上，兀然锥立，状似佛塔。山如绿堆，林木葱茏，峰映天幕，群峦虎视高空。晚霞锁峰腰，露其顶如浮岛，尤婉约绝伦也。

村口有坦地，方可六七丈，中央置石台一座，旁有石井，水至清。杜鹃花如千百丛野火，盛开草丛中，环绕石井。近有松树一株，藤蔓攀附松枝上，且下垂如流苏，时拂人首。杜鹃花群红压枝，于松荫中做半谢状，境至幽寂。

夜如死谷，沉寂不类人境。菜油灯芯，烧做红豆状，其光在有无之间时。有瘦鼠一头，目灼灼然，摸索沿桌缘行，惊而起，鼠乃曳尾而遁。时门外小树，风吹之飕飕作响；窗外漆黑无光，伸手不见其掌。夜半难寐，三梦三醒，若闻怒水翻腾，声如奔雷，吾甚栗之。

再入山村，年逾半百，回首旧事，一语三叹，井犹此井，村犹此村，山犹此山，非其时，非其境矣。遥见山头黄月半轮，带巨星二三点，沉沉欲坠。灶火熊熊，炊烟缕缕，屋外人行路上，有步履拖拖之声，有箩担绳索吱吱之声，有车辆突突之声，乡人经此赶集者。鸡鸣犬吠，循环凡十余分钟而止。伸纸追记，笔在纸上如春蚕食叶，掷笔惘然。当年小住，恐亦难息其犹蓬之心也。

亲爱的宝贝

早晨,他脚穿一双条绒棉鞋去上学,鞋帮上刷了一层黄油漆。老师面带微笑地告诉他,等到树叶变黄,落叶满地,大雪纷飞,他就可以穿棉鞋来上学啦。放学回家,他脱下棉鞋。在阳台上听到知了在叫,声音刺耳,风与树叶耳鬓厮磨,喁喁私语,他告诉自己,睡一觉醒来,绿叶就会变黄。

繁星满天的夏夜,一双棉鞋的奇幻之旅塞满六岁儿童的梦境。

抽屉里少了二百元钱!

男孩儿挺身而出,说:我没拿钱。真的,钱,我可是真的没拿。

冷不丁,男孩儿趴到长沙发上,神情严肃地请求道:打我吧。他主动褪下了裤子。

打人犯法。他像个法官,曾经郑重警告过父母。

忽然,男孩儿跳下沙发,提上裤子说:钱我扔了,扔进楼道的垃圾箱里。

扔了?

母子二人往附近的垃圾转运站走,在巷子深处。

他一蹦一跳,像去观看电影或是参加足球比赛。

几辆运送垃圾的人力车排成队,停在垃圾转运站前还未卸车,一位环卫工人凑过来帮忙,抓起一把钉耙一边卸车一边留意翻找,男孩儿蹲在卸下车的垃圾堆前,用一根细棍仔细扒拉,专注的神情像在演算数学题。

烈日暴晒,女家长渐渐失去耐心,怀疑男孩儿纯属撒谎。

男孩儿不愿跟母亲打道回府,固执地在垃圾里翻拣,苍蝇乱飞,臭气熏天,汗水顺着脸颊直流,环卫工人也到路边乘凉去了。

男孩儿翻到了一只白色塑料盒,比火柴盒略小。男孩儿脚踩盒子在地上蹭干净,抠开,盒子里有折叠得整整齐齐的东西,展开是两张百元纸钞。

校门口的小卖部使他着迷,小浣熊干脆面、"卜卜星"小食品、虾条、跳跳糖,吃零食的感觉与课间游戏一样有趣。

他频频光顾小卖部,积攒的零用钱,花起来很方便,有一次吃得拉肚子住进了医院,医生说,吃多了会影响智力和生长发育。犯错是孩子的专利,即使犯错,大人对孩子的爱丝毫不减,但是,小食品不卫生,离它越远,受到的毒害越轻。

是年,孩子八岁。不对,是九岁。也可能是七岁。

"五一"穿"奇装异服"参加学校运动会，孩子们最喜欢运动会。

中午回来他诉苦，同学们说他穿女孩儿衣服，羞他，嘲笑他。

家长安慰说：他们说得没错儿，这套粉色运动装的确是表姐穿过的旧衣服，稍加改造，同样能穿出男孩儿的风度。不信，可以试试。胸前来一贴卡通画，背上用彩笔写上花体英文字 ATHLETICS（体育运动，田径运动，竞技体育）和阿拉伯数字 29 号，穿上它你不觉得很帅气吗？告诉他们，谁想借，得先排队。

下午他龇着两排白牙儿回来说，同学们都想要一套跟他一模一样的衣服：卡通画，花体英文写的"竞技体育"，阿拉伯数字，一样不能少。

天凉了，他加了一件新秋衣：胸前图案是一只翘胡子的山羊拉着一辆棕色双轮马车，神气活现。坐在小板凳上，他唱《剪羊毛》给山羊听。他决定，写一张纸条贴到外衣上，注明里面有一件"小羊拉车"的新秋衣。他为这个主意高兴得笑弯了眉毛。

纸条弄丢了，他又贴上一张纸：我有一件新秋衣，在里面。

一件新秋衣被温柔对待，一只山羊在聆听孩子的歌儿，世界被童心抚慰。

父母终将老去，岁月依然年轻，而你在父母眼里永远是长不大的孩子。当你做了父亲，希望你所给予的与你得到的一样美好。爱，不多不少，每次得到，足以温暖记忆。

一支钢笔

早晨来了快递,拆开包装,但见一只米色锦盒,一页纸飞落在地——

老妈:

哈哈,猜不到是一支钢笔吧?愿您手执这支笔,镌刻更加绚烂之文字,书写人生的新篇章!

PS:一定要用哟〰〰〰

很贵的哟〰〰〰

阿豆
2016 年岁末

新年收到礼物当然高兴,但对文中一串"相似符号"和"PS"茫然,求助百度弄懂了寓意,别有会心。

有人说一支钢笔的寿命是四十三年；有消息报道，二战出土的钢笔，笔身虽毁，笔尖却完好无损；更有传言讲，一位小学生一周使用了十支钢笔！

小学四年级，我拥有了人生第一支钢笔，上海英雄牌，全包笔尖，电镀笔帽，草绿色橡胶笔杆，我用粗棉线织了笔套，视如珍宝。

一次遇朋友，互留通信地址时钢笔脱手，笔杆摔裂，念其亲水性好，电木塑料笔舌吐墨稳，且用了几十年，颇为心疼。后来，在师大图书馆西侧修理钢笔的小摊儿上换了黑色笔杆，心情渐好。

一支钢笔也有生命。在我的钢笔的生命轨迹中，有抄写大字报的懵懂，有撰写入团申请书的真诚，有参加高考的答题过程，更有写出小说第一次公开发表的喜悦，人生每一次蜕变皆有这支钢笔参与。它见证了父母离世，儿子降生，记录了事业生活的进程，也彰显了思想灵魂的脉动……个体生命与社会变迁中，一支钢笔的使命不可低估。

一周用十支钢笔，其实并非传闻，当事者何人？寄钢笔的小子也。

幸好寄来的是钢笔而不是化妆品或别的什么，但别的我也不嫌弃，照单全收。千里送鹅毛，礼轻情意重。但一支钢笔，最使我心动心仪。虽说，写作已用电脑，但钢笔的角色依然不可小觑。做读书笔记，写日记，给亲友写信，我一仍旧贯，只用钢笔。铺开白纸，吸足墨水，端坐在书桌前，一笔一画将思想的表情和情感的火花化作文字,贴一枚邮票,无论相距远近,一颗心与另一颗心相遇,相知,相悦。

走出国门的人,说洋话,写洋字,久而久之还会中文吗?从小背诵的唐诗宋词、日常通信的书写格式,都还记得吗?病句、错字能避免吗?

阿豆说,当然啦,母语像身体里充盈丰沛的血液,提笔直接文思泉涌,亲切美丽的方块字跃然纸上。

寄来的钢笔,瓦形笔尖,螺丝笔帽,吸墨水的活塞装置确保墨水灌满又吐水均匀,而外观与普通钢笔无异。跑了几家商场、超市、文具店,终于买来墨水,写字试试,笔尖滑利而富弹性,又是金笔,名副其实一支好钢笔。然而,若非阿豆所赠,不过是冷冰冰的商品而已。因了阿豆,感觉就迥然不同。

深夜辗转,寝不安席,面对台灯,一首打油诗油然生成:

一页 A4 纸,
几行中国字;
派克值千金,
吾儿存大志。

清晨,改动二字,誊抄于白纸之上,"诗"与信镶进镜框,与钢笔置于书桌,拍照存念,以"一首打油诗,遥寄念子情"为题,手机发给朋友们。

引来一片评论之声:

——母慈子孝，羡煞人也。派克笔很贵的，阿豆的一片孝心，一定要用啊。真真地幸福哟！一位名叫远的女孩儿说。

——当年练字，我连皮毛都没跟你学到。同学如是说。

——读了打油诗，眼泪止不住地流，作为妈妈都是一样的心情，孩子不单是妈妈身上掉下的肉，更是妈妈的心。为了孩子的前途，必须忍受离别的悲伤。孩子为学业事业奋斗，是他的本分；父母忍受念子之情，也是我们应做的牺牲。但总是这样思念，对健康不利。要为能有这样一个争气的儿子感到高兴才对啊！闺中密友说。

——哪天你也教教我写诗，不许拒绝。朋友命令道。

——手中线，身上衣，慈母心，三春晖。这几句留言，说得如此简约。

声音的可阅读性

付秀莹的短篇小说《尖叫》，一改往日忧伤温暖的风格，以冷峻而多义的笔调再现了当代都市男女情感的隔膜与疏离，真实的人性，在尖叫中湮没无声。

夫妻两地分居多年终于团聚的老车与今丽，适逢乔迁之喜，又是节日，于是今丽提议邀请笑贞一家人来聚聚。聚会如期举行，在觥筹交错中，在两个家庭之间，在恩爱和谐的表象之下，却是错位的情感、暧昧的梦幻和潜意识。尖叫是极致的情爱表达，也是乏力的内心反抗，似也潜藏着对未知、对亲密无间的事物或人的深深不安与忧虑。在披着敏感、猜忌、防范、试探、嫉妒、任性、虚假的外衣之下，在难以察觉又不失时机的试探之中，掩饰的心机或冒险的算计一点点膨胀，如大雨将临，沉潜于河水中却频繁跃出水面呼吸的鱼，年轻、精力充沛的身体里，一股股一串串冒上来的是结实的欲望和怀疑。通常可能遇到的情形是，迅捷而突然地做出令自己感到不可思议的情事，再神不知鬼不觉地缩回原来安全的壳里。自欺欺人。

一场精心准备的家宴，以四个人喝醉而告终。那个"不染人间烟火的"笑贞，却"幽幽咽咽地哭"，今丽知道，在与丈夫老车夫妻生活的"最要紧的那一刻"，丈夫喊出的却是笑贞的名字。

快节奏的现代都市生活和单调重复的日常工作，使得人们的生活空间被压缩，甚至男女的私密空间被挤占。然而人们却在自我编织着罗网，在对外部世界的渴望中，作茧自缚。在人性的隐秘处，那些清晰的、透明的、诚挚的、真实的初衷，能不能失而复得，毫不走样，这是个问题。亲密的夫妻感情，在与友人的相聚中，成为引线，使并不复杂的关系一言难尽。

在深不可测的情感海洋中，自己或对方真的能做到坐怀不乱波澜不惊吗；而乱了方寸之后，夫妻恩爱与家庭和美能不能复原？

同甘共苦、志同道合或许是维系夫妻关系最牢靠最坚固的纽带，但真的如此吗？是，但又不全是。

感情的清清白白，一尘不染，一心一意，是理想的爱情模式？家庭作为社会组织的最小细胞，一如既往地保持着它的独立性、排他性，而潜意识里的游移与幻想，能不能派生新的故事？这些提问也许原本没有答案，小说只能将真实的生活面貌加以生动呈现，却不能给出最终结果。所以，笑贞、笑贞丈夫、儿子饭饭从今丽和老车家离开，虽然意味着家宴结束，但是故事不可能也不会因此完结，或许一切仅仅是开始。

生活还将继续前行，不管今丽的母亲曾经受过父亲怎样的感情伤害，不管今丽对父亲有过怎样的愤恨，今丽都不可能重复母亲的昨天。在感情上，在人格上，在事业上，在居家过日子上，她能为自己做主，也能为家庭做主。伴随着尖叫，你能阅读出声音里包含的意义与直觉，情绪与逻辑。或许，今丽和老车，依旧会保持爱情甜蜜、生活优雅、精神独立的假象，笑贞与丈夫、儿子仍旧幸福。他们按照各自设计的样子去生活，明天，或者进退维谷，或者互相妥协，或者欲罢不能。

天真叙述与批判精神
——关于《德语课》

有关二战题材的文艺作品不胜枚举,而反映纳粹统治时期德国国内生活的作品就笔者的阅读经验而言所见不多,长篇小说《德语课》正是这样一部作品。

小说通过尽职的父亲与正直的画家之间的较量,反映了二战时期德国普通民众的生活现状,触及了德国社会的实质,清算了法西斯的罪恶。它是德国作家西格弗里德·伦茨的成名之作。此作对德国具有里程碑意义,其哲思具有全球性,因而作家享有世界声誉。

在少年教养犯西吉·耶普森的天真叙述中,一九四三年德国北部乡村因战争所经历的一切,给读者带来的是惊心动魄的感受。西吉被关进单人囚室罚写一篇题目叫作《尽职的快乐》的作文。小说由此展开,以幽默诙谐的风格和时空倒错的手法,扎实地刻画出在北德乡村当警察的父亲如何恪尽职守地执行纳粹当局的禁令，监视当地画家南森，不许他作画，制止画家的创作体验和创作念头，剥夺他任何关于绘画色彩的言论，没收他的画。而画家和父亲不仅是朋友，从小一起长大，画家还曾救过父亲的命。小说以西吉的视角切入故事，海滩，冬日黑沉沉的大海，赤杨树，磨坊，大坝，浮云，父亲骑着自行车，西吉坐在后面，朝着使命的死胡同吃力地蹬去。西吉同情画家，喜欢绘画，帮助画家藏画，直至战后禁令解除，西吉患上了幻想症，他幻想画家的画作受到威胁，想方设法为画作寻找安全之所，为此去偷画，而被送进了劳动教养所……

小说秉持现实主义传统，并吸收了陀思妥耶夫斯基、福克纳、海明威批判现实的精神与精髓，它取材于当时德国著名画家埃米尔·汉森被纳粹禁止作画的真实事件，而作品力求从道德层面进行民族反思，虽未直接将战争的惨烈场面诉诸文字，但是通过人民的灾难和疾苦揭露战争的残酷与社会之弊端，对德国人长期信奉的"忠于职守"的"德意志品质"进行剖析和无情批判，并深刻思考战争的根源：当政权走向反动，履行职责就会成为一种社会疾病，国家与民族就要付出代价，结果必然会害人害己。

小说的人物形象个性鲜明，栩栩如生。刻板固执的父亲，"为拖延向画家递送禁令的时间，这里搁下一些东西，那里又拿起一些东西，并总能找出理由推迟任务的执行"。但他最终违背了自己的初衷，为了一项任务，或者是一种职业习惯，他与画家势不两立，针锋相对。父亲的为难神情和矛盾心理跃然纸上，而时局逼迫是他走向异化的原因。充满善意的独臂邮差，每次到访，希望带给别人的是好消息，但他不可能总是带来好消息，那时他的局促不安是显而易见的，他"掏出他那块怀表放到自己的面前，他心平气和地端详着自己这块表，看上去对它很满意，因为他在点头。……我有时候觉得大概他那块表的计时方法同别的表不一样，因而他一心要弄明白其中的差别究竟在什么地方"，或者，"他掏出怀表，以此告诉我们，他为自己待在这儿规定了时限，尽管我们并不知道那到底是多久"。这样的表达包含着宽容，将困扰化作幽默，将误会进行冰释，尴尬的气氛变得融洽，人与人的情感有了交流的可能，进而使立体可感的人物形象——呈现出来。

二战是人类历史上规模空前、惨烈空前的战争，60多个国家和地区、20余亿人口卷入战争，造成了巨大人员伤亡和物资损失，给世界人民带来了深重灾难。《德语课》在自我反思自我批判中，深刻启示人们：绝不能姑息纵容侵略行为。托克维尔说过："当过去不再照亮未来，人心将在黑暗中徘徊。"当今时代，我们面临很多有关民族和人类命运的问题，要想进步，就不能让悲剧重演。

娜嘉的不同

　　小说怎么写，对于许多写小说的人而言，各有路数，不一而足。超现实主义代表人物之一的法国作家安德烈·布勒东明确表示，小说不能有描写，他的小说写的是意想不到的、随机的、荒诞而美妙的东西。于是他写了《娜嘉》。果然，作者没有食言。

　　你不能说《娜嘉》不是小说，但它与传统小说文本的确迥然不同。其中需要文字承载的都省略，却以图片取而代之。读者对此不太习惯，但新鲜感好奇心油然而生。故事脉络清浅，人物着墨疏淡，散步时的偶然邂逅，以及无意时的目光相接，给小说人物中的彼此留下印象。途经的街道、教堂、剧院、酒吧以及建筑物上的一行字母，一一通过相机的镜头表现出来，而不是将看到的事物以文字的形式呈现于文本，它使读者产生在场之感。当二人再次相遇，巴黎傍晚的氛围，居然使神秘的娜嘉拿起了画笔，画出奇妙的感觉世界。她的画，令天才感到羞愧。但娜嘉从未学过画。她是个天才吗？天才需要什么特殊的直觉？

因为是天才吧，娜嘉被送进了疯人院。因为疯人院造就疯子，正如监狱造就罪犯一样。

娜嘉消失了，画作和当时所拍的照片保留下来，形成了现在的小说。是自传？是虚构？总之，这就是作者想象中理应如此的小说世界。

娜嘉穷得叮当响，她身穿旧裙子，依旧难掩其逼人的美丽，然而她究竟是虚构的还是确有其人？读者无从厘清小说的内在逻辑，无法把握人物性格发展的脉络，难以识别或解释作者的真正意图。而作者安德烈·布勒东深谙其妙，绝对信任读者的头脑。

安德烈·布勒东是二十世纪超现实主义的代表人物。他写诗、画画、写政论文章，加入共产党，再退出，一九六六年他死了。

据说，娜嘉的俄语意思是：希望。

作者的希望所指是什么？他或许在说，希望并非已经发生的此在，意识中的希望，只能指向永不消逝的精神永在。

偶像

如果家庭成员中有人不止献血一次，还将继续献下去，不知你怎么看？我呀，嘴上支持，心里敲鼓，暗自嘀咕，这样下去身体行吗？难道事情开了头中途改弦更张有什么不妥吗？事情的真相是，当家的主人能扛得住！确凿的证据是他酣睡中悠长抒情的呼噜，而且吃吗吗香，身体各项指标均为正常。

这是献血者过硬的条件和充足的理由，也是受血者的福音。

他说，身为"50后"，当年在知青点扛大包，二百斤的麻袋往肩膀卜一甩，一溜烟儿小跑，这体格不献血，简直是在浪费资源。

这套说辞，显然是在逞强，可话也说得实在，并不夸张。否定他的观点是不明智的，怎么能不支持他献血呢？

从下乡到如今四十多年过去，该成员有不少习惯，其中一种至今保持不变，即隔三岔五翻阅《共产党宣言》，并且默诵他认为记得不熟的某一段。对马克思顶礼膜拜，除了钻研马克思主义的思想和世界观，他还特别欣赏《共产党宣言》的严谨结构、缜密逻辑和优美语言。他认为，无论从政治、经济、社会发展、文学等角度来解读《共产党宣言》，它都是一部当之无愧的经典，而且不会过时。熟读过《共产党宣言》的人，可能发现这话说得没错。

在工作中他还有节约的习惯。比如吧，为单位起草报告、讲话稿、汇报材料，不论文稿长短，通常的做法是修改一稿打印一次，经过多次修改，眼见着打印纸唰唰减少，废纸堆噌噌增高，他心疼。为省纸，他先在电脑上敲出电子版初稿并反复在电脑上修改，定稿后通过 WORD 文档进行编辑，然后他用废纸反面打印修改稿，经过仔细校对，确保差错改正后，再用 A4 "好纸"将文本正式打印出来，装订成册。

多用几张纸，在单位是用不着这么计较的。没有什么部门对办公用纸做出硬性规定，办公是为公，为公就算不上是浪费。但他觉得，纸张两面使用，是物尽其用，这样做才叫不浪费，才是好习惯。他认为，为公也要有节约意识，公家的钱用到刀刃上，才是正途。更何况，树木的生长速度远不能满足人类用纸的速度。省一张纸，就是为一棵沉默无语的大树减负。未雨绸缪，做比说重要。

当儿子走出国门，踏入向往的普林斯顿大学，视频时家里这位重要成员肯定会提醒儿子：别忘了浏览新华网、人民网，用汉字写写日记，读读中文报纸；做学问不仅要有知识，还要有祖国，有故土，有爹娘……

家里的这位成员，做的虽都是小事，但与"勿以善小而不为，勿以恶小而为之"的古训并行不悖，言谈举止与他一家之长的身份名实相副，也令身处异域的儿子倍加推崇、景仰，并当作榜样和偶像去追逐。

猫与鼠

半夜里窸窸窣窣之声将我吵醒，室内漆黑，门外有亮，于是，就看见通向阳台的玻璃门楣上的精彩表演：一匹尖头翘尾身怀绝技的青年老鼠，惊人地走着模特步，尾巴一下拉直一下蜷曲，自在悠闲的样子令人想起微信里抬着粽子扭动腰肢送礼物的著名小狐狸。

独自在床上坐到天亮，看了一出皮影戏，生出领养一只猫的主意。

跑步经过路边的花园，一群猫聚在那里玩耍。虎斑猫、狸花猫、狮子猫、波斯猫，有的栖在栏杆上，有的躺在落叶上，或攀上树干，或趴于石阶；有的端坐在自己的梅花脚上，尾巴悬着问号，舔舐着前爪擦脸。

在栏杆之下，几只筒装罐头排成一列，罐头盒上密密麻麻印着配料、成分、营养等中英文字，盒里装的是金枪鱼、生蚝、丁香鱼、鸡肉，宣称所含的维生素 B、E、D，牛磺酸等营养物质，能够防止猫咪视网膜退化，巩固牙齿和毛发，确保猫之心脏肌肉的正常运作，诸如此类。

傍晚、午后，或者清晨，小学生、散步的老人、推婴儿车的年轻母亲，每当他们从花园经过，都会不由自主放慢脚步，或在栅栏外驻足，静静地和猫待上一会儿，温柔地说一会儿悄悄话，然后挥手离去。几只空罐头盒里盛着清水。猫咪们吃完正餐，埋头饮水。水面上映着温煦的柔光，猫咪圆乎乎的脸庞，松散的眼神，花瓣嘴两边留着八字胡，一身闪闪发亮的皮毛简直像刚刚擦过油似的。

这些情景勾人想起不久前的欧洲之旅，我与一只猫在异域相遇。那天从法兰克福的一家中餐馆出来，接着要去慕尼黑，上车后发现多了一名形体高大、外表美丽、气定神闲的新乘客。司机说她是一只挪威森林猫，为斯堪的纳维亚半岛所特有。

她从哪里来，又到何处去？

到达慕尼黑时，不想这位不速之客却神秘失踪。司机、导游、乘客集思广益，调动一切可以调动的手段和人力，搜寻这位美丽的乘客。当几天后得知，挪威森林猫已徒步回到了主人身边，所有的人才松了口气。

回国后，我迫不及待地去花园看望那里的一群猫咪。我想领养其中一只受伤的小猫儿，它的一条后腿有残疾，走路一瘸一拐，假如手术能够治愈，便能恢复爬树跳墙、沿壁上房的本领，这大概也是猫之所想吧，我猜。

周末去图书馆还书，穿过马路，特意绕到花园，身后传来孩子兴奋的欢叫声："爸爸，快来看呀，他们饿了，能喂饼干吗?"

扭头看见两个长相一模一样的小女孩儿，三岁左右的样子，梳着相同的发型——荷叶头，衣着干净，眼睛明亮。顺着她们的目光，但见一位三十岁左右的男子摇着轮椅，跃上一个斜坡，向花园"走"去。两位小公主奔跑着迎上去，齐声叫道："爸爸，这些是您的孩子吗？他们饿了，快点开饭吧。"

我愣在那里。第一次关注这个花园，是因为这里的猫咪；第一次对猫咪动容用情，是因为靠在栏杆上的一张硬纸板上写的几行字："他们是我的孩子，如果您想领养其中的一位，或给他们喂食，请通知我，因为我是他们的爸爸，我爱他们，你也是。以下是我的微信号和联系电话……"

望着父女三人，耳边又响起纸板上的话语："他们是我的孩子，如果您想领养其中的一位，或给他们喂食，请通知我。""因为我是他们的爸爸，我爱他们，你也是。""因为我是他们的爸爸……"

老孟者何人

词典上这样解释张冠李戴:"把姓张的帽子戴在姓李的头上,比喻弄错了对象或弄错了事实。"地球上人口众多,张冠李戴之类的闪失难免,只要不是主观故意,弄错了对象,戴错了帽子,纠正过来,倒也无妨。这是本人的态度,有点儿轻描淡写,老孟什么态度,不得而知。

老孟者何人,且听我细细道来。那一年,我和另外十几位人士从各自单位借调到某机关帮忙,一帮就是几个月,渐渐地互相熟悉起来。早晨比赛谁到得最早,争着抢着拎几只竹壳或铁皮壳的暖水瓶去水房里打开水,或者擦桌椅、擦楼道,整理桌上的档案文件,或者去传达室收取报纸和信件。抢着干活是一种乐趣,因此,大伙儿都乐此不疲。"帮忙"行将结束,我们就近到工人文化宫的毛主席像前合影留念。虽说见面总打招呼,朝夕相处,工作中相互协助,真正确切地弄清彼此姓啥名谁、职业年龄,却是在拿到合影相片之后。大家挤成一堆，点着照片，将影像与真人一一对号入座，神情跟警察破案一样认真。老孟老魏站在后排，我在他们前面，在我左侧是身穿蓝色公安制服的真警察，皮质的棕色枪套挂在腰带上，他曾从腰里拔出一把手枪，拿在手里很沉。那是我第一次看到真手枪，如果举枪射击，我怀疑自己根本无法瞄准目标。不久，"帮忙"的各位风流云散，各自回原单位上班。

同在一座城市，低头不见抬头见，这是概率问题。但自从分别后，我们的碰面机会少之又少，这可能是小概率事件。偶尔在马路上碰见一位，寒暄几句，各奔东西。有一次遇见"老魏"——因为他看上去比我年长，便尊称"老魏"。我这么老魏老魏地叫，对方一脸微笑，随性随和，使我确定自己没把他认错。其实他纠正一句"我姓孟"就行。当时，我并未意识到这称呼的错谬，又怎么能体会他内心的别扭？他的敦厚性格和以礼相待，反而给我一种错觉，甚至是一种认同：一别数年，我还记得他"老魏"，因此他是珍视这份情义的。所以当我们再次相遇，称呼他"老魏"，顺理成章，天经地义，可以说叫得理直气壮，底气十足，并不含糊。至于老孟什么感受，我想都没想。

天不转地转，山不转水转，转来转去，我和老孟成了同事。老孟听说我调工作的消息后，第一时间来办公室看我，几次都扑空了——我不坐班，他来准会错过。见面后我一仍旧贯，老魏长老魏短，故意似的，真让人难堪。但老孟并不捅破这层窗户纸，照例应和着，谈笑着，尽量不露出破绽。老孟实在不该这么做，虽然我有错在先,可老孟一味对我姑息迁就,使我们的相处离真实的自己越来越远。

单位一年一度体检,我们又碰面了。等待是烦心的,我拿出一本书打发时间,好像惜时如金嗜书如命似的坐在一个角落。人们乱哄哄地挤在楼道里,或者来回乱窜。大厅内,等待叫号的人坐在一圈沙发上,我和"老魏"聊起来,他问我看什么书,我给他看了封皮。他把书拿在手里,随意地翻翻内文,从上衣口袋里掏出钢笔,翻到最后一页,唰唰写下了自己的联系电话——办公、住宅都有,还写下了自己的名字。广播里叫到我的号码了,我从"老魏"手里抓过书塞在包里,急匆匆冲进彩超室。

有一天我给"老魏"打电话,忘了电话号码,翻到那本书的最后一页才发现,"老魏"本不姓魏,人家姓孟,孔孟之道的孟,一笔写不出两个孟字,说不定他的先祖跟亚圣孟子是同宗?老孟试图用这种温文尔雅的方式纠正我根深蒂固的错误,用心良苦。

再次见面,我提醒自己不能再叫错了,一时间却又想不起他姓孟,卡在那里,很不自在。老孟怕我尴尬,鼓励我将错就错。如果我对自己也迁就纵容,怎么能叫尊重老孟呢?

张冠李戴,不是我偶尔犯的错,我也曾如此错待过老徐。他在机关工作,办公楼顶层设有乒乓球案子一张,早上或周末我常去打球,有人问我,你跟这里的谁熟,我就亮出老徐这张王牌。多年后街头相遇,老徐请我到对面楼上喝茶,顺便到他办公室聊天。当时我一愣,难道我没有听错?他不是在机关办公楼吗?从楼内走来一位年轻人跟老徐打招呼:刘总!我简直怀疑这不是在地球，而是在火星，相识多年，他竟然姓刘，却不姓徐！而且他所在单位并非机关。天大的误会！天大的笑话！为什么我总摊上这种事儿呢？

但愿父母的基因别遗传给儿子。家长会散会后，儿子小声嘀咕，快看，冈老师来了。抬头见是高老师。儿子急赤白脸地说，不对，是冈老师。

"冈老师"平静地望着我们母子，一点儿没让我们感到不好意思。

我仔细捋了一遍，其实我的父母没有这种"特长"，但是，儿子极像我，都有张冠李戴的问题，这习惯不好，怎么改正呢？不过事物都有两面性，既然毛病相同，那么我们母子行事做人就会步调一致，使得家庭更加和谐，坏事向好的结果转化，总比互相指责要好得多。

有一天翻影集，其中一张老照片引起我的兴趣，那是用120相机拍出来的黑白照，十几个人挤在镜头里，背景是第一工人文化宫，那位高个子来自少年宫，身穿制服头戴大盖帽腰间佩枪的这位来自公安局，老孟老魏并肩站在我后排右手位置，对了，老魏戴眼镜，他比老孟个头稍矮……难怪我把老孟呼作老魏，虽是张冠李戴，但事出有因，情有可原。那么，老魏呢？这么多年过去，他在哪里？

鸽子

鸽子气质雍容，举止优雅。

鸽子起飞，扑棱翅膀的声音惊人耳目。在高不可攀的灯杆顶端，鸽子落上去，站在多棱磨砂玻璃灯罩上凝视远方，又圆又黑的小眼睛透着光，像镜头一样对准近处的马路、前方的车辆，以及远方十字路口的红绿灯，把视野里的对象放大、聚焦，捕捉着一幅幅新颖画面。

警察不知道鸽子已"上岗"，匆匆来去的行人对鸽子的高高在上视而不见，汽车们以贴地飞翔的野心，突突突、轰隆隆地从马路上呼啸而过。

马路沸腾了，汽车在欢叫，行人直立如铅笔，空间骤然收缩，时间被拉长。

鸽子坚守在自己的阵地，时刻保持警惕，似担负着一份巡视城市的使命。鸽子将目光从一侧转向正前方，放眼远望，在目力所及最难捕捉的那个点上凝眸，希望看到风的故乡，极力辨认风的衣装。风，披着透明的轻纱，从鸽子背后无声逼近，鸽子睁大眼睛，辨认风的模样，却误将风看成是雨或霜。鸽子自信地以为，在不太远的远方，风在行动，或许下午，或许再过几个小时，风会光临这座城市。

风，携带一件简单的乐器，一边飞行一边演奏，它不是管风琴，却有着管风琴多层次的声音和躁动牵引的力量，令生命失重；它不是笛子，但有笛子云起雪飞、余音绕梁的神韵，如入梦乡。

鸽子拍打翅膀，腾空而起，投下巨大的阴影，铺天盖地。盘旋在广场上空的姿态，就像骑上木马飞转的儿童一样调皮；鸽子开始滑翔，睡莲那般安静，甚至你会担心鸽子是不是已经死去。

在一群孩子身边，鸽子从容地低飞，以尾翼着地，之后才收了翅膀，稳稳站定，霎时间，孩子们举着纸杯提着袋子，奔向鸽子，慷慨而又仔细地将玉米、豆子、大米、小麦捧到手心里，请鸽子品尝、享用。更多的孩子围上来，欢呼雀跃，伸出胖胖的小手亲昵地触摸小生灵的羽毛，喁喁交流着甜言蜜语。

太阳西沉，暮色笼罩着广场。

鸽子将要班师回朝，忽然，孩子们对鸽子说：刚才看见飞机了吧？飞得高吗？你没看见没关系，明天再来好不好？有一架又炫又酷的飞机，就像你。

乘着歌声的翅膀

不知从哪天起，唱歌的人多起来，浩浩荡荡的退休大军组成了大大小小千千万万支歌唱团队活跃在城市的各个角落。在广场上，在公园里，在小区内，在电台电视播出的节目中，手机视频里，湖畔水岸，晨曦笼罩或日暮时分，下雨或晴天，袅袅的歌声不时飘到耳边，或自娱自乐，或参加比赛，身穿统一服装，或是日常装扮，唱红歌、流行歌、地方戏、国粹京剧，到处是歌声的海洋。琴是我的朋友，她也爱上了唱歌，爱到近乎狂热。

她下载了一款唱歌软件安装至手机，从海量的曲库里点开一首歌曲，选择伴奏播放，抓到节拍她唱出歌词，经过自动合成，一首完整且完美的作品录制到手机里。微信发送后，亲友互动，网友点赞、评论，使她从中获得了极大满足和成就感，好像大南海北的人都是她的歌迷，都在为她的歌唱而疯狂。

如果年轻时能够接受专业指导，说不定她也能成为专业歌手。然而，琴对专业与否不以为然，只希望唱歌能带来愉快、轻松的心情。

有一阵子琴去歌厅里唱歌，约一群人，带上瓶装水、零食、水果，大家轮流唱，仍不能尽兴；回家后对着手机唱，时间灵活，空间自由，缺点是没有观众——有人喝彩比较能激发人的艺术发挥和潜能；在家中开演唱会，购置音响设备，麦克风就预备了好几个，几位同好坐下来，以虚心诚恳的学习态度，严格挑剔地纠正每一个音符，细抠每一处错误，不放过一点儿瑕疵，切磋头腔胸腔共鸣的感觉：让声音向上走，把气息沉下去。并从现场演唱中挑出精品录入手机，发到朋友圈，提醒对重点作品加以关注与批评，比如《苍天般的阿拉善》《雕花的马鞍》《再见了大别山》《战友之歌》。

琴让我给她的演唱挑毛病，我悉心照办，反复听琴的歌儿，感觉骗不了自己，虽是真心喜欢，却谈不出有用的意见，又不善于夸奖人，倍感为难和不安。我们坐在大树下的长椅上，阳光从树叶间投下斑驳的影子，一只柯基犬尖着双耳，驻足望着我们。她严肃地追问，听出毛病没有？然后指出她自己发现的问题一，缺点二，毛病三。我望着她，表情跟柯基犬一样茫然——既然她都一清二楚，为什么还逼着我来说长道短？

琴也许以为我跟她客套，不说实话，便有些生气。天地良心，如果能为她的歌唱助一臂之力，我乐意且义不容辞。事实上我不可能做到，作为同声相应同气相求的朋友，失望之余，唯有怨恨自己外行、无知、无用，责骂自己简直是个十足的白痴、笨蛋。

唱歌的人总能找到自己的组织。琴的组织有若干个，小学同学团、公园好友团、左邻右舍团、战友团、闺密团、海外团。比如，小学同学团选择开车出城，一高兴就唱起了歌儿，歌儿是献给群山和原野的；比如战友团，一年一度聚会的压轴戏选在歌厅，每人一首歌，他们的歌唱是缅怀青春的；比如海外团，一人在国内领唱，海外团队配上和声，就有了合唱团的规模和效果，唱歌儿是寄托乡愁的；还有闺密团，像在上课，唱一句，讨论半天，她们的相处抚慰心灵，那是唱给自己的歌儿。不管是紧密型还是松散型的组织结构，在一起唱歌，是不变的内容。

琴说，某某给她指出了吐字问题，谁谁又说结尾处理欠妥，希望我也有什么高见。这里提到的某某、谁谁则属于琴的一帮死党，可能他们说得都对，不，他们肯定说得没错，他们对唱歌最有发言权。他们不仅配置了全套音响设备，还有专职乐队——胡琴师、萨克斯手、电子琴演奏者、吹笛子的、鼓手，每日风雨无阻在公园里"驻唱"。他们的发烧程度，他们的执着精神，他们对歌唱的热爱，非普通爱好者能比。也许他们的舞台门槛不高，声乐知识储备有限，个人水平参差不齐，但他们用自己的眼光选歌，唱的是草根的喜怒哀乐、生活的聚离悲欢、对世间万物的感念慨叹，以百姓立场诠释歌曲，唱出了众人心声。

琴爱唱《梨花颂》，她说，学唱戏歌儿，她从梅葆玖、李胜素的唱腔中吸取营养，听来耳目一新，我也摩拳擦掌，有种跃跃欲试的冲动。琴手把手地教我下载K歌应用软件，我滥竽充数地跟着她学唱一首新歌儿，录制到手机里。她说：你也是歌手啦。

我假装自己是宋祖英、德德玛、降央卓玛，在不侵犯版权的前提下，小范围发给我的朋友嘚瑟一下，感觉像大腕一样，拥有了自己的音乐专辑。

琴唱的《苍天般的阿拉善》这首歌，给人一种身临其境的苍凉之感，草原的辽阔，牧民的情感，童年的梦幻，阿妈阿爸的背影，身处大漠的孤独，像电影一样动人的画面，令我坚信，我才是她忠实的"粉丝"。

洪水之灾

大禹治水，所治为上古黄河大洪水。黄河之神河伯献出河图，伏羲拿出自己发明的八卦图，大禹采用疏导法，足迹遍布九州万国，历尽千辛万苦，最终制服洪水，完成了父业，造福于人民。

水是生命之源，但洪水泛滥，必酿人间祸患。我有生之年，亲历过两次洪水之患，灾难有大小，身心受到的冲击则不分伯仲，至今想来仍心有余悸。第一次水灾发生在一九七五年八月八日凌晨一点，河南省板桥、石漫滩大型水库漫顶溃坝，强大的破坏力将河堤冲溃，纵贯南北的重要铁路京广线被冲毁，下游六十座中小型水库相继溃坝，洪水波峰达几层楼高，水流汹涌湍急，以汽车行进的速度席卷而下，将下游的村庄、房屋一扫而光。许多人在梦中被洪水卷走，许多家庭无一人生还，附近的城镇遭受重大灾害。

八月八日，特大暴雨持续至第四天，当日二十点，父亲所在火车站接到命令：职工坚守岗位，家属紧急撤离。偎依在站台之下的几排铁路公房，灰砖红瓦，原是职工家属们的伊甸园，此时在房子周围，已是一片汪洋。瓢泼大雨下个不停，乌云笼罩的白天犹如夜晚似的漆黑一团。孩子们打着手电冲进雨里，热火朝天地在房前屋后的浑水里撑"船"、打水仗、游泳、筑水坝、摸鱼，一群"落汤鸡"玩得开心疯狂，忘乎所以。家长卷起裤腿，心急火燎地冲门外大声呼唤、厉声呵斥，蹚水护送孩子们到地势最高的站台上集合，登上一列闷罐车，即刻发车。

暴雨如矢。火车出站后越跑越快，突然刹车，减速，停了下来。铁路沿线许多小站，列车逢站必停，将每个小站上在雨中等候的家属，尽数拉走，大概，这是本次列车的使命所在。孩子们小声议论，列车在水中行驶靠的是浮力，是重力，还是牵引力呢，立即被大人制止。火车沿着孟宝线继续在黑暗中蜿蜒前行，一路向西，向西。

台风加持强降雨，车厢两边沦为泽国，就像《圣经》故事中所说"大渊的泉源都裂开了，天上的窗户也敞开了"，连根拔起的大树翻滚着被激流带走，水面上漂浮着家具、玉米秆、麦秸垛，大如满月的西瓜，露出屋顶的整幢房子，禽畜的尸体。车厢内黑如洞穴，孩子们的呼吸、汗味彼此能听见、能闻见，眼神在暗中搜索。面对洪水，完全不懂害怕的孩子们，好奇心大于恐惧，兴奋多于紧张。孩子们站在横挡着车门的木栅栏后，扒开一道门缝向外张望，险情出现，铁轨已没在水里，路基一段被掏空，闷罐车裹足不前。

闷罐车是保全生命的挪亚方舟，车头喷吐白烟，挪步向前，走走停停，在极其浩大的洪水中秒变蜗牛。

天亮时分火车抵达目的地，衣衫不整的人们分两拨，一拨住进车务段一幢四层楼的招待所，一拨到学校的教室驻扎，正式成为灾民。按照灾民标准，每人每天供应口粮七两，每日两餐，凭饭票在职工食堂就餐。主食为小麦面红薯面蒸的花卷，外加一道漂着几片叶子的菜汤。严重吃不饱，胃里发烧，肚子咕咕叫。有一次吃葱花油饼，香味令人想多吃二两，但是供应限量，绝不破例。

八日凌晨，哥哥在睡梦中被知青点的骚乱弄醒，屋子里已灌满了水，大家纷纷爬上屋顶，当漂到铁路搬道房时，他确定沿着铁路的方向就能回家，他想家。他碰见了部队的大批车辆、冲锋舟在向灾区中心运动、集结，看见了低空飞行的运输飞机在空投物资时，迎着飞机奔跑的灾民们挤作一团。一个孩子抱着一棵树死不撒手，漂在水中的柴火垛上趴着的一个男人得以存活，一群光着背的人挤在地势高的房子里为饥饿、寒冷所困，焦急地等待着救援。哥哥一连几天浸泡在洪水里，抱着铁轨喘口气，不知怎么沉了下去。当他清醒过来，发现迷失了方向，又饿又冷，又困又渴，打捞玉米穗、西瓜吃。哥哥赶了近百公里路，得以与家人相聚，他浑身是伤，枕骨骨折，背上一道伤口深可见骨，家人都活着。

洪水退却后，部队调集铁道兵日夜抢修被冲毁的京广铁路，我们乘坐绿皮车在临时修建的铁路辅线上，缓慢行进。沿途可见油罐车歪躺在远处的泥淖之中；坚不可摧的铁轨扭成了麻花形；淤泥堆成一座座小丘，绵延不绝；村庄、家禽、房屋、牲畜、稼穑、飞鸟、树木、昆虫、人迹，不复存在；太阳暴晒之下，白花花的动物尸体膨胀如气球，突然爆裂，声如炸雷，令人惊悚，恶臭阵阵扑鼻，令人窒息。面对劫难，孩子们瞬间长大，或痛哭失声或暗自垂泪。

一排排公房，所幸没有倒塌。但墙体出现裂缝，门窗残缺，地基塌陷。家里的墙壁上留着高过两米的水印，摞起来的家具，七零八落摔碎一地，衣服、被褥沤在淤泥里。父亲珍藏的北京动物园所有动物的照片全部被毁，玻璃底板、影集、镜框也都报废。猫咪失踪。

部队前来慰问，邻家哥哥"参军光荣"的牌子挂在家里不到一年，他却为抢险抗洪献出了生命。

晚上，各家各户在搭起的帐篷里露营，白天，自起炉灶，就地挖坑，两块砖头支起铁鏊子为无家可归的灾民烙饼。家中领来了布匹、衣服、被褥、面粉、漂白粉、药丸。

大难不死的人们，唯有凝心聚力，团结一致，方能重振生命士气。

第二次遭遇洪水是二〇一六年七月十九日，华北局地暴雨，两天后城市供水中断，家里的水仅够一日三餐。为省水，早饭啃馒头生吃黄瓜，阳台上的花草、鱼缸里的金鱼忍着干渴，与人类共克时艰。报纸上说城市周边灾情严重，山洪引起泥石流、山体垮塌，造成房屋倒塌，牲畜农田被淹，群众遇难或失踪，道路桥梁被冲垮，村子与外界失去联系。惊心亦揪心，许多人奔赴灾区，为了救人，为了抢险运送物资。

暴雨第二天，一条短信提醒市民储水，以备不时之需，当时不以为然，感觉有点儿小题大做。但还是将家里的水桶澡盆、饭锅水壶、坛坛罐罐，所有容器都储满了水。接着停水。直到第七天，第八天，第九天了，自来水管里再无一滴水。

衣服馊了，厕所臊臭，不刷牙，不洗脸，不拖地，不运动，出汗了用毛巾擦擦了事，排队去供水点打半桶水，爬上高楼，省着用水，重复用水。

朋友家尚能正常供水，一伙人去洗澡，去喝水管够，还能带水回家。

城市无内涝，楼下无积水，人心安定，生活继续。

人类总会经历战争、瘟疫、天灾、人祸，但依靠智慧和勇气每一次人们都挺了过来。从古代治水到今天的抗洪救灾，人类有能力将祸患变成福祉，比如构筑海绵城市，设计者或许是新的大禹，将洪水驯服，为人类和城市发展提供新的可能。

校园联欢会

精力旺盛,热情似火,这是对二十岁上下的年轻人最炫的赞美,更是对大中专学生校园生活的真实写照。告别青春,校园往事还会不断浮现脑际,每年的辞旧迎新联欢会,梦寐萦怀。

元旦前夕,学校举行联欢会,班长最先听到消息,回到班里一说,引得群情激昂,大伙儿七嘴八舌议论起来,当即对节目类型和内容、服装道具、如何排练,提出了自己的看法和观点。什么节目呢?暂定为歌舞、相声、诗朗诵、独奏、小品、快板书这几种吧。有人提议利用星期天、每天下午的课外活动、晚自习后至熄灯前的间隙共三段时间,进行排练。不消说它关乎班里荣誉,演出有评比,同学们都想拿到好名次,积极性空前高涨。

演员从自愿报名者中间遴选,入选的同学务必保证每天按时排练。《青年圆舞曲》是集体舞,人多,动作要求整齐划一,需要安排大量时间排练,没有谁抱怨、往后缩。未入选的同学像演员一样守时，自愿当起了啦啦队，在一旁加油助威。

元旦后进入总复习，接着期末考试，然后订火车票，拿到期末成绩单后，就将搭乘还乡的火车回家过年。时间紧迫，任务繁重，但是，节目排练正在有条不紊地进行。

单人节目的演出服，同学们自己动手设计，自己缝纫。大伙儿凑布票凑钱买布和蕾丝边，之后涌到本地同学家里裁剪，加工，熨烫，让演员亲自试穿，经过反复修改，最后手工制作出新颖别致的演出服。集体舞的服装须到校外去借。

日子过得比乘火箭还快，转眼联欢会正式拉开了帷幕。

演员们化了装，女生们脸蛋粉扑扑嘴唇红艳艳，眼眶涂黑，头发梳得溜光，身穿漂亮的演出服，脚下仿佛安了弹簧擦了油，又快又轻又飘又软，好看得简直就是一群仙女下凡。男生们把两片嘴唇噘起来，只怕一不留神蹭了妆挨剋，样子古怪而滑稽。

在学校大礼堂候场的演员，按捺住怦怦的心跳，神情故作轻松。有人悄悄地溜到侧幕旁，撩开幕布探头探脑地往台下瞄，哇，黑压压的都是人，惊讶之际，被人毫不客气地揪回幕后去；有人紧张忘了台词，急得直哭，弄湿了画好的假双眼皮，两道黑色小溪，在脸上蜿蜒蠕动；有人嗓子突然失声，不得不撤换演员，调整节目单。

舞蹈《洗衣歌》的演员上场了，扮演藏族姑娘的女生冼同学表演得轻松俏皮，扮演解放军炊事员的是腼腆害羞的男生范同学，他们二人配合默契，演绎夸张，引起一片欢笑和阵阵掌声。藏族服饰的艳丽，音乐节奏的强烈欢快，一群姑娘们洗衣服的喜

211

悦和活泼，炊事员与姑娘们互相追赶的生动场面，不仅展示了西藏军民情同手足亲如鱼水的关系，也反映了同学们对剧情的全新理解和对情感的准确把握，极具感染力。坐在台下的同学们手都拍红了，还停不下来。

演员退场时，"炊事员"不知怎么弄掉了一只鞋子，这是剧本里没有的情节，引得台下哄地笑倒一片。不过，扮演藏族姑娘的冼同学，急中生智，弯腰将鞋捡起，沉着地打量之后，放在鼻子下闻闻，临时加上一句台词："金珠玛米——"举起鞋子优雅地一挥，一溜小跑退下场去，现场气氛再度掀起高潮。

台下雷鸣般的掌声，善意的由衷的笑声，如海潮一浪高过一浪。

江同学表演的是单口相声，他身材魁梧，眼睛细长，身高堪称本校的穆铁柱。八十年代的篮球国手穆铁柱在中国的知名度和影响力，可以跟当年的电影明星刘晓庆张瑜陈冲相媲美。我校的"穆铁柱"不仅在校篮球队投篮命中率高、配合意识强，还会用地道纯正的英伦腔说相声。正是这次联欢会的才华展示，使得他声名鹊起，那几句著名台词广为流传，被奉为经典。其一："亲爱的爸，美丽的妈，儿子在外不想家；新社会新国家，儿子省钱自己花。"说的是儿子到外地求学，时常想家，手头拮据，却写信安慰父母，装得很潇洒。他演出时表情木讷，声音平实，写信动作像提线木偶僵硬刻板，但是营造的氛围和幽默感，十分逗乐儿，引来一片叫好声；其二，同学之间发生争执，口不择言、结结巴巴的状态，他模仿得惟妙惟肖，非常传神："你他啊的，我他啊的,再他啊的,去他啊的。"本是一句国骂,让他这么以"啊"取而代之,竟有口吐莲花之妙,令人捧腹。

女生何同学跳独舞,她娇小的身材,婀娜的舞姿,精灵般的装扮,双手动作无穷变幻,或粉颈低垂,或蛾眉微蹙,简直就是花妖狐魅转世。几位男生打赌,声称联欢会之后要跟何同学如何如何,或怎样怎样,总之,十分躁动,具体表现可以这样描述:魂不守舍,驰想天外,神与物游。是可忍孰不可忍。但是,何同学漠然置之,不予理睬。对此女生们拍手称快,男生们倍感受伤。

结果,在所有班级中我们班总分第一,当之无愧拿到了奖状,全班同学无不感到欢欣鼓舞,又喊又叫。女生们来到校外小河边,面对清澈的河水,意犹未尽地扯起喉咙,把抄在本子上的歌片儿逐一唱遍。男生们冲向操场,打篮球,吹口哨,释放涌动的激情。

总复习是一场硬仗,决战的号角已经吹响,联欢会奠定了班级团结互助的基础,大家互帮互学,互相鼓劲,并提出倡议,不让班里任何一名同学掉队,力争全班期末考试总成绩也拿第一。凭着不服输的劲头和求胜心,全班同学早出晚归,废寝忘食,常常派一位同学去食堂带回一大兜子馒头到教室里,大家就着咸菜一吃了事,晚上熄灯后还在被窝里小声讨论,比赛着用功。

多年后同学们相聚,"锦瑟无端五十弦,一弦一柱思华年"。两鬓斑白的众同学,已纷纷步入人生的下半场,纵然老了,认为能够在高考恢复后重返校园,共同度过一段读书生涯,编织理想故事，乃是各自人生的宝贵经历和重要篇章。

男生江同学成为出色的体育解说员，女生冼同学是某银行行长，害羞小男生范同学急病猝死，女生何同学当了私企老板，生意做得风生水起，娇小的身影经常在世界各地飞来飞去，精通"驻颜术"，长相仍像二十岁，至今独身。谈起联欢会，同学们不由得感叹青春短暂，即使愿意在青春时光里流连，归来，已不是少年。

赶集

舅舅去赶集，今天初四，小镇逢一四七有集。舅舅开辆电动三轮车，山路弯弯曲曲，舅舅开得稳稳当当，不消半小时直接开进小镇的农贸市场。所谓农贸市场，就是一片空地被四面房屋所围，中间砌几排水泥台了当摊位。逢集，车多人多，市场爆棚，大小摊位便向外使劲扩张、延伸，将小镇纵横交错的两条街道甚至狭窄小巷子挤得水泄不通。人们就像过节，到处熙熙攘攘，好不热闹。

舅舅赶集的目的，是把刚打的活鱼卖了钱买花生米当种子，过几天，开始点种花生。他是预先留了种子的，一种是出油率高的小花生，金豆子似的饱满小巧，一种是籽粒硕大的黑花生，傻帽似的黑不溜秋，伺候不好给你长出又大又空的假壳子。但留的种子似乎不太宽裕。他一早赶来，是为占据有利位置，把鱼卖个好价钱，好买种子，图个好收成。可是一排排简易水泥柜台均已被占满，看来，舅舅还是晚了一步。

摩托车，客货两用车，农用三轮车，轰隆隆、突突突从四面八方聚拢小镇。一爿开放的大卖场，正用响亮的音乐来垫场，直白地说，就是拉几道绳子，挂上各式服装，搭块门板或折叠床摆上鞋帽，加上激昂的叫卖之声，吸引不少人光顾。一辆皮卡车停在路边，司机不慌不忙打开汽车车帮，车厢变柜台，蔬菜水果红枣炒货，有高有低放置一圈，愿挑愿看任顾客由着性子来，此为"皮卡店"。跟着人群继续往里边走，这里有猪马牛羊、禽蛋鱼虾、烟酒茶饮，那里是香油小菜、盆景瓷器、寿衣祭品、农具种子、竹篮藤筐，还有宠物秧苗、五谷杂粮、弹棉花做被褥的，凉粉小炒，总之，只要能想到的，这里差不多都有，可心与否，看各人感觉和意愿。赶集的人兴头十足，气温跟着人们的热情一路上扬。

昨天傍晚大雨突至，以为今天的集市一准不能开张。

舅舅当时站在屋檐之下，观云听风，看云黑天低、风骤雨急，玻璃刺耳的碎裂声、树木折断之声、锐利炸响的雷声，将村子挤压在山脚之下，通向村外的小路空空荡荡。舅舅给表妹打电话，打了几次都没打通。

表妹住在镇上，下雨时她在回家的路上，便打电话叫儿子小涛去接他姐姐小倩。小涛撑开长柄雨伞冲进雨里，不一会儿与姐姐钻进一把大伞下有说有笑回到家里，男孩儿的鞋子一点儿没弄湿，也未溅上泥点。吃早饭时，表妹说小涛穿鞋不爱惜，八九十元一双鞋，才穿几天就弄得臭烘烘的。男孩儿拿耳朵听得仔细，眼睛笑眯眯的，一声不响。起身离开饭桌前，男孩儿丢下一句话，穿凉鞋倒是不臭。声音不大不小，刚好能让表妹听见。

晚上九点钟弟弟去超市接姐姐下班到家之后，小倩让弟弟先去洗了手，检查之后，将一袋小食品撕开小口，递到弟弟手里。小涛捏起一片锅巴送入姐姐口中，再扔一片到半空中用嘴接住，二人咔哧咔哧嚼之有声。姐姐抚一把弟弟的脑袋说，吃完刷牙，一会儿洗洗睡觉。转身去厨房烧水。

表妹从外面推着摩托车进来，雨衣直往下滴水。小倩闻声走出厨房，接过摩托车挪到墙根支稳，扭头从墙上取下一根铁钩，钩住卷闸门上的圆环，唰地从上拉到底。男孩儿举着零食塞进母亲嘴里。母亲问，是姐姐奖励你的吧，送伞去啦？小倩扫一眼妈妈，红了脸，并不说话。母亲问，鞋子没弄湿？小涛不吱声。忽然，母亲站起身，将卷闸门向上拉开一半，弯腰钻了出去，跑到黑暗里，一阵噼里啪啦之声与哗哗的雨声混合在一起。小涛说是去打冷，替人家把门店里的制冷开关打开，温度够了再合上闸。又是噼里啪啦一阵响，母亲回来了，小倩将卷闸门合上，玻璃门上锁，提起水壶往盆里倒上热水，端给母亲洗脚。

表妹洗完后，穿着拖鞋，打开一道道门锁，抱起一捆竹竿出门，又拎起折叠床出去。进屋后，她站在那儿思忖一会儿，放下心来，给几道门上了锁，说，睡觉，明天有集，要早起，不然位置没了，怪我们自己喽。

小倩说，下这么大雨，明天不会有人来赶集了。

表妹伸个懒腰，打着哈欠说，你明天看吧。

217

夜里雨还在下,表妹并不担忧,自言自语,天一亮就放晴,赶集的人不仅不少,反而会更多。她相信自己的感觉和判断。

表妹说得没错。一大早,雨说停就停了,亲戚故旧都来赶集,中午,表妹摆了两桌酒席款待大家。酒有红酒、烧酒,菜有素有荤,客人这个提来一篮子鸡蛋,那个带来一些野菜——枸杞头、蒌蒿,或拎条活鱼亲自下厨做一道酸菜鱼,或捉来一只公鸡现宰现烧一盘麻辣鸡,或拿来牛肉里脊弄一碟清真酱牛肉,择、洗、切、炸、炒、煎、烧,忙进忙出,热热闹闹,其乐融融。

舅舅卖了鱼,买了花生种子,提两瓶烧酒来表妹家里打牙祭,凑个热闹。

撤走杯盘碗箸,摆上茶水、纸烟、瓜子,四人凑成一桌打扑克或打麻将,席间聊着小麦收购价的涨跌,修缮房屋砌围墙怎么凑足人手,孩子上大学的学费,养老金几时发放到手。玩儿到四五点钟,相继告辞,哼着小调沿着山路回家,感觉宛如腾云驾雾,心里那个滋润,那个舒坦,难以言表。

日子推着人朝前走,逢集是亲戚家人百姓的节日,虽说又忙又累,却也欢喜欢庆,而过了这个集,还会掐指推算下个集是哪一天,正所谓希望天天有,生活日日新。

老师的微信"群"

老师的群名之为"我们还年轻",同学把我也拉进去。这个名字令人想起一首歌:"年轻的朋友们,我们来相会……光荣属于八十年代的新一辈。"时代远逝,与老师一别几十年,记忆的痕迹有的模糊,有的依然清晰。

群里成员的昵称诗意盎然:一片绿叶、一朵玫瑰花、老榆树、蒲公英、夕阳红、富春山,仿佛置身于林木蓊郁、芳草如茵的春天。这些名字既饱含对岁月的挽留,也表达了对生活的热爱与赞美,而我就像那刘姥姥走进了大观园,傻眼了。

自报家门,恭敬问候花朵青山绿树们,心里激动而忐忑。激动不言而喻,忐忑则因当年莽撞干过些蠢事错事,如今想来还感到难为情。

耐心等待老师检索记忆。其实老师不记得学生能理解,学生忘了老师也不奇怪,毕竟隔着三四十年时光。

我讲一件往事使老师重返斑驳的旧时光：一块瑞士坤表一百九十九元，当年一个人每月工资三四十元，我开口就向老师借了二百元。寒假回家，母亲东挪西借凑足欠款，借机还给我严肃上了一课，申明家规，下不为例。母亲戴着新手表上班去，骄傲自不待言。

几十年不忘的歉意郑重奉上，老师给我一张笑脸（表情符号）。老师也提及一件事，说我们俩一起出差，旅途中受到我悉心照顾，买票、安排吃住、签字，由我一手操办。想来想去，我对此没有任何印象。时间的利刃残酷剥夺了记忆，再说了，那不是我应该做的么。

群里话题广泛，涉及国际事务、教育医疗、科技国防、收入分配、心灵鸡汤、养生保健、微信淘宝。老师们转发帖子，即兴赋诗、评论、点赞。衣食住行爱好习惯都在群里一一展示。练书法的，晒字；学摄影的，制作美篇；阳台上种植花草蔬菜；小院儿经营得像南泥湾；南瓜坐了俩果，仙人球绽开五枚粉色花朵；藤萝攀上窗棂，果实压弯枝头；今天吃葫芦馅包子，明天大剧院观看演出；域外、国内旅行连续报道，视频图像话外音加字幕，制作了一部微电影？你上瘾不上瘾啊，直看到颈椎痛得咧嘴，困得睁不开眼才肯上床睡觉。群里的生活真美好，群里的人们很悠闲，老师们太可爱。

上海交大毕业的高材生当年教我们一门功课。期末考试，铃响，全体起立，组长按组将卷子交到讲桌上，值此十万火急千钧一发之际，我匆匆补了两笔，结果被老师火眼金睛逮住，当场判我零分，并宣布假期返校后补考。班干部的虚荣心，羞愧、自责、委屈的心理，交织纠缠，更有一种在班里抬不起头的感觉。

"高材生"晚年生活轻松自由，上午打球，下午免费给高中生补习数理化。老师说，有心栽花花不开，无心插柳柳成荫。老师所说，特指我"本应搞专业，却发展了爱好"的职业选择吗？

当学生时，除了探讨学业功课，好像不大跟老师聊生活或别的话题，也不敢说，而在群里，顾虑没了，心情放松，感情变得细腻温和，愿意参与老师的话题讨论，有时有意无意地顺着老师的心思讨对方高兴，将黑说成白，将红说成绿；有时跟老师唱反调，任性，较真，要么争得不可开交，要么哈哈一笑。

在信息时代，有了微信群真好，有了老师的群更好。

第五辑

青·和你在一起

众声喧哗

责编提前打电话告诉我说,稿子明天见报。次日一大早上网查看,果然如是。悬着的心乖乖退回原地,复杂的情绪土崩瓦解,取而代之的是不足为外人道的小甜蜜、小惊喜、小得意。

我忘了是谁说过:"世上太伟大的变动,我们会无力表现的,不过这无须悲观,我们即使不能表现它的全盘,我们可以表现它的一角。巨大的建筑,总是一木一石叠起来的,我们何妨做做这一木一石呢?我时常做些零碎事,就是为此。"这番话大约不是特意说给我听的,但提醒自己,我本是普普通通的一木一石,做零碎事是本分,自然乐意,无须悲观。

像以往一样,打开官网后,先浏览文章的电子版,看完一遍后忍不住将其与原作比对,以确定文章发表时有无删改。文章开头,就有一个被替换的词,阅读卡了一下,接着往下读,发现删除两行字,看到结尾,对,最后一句是添上去的,它不是我的手笔。三处手术，刀刀见血，令人感到心疼肉疼。文章本是自拉自唱的小曲，现在成了四手联弹的钢琴曲，何止呢？激起的一股小甜蜜即刻碎了一地。

反而淡定了。

一株杨树伫立于阳台之外，栖息于枝头的一对喜鹊正在交谈，你一言我一语，温柔亲密，平等融洽，真切的鸟语令人心地纯洁，令天空云淡风轻。

"白天不懂夜的黑"，空中飘来的歌声，诉说着绵长的幽怨和情意。

平心静气地把文章再读一遍，试着接受或认同编辑对文本秉持的态度。对于删改过的文字，相信编辑自有道理，并且假设，编辑是为一件外衣缀上醒目优雅的纽扣儿，进而使主人的衣着更加得体。但，我觉得这像在刻意地劝说自己，或者是替编辑仗义执言，主持公道。

几位文友相继把刚发表的文章传到我手机里，还有附言，他们的动作总是比我快。

路漫漫：怎么回事？他怎么了？身体有什么情况吗？啥时得了肺癌？好久没见他了。

文章写的是一位同行，不久前因病离世。路漫漫曾在国内大型文学期刊一年连发四个（或五个）中篇，在文学界引起了巨大轰动。同行之间，免不了惺惺相惜。

路漫漫：记得他唱《为了谁》的样子，七八年没见过面了，想不到，这么乐观的人，也得肺癌。现在得肺病的人增多了，他有七十岁吗？

我回复说：七十三岁，七月底我们聚过一次，当时我正在小病大养，住院输液，本不打算去，可还是去了。三个月后，我给他打电话，家人说他五天前已走了。生死无常，所以就写了这篇文章。

路漫漫：文章写得好！

我说：谢谢！你的话给我信心，因为我们都在为写作跟自己较劲。作为同行，你的认同给了我很大动力。

燕山：老朋友，怎么会不记得了呢？

我说：记不记得没关系，读读我的文章，也许您能想起点儿什么。提示一下，打乒乓球曾跟您交过手，打得高兴，赤脚上阵，虽然水平并无过人之处。想起来了吧？对，是我。多年不见，疏于联系。今年我会写得多一些，这样再跟您打球也有底气。

燕山：写作不能当饭吃，生活永远是第一。但还是别丢下，有时间多写点儿吧。

我回复：谢谢老兄——可以吗？称呼不论年龄，我会记住老朋友的话，生活第一，多写多思考。

毛毛雨：你的文章太高级了，看得我怦怦心跳。文章题目意味深长，引子写得妙；中间情感细腻，真切地描绘了你的小景仰、小兴奋、小膨胀以及相互赠书通电话等细节，让人感同身受，文脉贯通，铺垫得当；结尾那么精彩那么有水平！写文章是我的短板，最多只是能欣赏吧。因为我俩有很多相通之处，所以特别有共鸣有感触，看到你很多的描述我不止一次地说：跟我的想法、做法一模一样，你的文章应该当语文课文来学，真心话！

毛毛雨曾是我的室友，她有个记成语的本子，熄灯后她用成语编故事讲给大家听，是名副其实的开心果。名之为毛毛雨，灵感大概来自当年那首歌《幸福不是毛毛雨》吧。

毛毛雨建议把这篇散文配上音乐朗诵，写累了听听自己的配乐朗诵作品，或者唱唱歌，劳逸结合。

谦谦：每次拜读，受益匪浅，心灵得到洗礼，思想受到启迪。几十年辛勤笔耕，切记保重身体，没有健康，写作必将无法继续。

这位自小一起长大，如今远在他乡，却像父母一样，关心我胜过关心他自己。

一上午应接不暇，一群人凭着一己之经验、见识、感受、审美、修养，对文章进行解读、分析，直言不讳，说短论长，各有立场，好像一次小型的作品讨论会。我的思想散发开去，不再纠结于一时一事，心胸豁然开朗。回头再看编辑删改的三处文字，感觉十分必要，不仅强化了文章原有的气质，亦使文章品质得到提升。而编辑的委屈和付出，无人知晓。"操千曲而后晓声，观千剑而后识器。"编辑是最后的画师，画龙点睛，成就的永远是他人的作品。

护 工

老爷子最后几年住在医院，为此请过几任护工，老池来的时候，老爷子头脑还算清楚。

老池每天爱喝点小酒，整箱白酒，放在阳台上，以窗帘遮挡，窗帘后还藏有方便面、小磨麻油、辣椒酱之类。送酒给老池是投其所好，有时是单位发的酒，有时是特意为他采购的。老池来者不拒，照单全收。

病人的三餐由家人管，老池的三餐他自己解决。他经常吃馒头，再来一碗泡面，有时带包子和水饺来，整整齐齐码在饭盒里，吃之前去水房的公用微波炉加热。有时老池也会买几个熟菜，约三五护工在病房里聚餐，吃吃喝喝，醉了，倒在两只拼起来的沙发上睡一觉。

老池做事心细，输液时，他对输液单上的药名、剂量，病人对药物的反应，了然于胸。输完一瓶，护士一时顾不上换液体或拔针，由老池代劳。他拈一支棉签蘸了碘伏，摁在配好药液的瓶塞表面旋转360度消毒，将针刺入瓶塞，药液挂到输液架上，调好输液泵开关，整个操作一气呵成，熟练规范。对如何护理病人，老池颇有心得，连护士都认可。不用老池用谁？

老池的家在乡下，离市区骑电摩托车单程一小时，除了下雨、堵车、中途没电之外，上班下班，不像产业工人有时间观念，他不太守时。家里几亩地，由老伴儿一个人操持。老池生于五十年代中期，养育三个子女，老大老二俩闺女皆已出嫁，老三是个儿子，一个月前刚到县交警大队上班。他的上一位雇主是退下来的老厅长，还是他老乡。老池陪在医院里照顾了老厅长五个月。

老池给病人剪指甲、理发、刮脸、用旧剃刀修脚、用热毛巾擦身子，也跟老爷子聊天。病人闭着眼，头歪向一边，脸上表情全无，始终一声不吭。也许老池天天与病人相伴，实在寂寞，便说话给自己听。

不知何时，老池就近租了房。有一天老伴儿来了，在护士站等他。老池有说有笑地从步行梯上得楼来，身边的女子，也是护工。

老池与这位女护工住在一起，二人经常出双入对，买菜做饭，像一对真正的夫妻，有时乘公交车去吃快餐，有时去商场购置新衣。乡下老伴儿听到这些风言风语，死活不信——在一起过了大半辈子，老池是什么人，她不清楚？

不久，老池主动请辞，虽一再挽留，他还是回到了乡下。

老爷子的病情每况愈下，自理能力业已丧失，意识有时清醒有时糊涂，有鉴于此，请来第二位护工。此人姓姜，姜子牙的姜，当过兵，五十岁出头，头发乌黑，做事雷厉风行。

他依旧保持着军人作风，甚至将病房当作军营，早起早睡，被子叠得四四方方，擦地、打水，桌椅陈设整齐规矩，毛巾牙具洗涤用品，向左或向右倾斜角度一致，像尺子量过一样。

有一次，在街上碰到"姜子牙"，他骑着一辆二八自行车，一脸汗水，说有急事。一周内撞见三次，他都说有急事，于是告诉他，有急事先去处理，病人委托给护士临时照看一下无妨，不必紧张。

"姜子牙"听了十分生气，感觉受了侮辱，但他不言不语，抓起拖把狠狠地拖地，一连拖了三遍，早晨已经拖过一遍，加起来就是四遍；把开水倒掉，重新打一壶；哗啦哗啦地反复冲洗厕所；中午也不吃饭——通常他泡碗方便面当作一餐；跟他说话，他爱搭不理，眼睛不跟你对视，总之对你的存在视若无睹。

"姜子牙"复员时随妻子留在本地，一年后独自回到南方老家，在家乡待了三年，又杀回来定居。孩子老婆都在北方，他老姜一个人在哪儿不行啊？"姜子牙"对南北游走的行为跟自己作着解释。病人白天要盖被子、用毛巾，他反对，嫌乱，坚决不准。跟他协商，遭到严词拒绝，口气毫无回旋余地，弄得老爷子几次感冒，又是化验白细胞，又是打针消炎退烧，一时间，病房成战场，两个人情绪敌对，闹得鸡飞狗跳。两周不到，"姜子牙"走了。

接着，小孟来了，她扎着一对又粗又黑的长辫子，四十多岁，丈夫跑运输出车祸双腿致残，伺候了几年，丈夫的生活基本能够自理，但运输跑不成了，女儿上学需要花钱，小孟决定出来当护工，一个月少说也挣三四千，比在家光种那点儿地来钱快，顺便也在城市里增长一些见识。小孟人聪明，又勤快，在窗台上养鱼、种花，推着轮椅带老爷子下楼，在院子里走走，到小花园看看，晒晒太阳，呼吸呼吸新鲜空气。她为老爷子织了毛线袜、瓜皮帽，唱歌给老爷子听，只要病人高兴。她女儿大学毕业后，正好市区一家外企需要韩语翻译，我近水楼台，举手之劳，帮她办成了。每隔两周，她把丈夫从乡下约到医院来，叫上女儿，全家聚一块儿过周末。

小孟之后是李杰。李杰与妻子一起进城打工，做护工多年，经验丰富，跟医生护士混得很熟。此时老爷子已病入膏肓，神志不清，每天的食物药物采用鼻饲输送，李杰从不怠慢，每天处置失禁大小便，也不嫌麻烦，直至送走了老人。

老池回乡下后，本不打算再回城里当护工。可是老厅长又住院了，指名道姓要老池当护工，老池问清原委，在电话里痛快地答应了。他与老伴合计好了，以后专给老厅长当护工，其他人来请他，一概回绝。如果老厅长出院或不需要护工了，老池就回去接着种地。

"姜子牙"仍在医院里当护工；小孟回村里开了个杂货店，小日子过得红红火火；李杰声称干到六十岁退休回家，老家的楼房是父母为他结婚盖的，叶落归根，他最向往的是回老家过日子。

旅途风景

旅行是愉快的,如果遇到一位适意的旅伴;旅途当然也有无聊的时刻,因为飞机、火车、轮船、汽车不停倒换,令人心烦。不管乘坐什么交通工具,在起点与终点之间,总会面临两种考验:一是耐心,二是活动空间。你无法将时间和空间像饼干或空气纳入行李之中,将甲地当乙地。如果真能做到的话,干吗去旅行呢?

我乘坐高铁去旅行。左侧是两位年轻人,他们上车后一直在聊天。讲话的是一位嗓音低沉浑厚的小伙子,戴一副黑框眼镜,镜片厚,度数高。他说起了老师,说起了小学、中学时代的贪玩、淘气,挨班主任批、被请家长,偷买零食吃,座位调到最后一排的往事。其中说到小学时的几件事——

下课铃一响,教室大乱。老师合上书,刚喊出"下课"二字,同学们哄地笑成一片,忘了起立。老师站在讲台上不走,等到大家都起立后，叫大家又都坐下，然后给全班同学布置一道题，要求中午回家完成后家长签字，下午上课前交给老师，以此惩戒大家。下午，都交了作业。一群沉默的羔羊，服帖老实多了，只有我没交家长的签字条，老师让第二天补上。第二天我补交以后，老师仍火气未消，冲着我嚷嚷了半天，罚我在课堂上站了一节课。我却偷着乐儿，因为站着听课有一种一览众山小的感觉，视野开阔，黑板上的字也能看清楚。

同桌得了重病，老师组织大家去医院看望，一轮一轮，像少先队入队一样，优中选优，每次都没有我的份，急得我在班里直哭。同桌没生病时，我们常闹矛盾，不是写字谁占桌子地方大，就是集合站队谁踩了谁的脚这些事，可是我不愿让身边的位置一直空下去。最终，是家长带我去的医院。我给同桌带去了好玩的玩具，也把自己积攒的卖废品的钱、压岁钱、稿费凑了一百零五块钱都交给同桌去换肾，也许不久，我们又可以一起坐在教室里说笑，打闹、争吵、那该多有意思。

他又说：上大学后有一次我回母校看望小学老师，听说班主任已经调走了。我十分想见到班主任老师，有几年我心里怨她、恨她，现在不了，我觉得自己已经长大了。当然，如果碰见她，我希望老师能一眼认出我来。当年我们给她起外号，背地里叫她"小美妞儿"。我还有一个疑问，当年她为什么要求全班同学用竖笛在桌子上敲两千下，而不是一万下，或者五十下，这是出于什么考虑？难道这也是一种施教的科学设计？

我在一旁听到这里，无声地笑了。

另一位年轻人，身材瘦高，头发稠密，肤色较白，也戴眼镜，金属镜框。他的鼻孔很圆，说话时，鼻孔随之翕动，好像在用鼻子发音。他说——

我中学时代，遇到的班主任更奇葩。我是后转学进的重点班，成绩不上不下，偶尔跑到前几名，也排到过倒数十名之内——因为考试作弊，准确地说作弊未遂，一门成绩取消。班主任是男老师，人瘦，脸窄如小刀，背地都叫他"小刀"。我在班里个子最矮，却让我坐到倒数第二排。自习课闷头写作业，不小心放了个屁。本来打算憋到厕所里放，但是失控了。声音不大，却引得哄堂大笑。小刀要我停课一周，写检查，顺便把家长叫来也训了一通。

我父亲领我回家。父母都是爱面子的人，老师那些"管教不严""没有教养"的数落使他们面红耳赤。我趴到床上预备好屁股，准备挨打。

一周后禁令解除，我要交一份检查。校规校纪学生守则里没有明示不许放屁，我何错之有？大学二年级时，家人在我的抽屉里发现了那份检查，是父亲替我起草、经我誊清后交给老师的那份。不知什么原因，小刀当时居然没再追究检查的事。初中在他的淫威之下，我做事小心谨慎，上课提心吊胆。中考之后，同学们都回学校看望老师，我也挺想回去看看，但是回想起小刀对我纯洁幼小心灵的伤害，最后打消了这个念头。多少年过去了，谈不上有多么记恨他，但是不愿意再看到他。如果我当老师，会跟学生交朋友，将心比心，推心置腹，决不像他……

大学时代，教外国文学课的严老师，或姓阎或闫，闽南口音，编写过外国文学的大学教材的，讲起波塞冬、雅典娜、宙斯头头是道如醉如痴，让听课的人昏头涨脑直打瞌睡。结课考试，我考了个满分。严老师说，怎么能给满分呢？没有先例。他扣掉一分，给了99分，还委婉地说，这个分数相当于满分，但满分容易使人自满。毕业时，他又说，他给的是满分，现在可以骄傲一下。

目的地到了，因为听身边两个年轻人聊天，这次旅途倒不觉得乏味。其实，每一段行程，都有独特的风景，正如每一段人生，都有精彩的故事。那么，带上你的好心情去旅行，"你站在桥上看风景，看风景的人在楼上看你"……

奔跑的意义

跑步，是一项简单平凡的运动，如果跑惯了，会感觉到跑步带来的种种好处抑或享受。我爱跑步，从小学开始，一群同学出了校门，并没有谁喊口令或事先约定，不由自主，大家说跑就跑起来，像一阵飓风。

实际情况可能是这样的。晚自习一下课，一群人走出校门，叽叽喳喳地滑入黑暗的深渊。回家的路有两条：一条宽，但远；一条近，窄细偏僻。我们可能选近路，有时，我们更愿意绕远路。谁能左右我们的腿和选择呢？走小路或走大道，就在一念之间。当我们随心所欲地向左拐，那就意味着要走小路；如果朝右边一迈腿，那就是说，肯定要走大路了呗。

行走在曲曲弯弯的小路上，身后或四周伴着杂沓的脚步声，声音不远不近，不大不小，听上去是两拨人或者有人跟踪的感觉。三三两两地挤在窄狭的小路上，彼此能听见心跳声、衣服窸窸窸窣窣的摩擦之声、书包里铁制文具盒的磕碰之声，世界马上陷入虚无。越往前走，心跳越快，胆量越小。这时我们发现了路边坟丘上闪烁着星星点点的绿光，并且朝着我们行进的方向在半空中浮动。虽然大家故意不去看那绿光，但又不自觉地飞快地瞟上一眼。不知谁先跑起来，紧跟着都乱跑一气。有人咕咚一声摔了个嘴啃泥；跑到最前边的人，扭头向后张望；不知是谁带着哭腔央求说，等等我，等等我，等等我呀。拐过一道围墙，后面的脚步声突然消失了，我们得救了。大口喘着粗气清点人数，哎呀，居然一个都没少！人人都很失落，白忙活了似的。

可晚自习下课后，我们还是会习惯性拐向小路，只有在阵脚大乱落荒而逃之时，才会自责，不该走小路。每次受到惊吓，所带来的那种说不清道不明的兴奋感便会增加几分。

白天上学，女生偏偏要走大路，男生们斜插到小路上去，凑到坟丘前查看究竟。坟墓被挖开，在一人多深的墓坑里，躺着一副腐朽的黑褐色棺木，打开的棺椁里，是白森森的骷髅。

小路在长长的围墙边上，拐过直角，墙根下种植着一大片甜瓜。顺手牵羊摸到几个，装在书包里。忽听一声断喝，拔腿就跑。跑得慢的同学被揪住交回学校，在学校大会上受到点名批评，还要给予处分云云。喜欢恶作剧的我们，每次经过瓜田，故意弯一下腰，提一下鞋子，佯装摘瓜，惹得看瓜的大爷猎人一样奔来，眼看被抓住，再撒开腿跑不迟，气得大爷破口大骂，无可奈何地搓着大手。

学校开运动会，还是这几位成绩出色，总是名列前茅。奖状贴满家里最耀眼的一堵墙，还有物质奖励，一支铅笔或一块橡皮。看似在激励一群调皮鬼，实则让大家有事可干。

在时光的跑道上一直保持着奔跑习惯的一群人渐渐长大，从少年到青年再跑向壮年，跑向中年，跑得更远。在马路上跑，在公园里跑，在乡间小道上跑，从中国跑到国外，从平原跑到高山，从五公里到十公里，到跑完马拉松。马拉松，从起点跑到终点，如同人的一生，艰辛而漫长，又短暂犹如一道闪电，只有不懈地跑下去，才会有所发现，收获惊喜。在接近终点的那一刻，你的力量和情感将瞬间爆发，你所完成的自我超越，只有自己最有感觉。今天站在时间的某个节点，再次出发，目标在前，那个遥不可及的未来，是内心的希望。人生随处可以起航，你已经在路上，从物理时间判断，的确有点儿晚，但是，如果"超光速"导致时光倒流呢？或许，一点儿都不晚。"超光速"存在于每个人的努力中，在时间的河流中，只有逆势而上，才能自带光芒，照亮自己，照亮人生。

寂静的日子

一直以来，寂静在心目中是一种隐秘的渴望。渴望萌生于何时，无从考证。但我感觉到它生长的力量——倔强而不声张，持久却不露锋芒。这种状态令我心安意适。寂静的日子，你终于来了。迎面而来，静水流深，令人无声进入和谐超脱的境界。

在雪白的纸上，还原一颗心的颜色和形状，赤裸的欢愉，与天，与地，与神灵相通。

巴赫的音乐是馈赠予夜晚的礼物，深沉忧郁的旋律，触动每一根神经，美，使心灵变得高尚而优雅。也许你早已具备对美的欣赏能力，但谢绝它进入耳朵不能证明你一定粗俗肤浅。夜晚的漆黑，在斗室之外，在灯光四周；明亮的阳光青睐万物，而你试着让到访的阳光在思想深处多一些逗留。无论白天还是黑夜，无论置身闹市还是蛰居独处，于寂静中，思想静静徜徉。

今晚有月光。

月色清朗。

夜色的寂静,凸显倾听的耐心。生命在锻造思想,生活与思想互为表里。其实无须证明,生命的存在自有其高贵至尊的理由,思想静若处子。

一只炸鸡腿被孩子反复嗅着,嗅着,仿佛吸进骨髓才能牢记这奇异的香味。一种集体无意识,会使常吃肯德基麦当劳的孩子对此感到不屑与费解。饱吸了香味的孩子对父母说,分开吃,每人一份,都吃炸鸡腿。一对守候在街角修车钉鞋的中年夫妇驯顺而腼腆,洗手,在衣襟上蹭几下,愉快地与孩子一起品尝美味——一只炸鸡腿。

真香!孩子咂了咂油嘴,吮吸着手指上的油脂,连声赞叹,啊,真——香。香!

生活的美味被一家人反复咀嚼,一遍又一遍回味,嵌入记忆,带进梦里。

安宁,知足;勤勉,踏实;达观,坚韧。普通人的生活,普通人的心态,提炼着黄金般的乐趣,活得有滋有味,有声有色。

喧哗热闹保持了生活的节奏和原貌,过滤杂质的心脏,使宁静一如平常。

日子的延续是生命的需要,而思想在痛苦中诞生,在生命里葳蕤,在寂静中获得滋养。

驰骋

生活使心灵粗糙，生命使生活丰富，当一些事情不可逆转时，猛然醒悟，生命已然遁形，这才是生活残酷的真相。

多年前，与一位作者相识。当时我在看稿子，一位交警打来电话，要我马上过去领人。这样命令的口吻，这样突发的事件，令人大惑不解。

在十字路口的便道上交警接待了我，他指着身边的小伙子问我认识吗。

不认识。我肯定地答复。

小伙子急得满面通红，一再表示，认识，就是认识。交警绕过小伙子，啪地将摩托车上了锁。这时小伙子从上衣口袋里掏出一张叠得方方正正的方格纸，展开，递给我。我乐了。那是一张稿件采用通知单，告诉他，他的作品要发表了，白纸黑字，有我的亲笔签名。

交了罚款，我们推车步行回家。就这样，编辑和作者相识了。

他叫林贵相。

他写小说，从初中开始，到目前，一写就是十几年。得知自己的小说要发表，他按捺不住激动，骑上摩托车从百里之外的乡村来见编辑。在农村长大的他，一进城市就违反了交通规则。我忍不住说了一句玄而又玄的话：这种铁家伙不好驾驭，快，是能体现速度；减速，才有生命质量啊。

中午我请他吃饺子，而且领回家自己动手包。

丈夫斟了白酒热情作陪，儿子端来半杯白开水奶声奶气地致祝酒词：叔叔，祝你生日快乐！干杯！气氛融洽，谁也无意纠正儿子的口误，真实的快乐感同身受。

饺子上桌，尝一枚，味道还行，却忘了放盐。怎么办？

儿子自告奋勇：我有办法。

果然，儿子为我挽回了脸面，让大家开开心心有滋有味地吃了一顿三鲜馅水饺。

很多年过去，他仍对那顿饺子念念不忘感叹不已：真好，用注射器给饺子打针，饺子的病就治好了。多好的小说素材，我要把它写出来，不然对不起你儿子，也对不起那顿饺子。

他种地，承包果园，盖楼房，结婚生子，养猪，写小说。

后来，在一次小说研讨会上我们不期而遇。此时他已成为名副其实的作家。

他说，最大的愿望就是将来有了钱买辆高级摩托车，像柯受良那样飞跃黄河壶口瀑布。

生活充满变化,不变的是他的生活方式:种地,养猪,写小说。其间听说,他买了电脑,真的买了一辆高级的摩托车;又听说,他卷入一场家族械斗之中,亲人入狱,他被砍了数刀,头部缝了二十来针,险些丧命;后来还听说,他出世不久的儿子不幸夭折……

前不久,翻阅《中国作家》杂志时发现了他的新作,迫不及待读完,不由得赞叹:真是一部好作品。忽然想写封信给他,却发现手头并没有他的联系方式。于是四处向同行打听,问到最后,真打听到了。不过,对方说:你不用写信了,他收不到。

开什么玩笑?我这样嗔怪对方时,也是半认真半开玩笑的口吻。

我给林贵相写了一封信。

他出事了。

什么事?他人在哪儿?因为什么?

对方郑重道:我也是在一篇文章里读到的,真的……

严肃的语调,搅乱了我的心思,但我严重怀疑这消息的真实性,宁愿对方是在欺骗我。

我寄走了信。

三十岁出头,正是大放异彩的黄金年华,生活的磨砺使他对生命对人生有独特的看法和理解,对自己十几岁就开始经营的小说,更有着火一般的热爱与激情。

我把杂志翻得哗哗作响,当我的手停止翻动,杂志停留在某一页拒绝合上。我注意地看一眼，此页刊登着他的小说，题目是《夭折》，《中国作家》在作者简介里是这样写的：林贵相，男，1970 年 7 月 30 日出生，河北省深州市南周堡村农民。曾任两届河北省文学院聘任作家。在本刊编辑过程中，作者于 2003 年 6 月因车祸去世……

作者的署名加了黑框。

死，也许并不痛苦。如果死者是为了奔赴梦想而驰骋，在生命终结前，他所体验的也许并非痛苦，唯有快乐，那么，他的离去，就是生命的最后邀约，郑重而圆满。

每当我入睡之后或者惊醒以前，我会在梦里说：他死了。永远。虽然，寄出的信永无回音，但是，我懂得，他没有辜负自己，他为生命尽了力，虽短暂，却绚烂无比。由此，我对他的突然离去不再悲伤。

和你在一起

一大早起来,天阴得厉害,对面屋顶已是雪白;雪仍在下,行人被风吹得一溜儿歪斜,羽毛似的飞雪肆意在空中狂舞。一时间,城市在视野内渐次模糊,心绪飞到很远。

此刻,儿子在干什么?

我忽然明白了自己一连几天开夜车赶织毛裤的用心和企图。

雪,越下越紧,街上的车辆、行人,蠕动得小心、盲目。

这么冷的天,儿子没有毛裤怎么行?

"觐见"儿子,这是过硬的理由。

站在我面前的人高个儿,宽肩,长臂。看见我的刹那,先是一愣,继而皱眉,定睛,径直地冲出教室。他反复搓着一双大手,尽量垂下头以降低自己的海拔,语速急而快地对我说:您怎么来了?今天可是入冬以来最寒冷的一天。您来我真没想到,妈妈。真没想到您会来,妈妈。

不知谁将楼道的窗户打开了，寒风裹着飞雪扑进来，嘴里呼出的热气迅速冻结为细瘦的一缕，我和儿子都禁不住打了个冷战。

下意识地捏捏儿子的衣袖，再捏捏他的裤腿，仰起头大惊小怪地说：傻孩子，一套秋衣秋裤哪能过冬？写信倒是不忘嘱咐妈妈增加衣服保重身体，却不知道照顾好自己。毛裤，幸好毛裤我连夜织好了，你穿上它一定会比穿买的那条要舒适松快得多，保证不影响你打球跑步，做各种运动。今天，不，现在，你得当着我的面把这条毛裤穿上。否则，大老远的，来回坐车兜风图好玩儿呢我？

哦，太好了。儿子咧嘴憨厚一笑。那是默许。默许和憨笑，让我放心。

朝夕相处，突然几个月不见。几个月不见，心里平添些许牵挂几多惦念。

然后既闻笑声又见其人。像梦，美妙胜过梦境。

想吃什么？我们出去解馋？我问。

在一家最普通的小餐馆，我和儿子埋头吃牛肉板面，热腾腾的面片火辣辣的汤，逼出一头一脸热汗，儿子大叫：爽！

点一份京酱肉丝？再来半斤水饺？我知道，它们是儿子的最爱。

贵。一份京酱肉丝学校餐厅要八块钱，分量不足家里的一半，特能宰人是吧？挨一刀足够，以后我绝不吃第二次。饺子，偶尔吃上一顿，味道不如妈妈做的好吃，不过聊胜于无。

儿子摘下眼镜顺手往衣襟上蹭两下,再戴上时,我发现镜框上方窄窄的一条东西造成视觉障碍,于是忍不住仔细打量。儿子敏感,红了脸解释:打球把镜架撞断了,用透明胶布粘了粘,还能凑合戴。咨询了眼镜店,换一副新的最便宜也要二百元钱呢。没必要!

我的喉头紧了一下,少顷,我说:还是再配一副,学生嘛,走路、看书、上课、运动,都离不了它。多余的东西你不买,那是节俭;见什么买什么,会养成坏习惯;需要的东西却也不买,就是吝啬。我的话既是说给儿子听的,也是在劝说自己。

雪,还在下,不急不缓的节奏,渲染着傍晚时分归家的气息,都市里上演着温暖团聚的家庭剧。拉起儿子的手步出餐馆,仰起头,任一片雪花又一片雪花飘落到面颊上、额头上、眼睫上、鼻尖上。雪花片刻的逗留带来的是清冽凉爽的感觉,然后是雪花了无痕迹的离去。

想家吗?我问。

儿子的回答不假思索:想。

想念的滋味,我有,原来小小年纪的人,比我更甚……

儿子自言自语:星期天下午打完球,浑身出透了汗,回宿舍把换下来的衣服往床上一扔,洗澡,喝水,休息,之后看书或是跟同学聊天,惬意极了。无意中发现脏衣服还在那儿,心里奇怪,按照习惯,在我的视线以内怎么会有脏衣服?但是后来我才意识到,妈妈不在身边,往后必须自己动手洗自己的脏衣服,并且要习惯所有的事情自己去解决。每当这时候,我就会非常非常想家，想妈妈。而且，洗袜子啊刷鞋子呀给运动裤换条松紧带这类琐碎的小事情，不去做的话也永远不会做，过去从没有留意过别人做的方法。享受这一切时，认为天经地义。到如今，这样的小事，现学，又力不从心，不过，我会慢慢学着做好的……

我握紧儿子的手——那样的一双大手，此刻我已无法完全把握，但相握，让我感觉到踏实放心。十四年的光阴一寸一寸重回长幼相握的手中，幻影般重现眼前，倏忽间，有一种幸福的感伤在这个沉静寒冷的夜晚，在陌生遥远的异地他乡激起微澜，掠过心头。流逝的是时光，握住的是生命的温度。

儿子说：妈妈，我们打雪仗吧？

好，战斗开始。

记忆在此时开启一扇窗，窗外是一九九二年的早春。一个两岁半的儿童站在雪地中，摇头晃脑口齿不清声情并茂地给自己堆的雪人朗诵古诗：墙角数枝梅，凌寒独自开。遥知不是雪，为有暗香来。声调抑扬顿挫，神态传情认真，俨然是一位尽职严肃的先生在给不谙世事的弟子上一堂启蒙课。殊不知，这位"先生"穿着开裆裤，偶尔半夜里还会尿床。

在记忆开启的窗前，伫立着一位一米八〇的少年，稚气未脱的面庞被雪光映射出明暗线条来，脸上英气勃发，掩映的夜色，使他流露真情实感的勇气大增。少年忘情地对着纷飞的雪花，对着广袤的夜空，对着城市的街灯，对着远道而来的我说：我想妈妈。我想家。我想妈妈！我想家！

我在窗内，任记忆的脚步踟蹰徘徊——许多个夜晚，灯下的少年不停在读在写在记在算在思索，而少年背后的目光依然挑剔地催促着，怀疑地监督着，不停地指责着。少年不烦吗？但少年早已习惯。面对书本，背对批判，少年长大，留下远行的足音，留下灯影里的一片虚空。

少年终会长大，少年长大了仍然会说：妈妈，我想家。

华美的礼赞贴心的理解，渗透在最简单的表达里：妈妈，我想家。

距离的遥远，为思念设计最短的直线，联结彼此，我是你，你亦是我；无论远近，你我同在一条直线上，我中有你，你中有我。

学习游泳

受朋友蛊惑，第一次去游泳馆，特兴奋。全副武装之后，昂首阔步走向泳池。波光粼粼一泓碧水，蓝得透明，恍如仙境。朋友嗖地跃入池中，恰似飞鱼划破水面，溅得浪花朵朵。岸上的我，弯腰曲臂踢腿，俨然是专业运动员。有关游泳比赛的电视直播，我一向关注谁得了第一和中国队的名次。中国队得了第一，我会在记录本上郑重画一面小旗以资对中国队的鼓励；若名次不好，没关系，我会自言自语批评一下裁判安抚几句教练，无声点拨一下运动员，然后在跃跃欲试的冲动中宽容大度地宣称：下回再战。我对游泳的涉足仅此而已。至于那些具体的泳姿和技术动作，对不起，我没资格深谈。

朋友受聘于一家外资公司，德语翻译，属于干活不累、收入不菲、敢于消费一族。她去游泳，纯粹休闲。

眼下轮到本人实战，不论多么心高气盛多么夜郎自大多么假模假式,都无法抹杀一个事实:本人不会游泳。坦白交代之后何惧朋友贬损:原来,我以为,咳,你,竟也如此……

对于游泳,我是外行;对于生活,我不时尚。这大概是朋友碍于面子始终未说出口的潜台词。

我感到无辜。

在新装备的泳镜泳帽泳装即将成为摆设之前,朋友水淋淋地跳上岸,连哄带骗将我拖入水中。

水,柔软得令身体发飘,近乎融化,脚底无根,意志衰退。

感觉好吗?感觉好吧!瞧你胆小的样子,放松,迈腿,对,继续,好——

姿势像婴儿,双手攒掌脚步蹒跚,乖乖服从调遣,温顺听人摆布。然后,鬼使神差,脚下一滑,冷不丁扑入水中。呛了几口水,死活不再相信朋友,坐在池边,讪讪地当观众看西洋景。不一会儿,眼前的水开始旋转,水中的人发生变形,岸边的一切突然起飞。我捂住脸,闭上眼,一秒钟后,忍无可忍,终于大张旗鼓呕吐起来。看来,游泳这活儿,不像画一面小旗那么简单,也不像对运动员教练员裁判员进行无端指责无情批判无理要求来得那么容易。因为无知者无畏的指手画脚和理直气壮的冒犯,说白了就叫"站着说话不腰疼"。

站着说话不腰疼。是啊,不腰疼。但我站在水中就眩晕,想到水会反胃,甚至读书看到"水"、写作遇到"水"这个汉字都要呕吐。呕吐,而且当众,自制力全线崩溃,令人担忧,一桩不该发生的严重事件嘛。潋滟清漪不请自来,我被水重重围困。水是我的敌人。

朋友来做思想工作，目的只有一个：换一种方式活着。

朋友原是建筑设计师，业务很棒，为人刚直方正，偏偏上司不欣赏，一张红牌，罚她下岗。屋漏偏遇连夜雨，此时生意做得红红火火的丈夫，跟她提出拜拜。要强的她，怎样面对这场灾难？但她说，就是那时，她学会了游泳。水的恩惠，她无以报答。一泓清澈的人造海洋，动静有致的小小世界，无言地抚慰一颗受伤的心灵，接受绵延不绝的痛楚，化解一腔苦涩泪水。

水是我的爱人，水是我的家，水改变了我的人生。不，游泳，是另一种人生。她说。

功夫不负有心人。可怜天下"朋友"心。

下水！我一咬牙，再次来到游泳馆。一连数周我坚持不懈，每天扒着游泳池边在水中虔诚站岗，兼顾执着呕吐。月余，屈服于我的意志，眩晕感消退了，溃败了。我和水打成一片。水与我结缘。

憋气，蹬池壁滑行，加手臂，吐气，收腹，蹬腿，吸气。

蹬池壁滑行，双臂划水，呼气，抬头，吸气，双脚张开向外后方用力蹬水。循环往复，不遗余力，吃尽苦头，苦中作乐。

然后，哈哈，苦尽甘来，我学会了蛙泳。

我是一只青蛙，四肢劲拔，在水中穿梭往返，活力四射。

朋友玩深沉，装出一脸学究气，谆谆地说，水，可圆可方，能屈能伸，柔中有刚，刚柔并济……云里雾里的演说，引得人捧腹大笑。

朋友在无家无业人生晦暗之时，既学会了游泳，也捍卫了自己的尊严。她去一家广告公司应聘，一路过关斩将，被录取了。原本应聘的是文案策划，报到以后却又让她做市场推广。

没什么大不了的，顶多干砸了走人。巾帼的磅礴大气，令男人畏惧且自觉逊色三分。

什么叫市场推广啊？说穿了就是去拉广告。企业、政府，商场、酒店、车站、写字楼、社区，金融、出租、保险、税务、健身美容、娱乐休闲……朋友一点儿不守旧，大胆出入各种场合，见各种各样的人，进行一次又一次谈判。从滴水成冰的冬天，到炎热酷暑的盛夏，忙碌与奔波充塞内心。市场的大门被她敲开了，业绩，被业界格外看重的业绩，确立了朋友在公司的地位。

然后朋友辞职。辞职后每天去游泳。游泳之外，捡起了荒疏多年的德语。生活的主动，不仅仅愉悦了个人的感觉，更多的是把握了自己的未来。

她说，当翻译是心中埋得很深的一个愿望，出乎意料的是，这个愿望的实现，动因却是人生的一次大失败。代价巨大，收获不小。

但是，伤痛的远离尚需时日。朋友在苦难中磨炼了心性，淡定从容是她奉行的做人准则。而且，她明白，无论人生完美与否，你都无法做到删除其余截取一段地去生活。

她买回一架钢琴订购一沓乐谱，每天看完《新闻联播》之后像儿童学琴一样练习哆咪咪，练习大汤小汤（《约翰·汤普森简易钢琴教程》和《约翰·汤普森现代钢琴教程》）、拜厄、车尔尼、布格缪勒，以至巴赫、海顿、贝多芬、莫扎特。

我说，你疯了。当叮叮咚咚的琴声从电话中传来，我吃惊而且钦佩地挖苦她。她说，你要想学钢琴，很容易，琴和老师我一人解决了，而且我学雷锋，免费。过了这个村没这个店，错失良机，后悔药可没处买哟。

那游泳的学费呢？我问。

若学不会，旧账新账一块儿算……

我们在电话里无所顾忌地大笑。

生活的舞台很大，内心的想法很多，当生活真正走进内心，心灵的润泽一定也能芬芳生活。

爽约

缤纷的日子被忙碌踩乱,岁月穿越时空飞速向前。

积雪很厚的午后,父亲透过阳台向外张望,光秃秃的树枝,冰冷的阳光,寂静的街道,一两只麻雀飞过阴暗的天空,雪后的城市格外冷清寂寥。

父亲在阳台上的一只矮凳上坐下,膝上的笸箩里盛满带壳的花生。如果天晴,父亲乐意到户外去,约几位老友在街边花园下棋,有时伫立在树影下看马路上车辆穿梭,有时守着自己的孤寂打盹。雪后路滑,周围一片沉寂,父亲以剥花生消磨时光。十指在毕毕剥剥的喧闹中忙碌,一粒粒饱满的暗红色果仁脱壳而出。手指的劳动,花生落到笸箩里激起的笃笃之声,使父亲沉闷单调的劳动变得有趣,像做游戏。父亲将目光从笸箩上移开,投向阳台,越过树梢和房顶,在更远的地方凝固。远方将父亲的思绪拉长,思绪的另一端飞快闪过一些画面,在画面中,父亲清晰地看到儿女们的身影，听到阵阵欢笑之声。

雪，是孩子们快乐的起点，彻骨的寒冷激发孩子们嬉戏追逐的热情。雪与孩子们天性相合。长大成人的孩子们，奔向自己的前程，从此，家，被牵挂，或被在远方回味。

虽然父亲与儿女们天各一方，但父亲最了解自己的孩子，花生，是儿女们离不开的零食，无论生熟，带不带壳，干炒、五香、油炸、糖烹，怎么吃，都觉满口生香，余味深长。所以，父亲努力地剥着花生，犹如肩负使命。天南海北的儿女们是候鸟，当春节来临，他们会放下手头的工作奔命一般朝家里赶，回到温暖体贴慈爱的父亲身边。那时，家是无与伦比的所在，父亲是儿女们心中最深的依赖，那些去了壳盛在笸箩里的红皮花生米，带着特有的气息，像一群儿女围在身边。

父亲眼下正一心一意地剥掉外壳，留下一粒粒花生米，在时间缝隙里，寻求安宁与耐心，期待着从天南海北归来的儿女们。然后，花生米被儿女们心安理得地享用。

花生米这种油料作物或土特产，以种子的形式繁衍后代，将阳光、雨露、风和空气化为有形之物，使生命开枝散叶愈加葱茏，用一颗心告诉你更多。在物质日益丰富的今天，花生米不再是什么稀罕之物，可儿女们一如既往地保持着对它的那份挚爱，那是艰苦日子留下的痕迹，也来自生活对胃的训练。纵使你富可敌国，有时，某种依恋却无法改变。但也许，这种习惯的保留，也是儿女对父爱的感恩，虽不能与父亲相守，却守住了固有的生活样貌。

父亲倾听着花生米脱离果壳的细响，十指不停舞动，肯定会猜测，此刻他的儿女们在做什么，在想什么，在什么地方。每当这时，他便觉得儿女们已然在身边，家里的每个角落都充满了笑声，就好像，相互之间不曾有过分离，而且，父亲也会想起早年故去的母亲。

然而，父亲的这个春节，儿女们不约而同地爽约了。父亲可能不想让自己失望，于是，几天之后，在儿女家里的茶几上不约而同地摆上了父亲寄自远方的花生米。醇香依旧的关怀，弥漫在节日气氛里，儿女们的心惴惴的，品味甜蜜幸福之时，感受父爱。父亲是否和儿女们一样，也喜爱吃花生米？但父亲的牙齿现已多半脱落了。

父亲明年八十岁……

困境

年轻的布拉格商人格奥尔格·本德曼写信给远在俄罗斯的朋友，说自己将要订婚，希望朋友能回国参加他的订婚典礼。不承想，父亲对他的做法多有猜测：首先，父亲不承认儿子有这样一位朋友；继而父亲责怪儿子给朋友写信这件事告诉他太晚；接着，父亲怀疑儿子利用和那位朋友的关系在生意上欺骗了自己并另有图谋；之后，父亲坦言自己瞒着儿子从三年前就开始与他的这位朋友保持通信联系，借机挖苦儿子对此事的愚钝无知毫无察觉；最后父亲对儿子做出判决：你，去死吧！一向对鳏居父亲关怀备至的儿子，在错愕中陷入困境，进退维谷。

我和儿子一起谈论弗兰茨·卡夫卡的时候，正赶上他放寒假，他试探地说：假如，我是那位商人，那么，您认为赐儿子一死的人会是谁呢？宣布判决的人，不一定非得是父亲不可，但是，效果较之父亲则可能有所不及。

捷克小说家卡夫卡对现实生活对父子亲情对人伦道德充满了困惑和疑问，于是，用故事的形式解读生活阐释思考，并传达出自己的声音，他死后八十年，生活仍在继续，困惑和疑问也并未退出我们的生活——这是我的看法。但儿子认为，卡夫卡意欲表达的除以上思想外，可能还有一种东西，即爱是一种武器，它可以给被爱的人带来安宁，同时也能带来伤害，甚至灾难。

他说：其实，我的高中时代比卡夫卡还要困惑甚至迷茫。有一件事刻骨铭心。一次宿舍里丢了东西，按理说，同宿舍的所有同学都脱不了干系，可老师偏偏认定东西的丢失与我有关，让我停课反省交代作案经过。我告诉老师，这件事弄错了，东西丢失是事实，但跟我不一定有必然联系。我将事发当天的情况用文字如实向老师作了汇报，希望老师客观看待此事。

但老师不信，非说东西是我拿的不可。我没拿当然不能承认，可是不承认老师就不放过我。

如果一定要我陷害或栽赃自己，并且按照老师的意愿指鹿为马，就以为问题将迎刃而解？这是个错误的前提，能推出正确的结论吗？要公安局还有用吗？世上还有公理存在？如果黑白不分、是非颠倒，今后我还可以信任谁？而且，期末考试临近，复习任务十分繁重，但不许我上课，不许我复习，让我在老师办公室没完没了地写事情经过，检讨自己，这能解决问题吗？这叫逼供，是精神摧残，是对我人格的侮辱。

当时我真想从办公楼跳下去得了，有理的事说不清，就是能说清也没人肯听，我只有死路一条了？但我命令自己不能这么做，真这么做就是大错特错，本来我没有错——动不动就想一死了之的人只能说他脆弱；脆弱到连生命都可以戏弄的人，让我瞧不起。再说我只不过被误会了，为这点儿事就去死，死得不值，不值得去死。

但我有一个信念：即便跳楼，也决不能诬陷自己，亵渎自己。

后来我坐在椅子上，一堆稿纸摊在桌子上，那些写了十几遍的检讨我都会背诵了。我死盯着它们，一言不发面无表情，这时，强烈的对抗意识产生了，这种意识促使我豁出去了，爱咋的咋的。成绩不好，老师不理解，同学们议论，随他去吧。

我跟老师较上劲了，结果——

那次期末考试成绩跌得很惨，不过我不后悔，也不想找任何借口。虽然连最要好的朋友都开始怀疑我的人品，一拨又一拨同学监督我盘问我，我的一言一行总有人向老师打小报告，四面楚歌，但我为自己的坚守佩服自己。

后来，又有一个同学成为嫌疑人。此时又有同学说他形迹可疑，因此被老师请进办公室突审，什么结果，我懒得关注。我已经被此事折磨得脱了一层皮，我不想引火烧身，自寻烦恼。

但是，假如当时我招了呢？我按老师的意图将自己送上审判席，就能减轻同学对我的误会，能免除老师对我的怀疑？学校会怎么处置我？真正的作案者又会怎样呢？

真相不能假设。

有一点我十分清楚：如果我招了，不管老师处理与否，处理得轻重，我想，这辈子我就再也不愿去做一个正直的人，一个真正的好人了。而我倒要考虑做一个贼，去偷一件东西。我的目的在于：既然可以让一个人承担莫须有的罪名，就不如光天化日下做个名副其实的小偷。

那样，我的人生将被彻底改写，后果可想而知。

正直对于一个人是多么重要，我用正直拯救了自己，使自己保持了正直的本性，战胜了怯懦的心理，为此，我感激自己，感谢正直。我也感激老师，没有此番经历，我怎么发现自己，考验自己，超越自己？

但我不想在任何时候对老师说出"原谅"二字。当然老师至今也不认为自己的做法有什么不妥，那么何谈原谅？那不过是我的一厢情愿罢了。

那时，我的同桌——一位女生对我说：我相信你的为人，这件事你是被冤枉的。

为这句话，我当着她的面居然哭起来。是啊，我是被冤枉的，但是，没人这样直截了当地告诉我。如果有人这样说了，而我并不是被冤枉的呢？如果这样说了，传到老师耳朵里，老师认同吗？如果不说，保持沉默，大家不是更为安全吗？如果不说，谁也不能把你当哑巴卖了吧，至少可以保全自己，免遭怀疑。但是同桌信我，她的话让我感到，她不是为了安慰我才这么说的，那是她的真心话，是一句大实话。那时，一句实话对于我，已经足够。为了她的信任，我明白自己该怎么做。为了这份信任，我由衷地感激她。我也因此认为她是个不一般的女生，我们变得无话不谈。

老师认为我们的关系属于早恋范畴，于是发出严重警告：终止来往。并将我们的座位调开了。

接下来，一位男生成了我的同桌，他聪明，看不出他用功，成绩却比我好，平时学习遇到问题我喜欢问他，他也会热心解答。

有一段时间，他常向我打听曾经的女同桌如何如何，什么她会写诗吗，她家住哪里，她爱吃甜食吗，她初中在什么学校。后来我都不知道怎么回答他了，我说：你自己去问吧。他偏不，总问总问。有一天我急了，冲他吼：你这是骚扰，骚扰女生也骚扰我的生活和学习，请你清醒一下好不好！

放学后，我要和他谈谈。我说：你这是早恋，早恋，懂不懂？人家女生已经说了，现在不谈恋爱。他又问：什么时候谈？上了大学可以吗？人家要二十年后再考虑。他说等她二十年。这不是逼人家吗？我警告他：再对女生这样，别怪我不客气。离高考越来越近，你成心要耽误她的前程，我不能坐视不管，有什么后果，别说我事先没通知你，哪天我真揍了你，所有责任我愿意一个人承担，可你也没好果子吃。

他有所收敛。因为模拟考试他考砸了，比我低四十分。这对他打击很大，我和他的关系缓和了，我们又恢复了正常交往。

放假前，那位同过桌的女生给我写了一封四页长信，折成一只纸鹤，当着那位追她的男生的面交给了我。从小学到初中再到高中，坦率地讲我和女生的交往几乎是一张白纸，我没有给任何一位女生写过信，也从未收到过任何一位女生塞给我的神秘小纸条，作为男生，我有理由为这种空白而自卑，为这种经历而沮丧。在我茫然四顾时是她信任我，如今她用一封折叠成仙鹤的信件使我找回了自信。我舍不得打开信看，这是我收到的最特别最有分量的礼物。我猜不出信上的内容，但我有种异样的幸福，我希望幸福的感觉新鲜持久，留有悬念。我一向认为自己长得不帅，一副熊猫脸，两条大象腿，唱歌跑调，说话缺乏号召力，女生没人愿意多看我一眼。但是她的来信说明，一切皆有可能，事物不会一成不变，至少，我的存在引起了一位女生的注意和好感，我有点儿飘飘然。

这感觉真好。

儿子说：我知道，卡夫卡帮不了我，但他同样帮不了他自己，因为他自己也处在困境之中。就算是妈妈，也不能代替我成长。成长无法复制，成长必须付出代价。面对困境，前进的道路虽然崎岖，但成长会使我内心丰富，慢慢成熟。困境不可怕，可怕的是卡夫卡笔下父亲那样的人，居然以爱的名义判决儿子去死。我有女同桌的支持，有妈妈的理解，有坚强的内心，我多么幸运。走出困境，是我成长的方向，我对自己充满信心。

文学的美丽

一九九六年十一月十八日早晨刚上班,我接到一封信,顺手拆开,一连读了两遍,之后,坐在办公桌前发呆。不知过了多久,我起身将启封的信小心装进衣兜,锁上抽屉,骑上自行车来到了大街上。

喧嚣的大街反而给我一种安全感。在一块巨幅广告牌下,我停下来,从衣兜里掏出信,像刚打开一样,重新阅读,直到把信里的每一个字都记住了,才掉转头,往单位骑去。

路上骑骑停停,停停骑骑,之后我下了车,推车步行,迈向前方的每一步无不使我的忧虑加重。那时的我,感到无奈无助。

当天下午,我去参加"河北文学院第三届合同制作家开班典礼"。在会务组报到时,我怀揣来自文学院的一封信,按照规定,需要加盖我所在单位的公章,但盖章的要求我未能落实。

缺一枚公章,我担心自己将不被文学院接纳,甚至也不能参加作家开班典礼。但是，签到时我没有遭到拒绝，也没有人追问我未盖章的原因。那一刻，悬着的心落了地，无助的感觉荡然无存。

坐在文学同行之中，真切地聆听各种发自肺腑的声音，那一刻，像梦。心怦怦地跳，它跳得真实有力，也那么陌生。

有一种心情，很像高考后盼来了录取通知书，五味杂陈。还有一种释然，以后的写作，不必偷偷摸摸了。写作，可以光明正大地进行；写作，使写作者感到十分体面。

一位远在贵州名叫周天进的作者，正在读中专，因为写作被发现，受到罚款70元的处分……我希望帮帮他，所能做的就是买一版邮票寄去。

苏联作家西尼亚夫斯基的作品《和普希金一起散步》，是他在劳改营服刑期间完成的。而他的坐牢，正是因为写作。但是，作家始终不曾放弃写作的权利。

北极熊和中国的大熊猫，本是同一祖先，但是，因为后者退出了激烈的竞争圈，所以这一濒临灭绝的种群只能以竹子来延续生命。而北极熊不仅食肉，在陆地上能生存，且能在海水中捕食水生物，实在没有吃的，它就在冰天雪地冬眠三四个月，醒来又是一条"好汉"。

生活与自然为文学提供了如此丰富的素材和养料，也带来了启示和经验。唯有摆脱困境，沉下心来，才能挖掘发现真善美，为生活提供价值和意义。

有人怀疑，文学，有那么大魅力和作用？

在生命的四周，有战争的硝烟，有人性的沦丧，有美丽的花朵，有苍凉的歌唱，但是，文学的足迹能够抵达四面八方，帮助人类帮助地球帮助心灵守住安宁静谧，让最深的渴望在瞬间永恒。

如果能够，让我来铸造这瞬间的永恒吧，文学给我勇气和胆量。

以文学的名义，铸造这世间永恒的美丽，是写作者的野心和使命。

让我尝试去完成这个梦想吧。

文学，给了我宝贵的机会……

师道

三十年前，小学即将毕业，王老师是我们的班主任。王老师三十六七岁，出身不好，他教语文，上课爱提问。往往讲到兴头上会突然刹车，暂停片刻，继续讲课，或者，开始提问。提问分三步：一、"请起"——伸出一根手指，指向讲台之下；二、自问自答，针对课文；三、"开始"——像比赛现场裁判发出的口令。此时，被叫的同学一般正在开小差，或在打瞌睡。众目睽睽之下，时间陷入黑暗的深渊，被叫的同学定然是一头雾水，以摇头来作答。王老师接着又叫起一位，这一位也摇头；再叫第三位、第四位……王老师继续提问，直到"三步走"完成，这时王老师狡黠地对那些竖起的电线杆说：懂了吗？请坐下。

几位同学的屁股重新搁回座位上，眼睛里跳动着扬扬自得或沮丧不已，但听课专注了。

王老师讲"山舞银蛇，原驰蜡象"，字字铿锵，声情并茂。

自习课，他不让你自习，又来朗读。他爱挑清丽的文字给我们读，穿插一些故事。这时教室里非常安静，听者眼睛有神，张着嘴，欲将五官全当耳朵使用。课外活动时王老师混在男生堆里打篮球，上场后，他像一头饥饿的狮子，呼啸着满场飞。也跟女生一起跳绳。他的欢实和淘气常使活跃的气氛更加活跃：比如抓阄或者喊剪子布包锤，师生一视同仁，机会均等，王老师偶尔动个小心眼儿耍赖，没人对他客气，罚他站到一边去。

少年时光疾如闪电。

给王老师贴大字报，我们还缺乏经验，基本上是照抄报纸，换上适当的名字。我写的是"打倒牛鬼蛇神王老师"，校长说，换个标题，把"王老师"三个字去掉。我换成数学李老师，"打倒……李老师"，毛笔字写得生硬，不小心滴上两摊墨迹，如同惊愕的眼睛。很快大字报贴得满墙都是，下了课或课间，同学们站成一排一篇挨着一篇去读，原来王老师出身富农！地富反坏右，属于"黑五类"之一。

王老师在全校被批斗，班里选代表发言，我没被选上。之后他被押到了我们班教室里，要求"批倒批臭"，人人发言。

我们班都发言了，谁叫他出身不好呢！谁叫我们是他的学生呢！然后我上了初中……

三十年后，我见到了王老师，那天是他七十岁生日。我们的小学同学从四面八方聚集到王老师家里，给他摆上大蛋糕，众声齐唱"祝你生日快乐"。

王老师眼里噙着泪，咽着唾沫，泣不成声。

王老师的孙子十七岁了，暑假祖孙二人去北京路过石家庄，我在车站与他匆匆见了一面，他说，从北京回来到我家待几天。我嘴上表示欢迎，心里在合计，这大夏天的，总不能让王老师住旅馆吧，得把家里好好收拾收拾。

　　十多天后王老师打来电话，说他已经回去了，因为孙子已经开学，明年要考大学了，去北京的任务是带孙子看清华访北大，让他确立人生目标，存大志，珍惜年华。

　　王老师说，他了却了一桩心愿，七老八十了总算看了一眼"母校"北京大学。

　　王老师曾被北京大学录取，但未能成行——家里穷，凑不够路费。

　　但也许，孙子能实现王老师的理想。

　　人类文明贯穿着师者的引领；在文明的国度里，师者至尊至高的地位不容撼动。

上天不忍心伤害你

> 高考在中国不仅对孩子是考验，对中国的每个家庭成员也是考验，而这种考验从孩子进入高中那一天起就宣布开始，直至接到大学录取通知书，考验才告结束。母亲是孩子的第一任老师，面对高考，妈妈们又能为孩子们做些什么呢？如果母子身处两地，凭借书信，母亲对处于人生紧要关口的孩子怎样施加影响，如何给予帮助呢？
>
> ——题记

儿子：

你好！本学期各门功课已进入攻坚阶段，这对你是考验。公正地讲，你学习努力，有主动性，上进心强，勤于思考，而且小小年纪独自面对生活、学习、成长，已经相当不易，但，是否做到了百分之百努力？答案掌握在你手中。

就你目前的学习状态,坦率地讲我心存忧虑。你不会忘掉小学四年级区奥林匹克选拔考试的情景:那时你目标明确,冲劲十足,肯于吃苦,从不偷懒。一切结果产生于不懈努力之后,能走到今天,与你那时的坚忍不拔持续发力密不可分。

但是,你现在的状态,与以前相比存在一些差距。再这样下去,恐怕对你的高考不利,甚至会留下遗憾。

感觉告诉我,你现在的学习存在惰性,对自己的要求时有放松,不愿意精益求精,因此成绩徘徊,进步不够明显。

思念是一种折磨,如果我们双方在经历了长达三年之久的思念之后一无所获,你说,我们为什么做出这种选择?离别,除了自讨苦吃,还有什么意义?为了自立也为了寻求更为广阔的成才道路,你选择异地求学,却由于不努力蓄意制造自己人生的滑铁卢,甚至亲手为自己的求学之路设置一道永远无法逾越的障碍,这样的结果你能接受吗?原谅与否都无济于事,是否后悔都已无法重来。这样的经历,会是一生的灰色记忆,是一道难以愈合的心灵伤疤。这样的结局不是不可能发生,但也不是不能避免。

一切取决于你的态度。努力是唯一的选择。

我愿意听到你的好消息。若失败不可避免,我也坦然接受——但一定是在你尽了最大努力之后,那样,即使失败了,你也依然是我心目中的英雄。而现在,英雄所要闯过的险要关隘是——面对高考,迎难而上。真正的英雄绝不是永无失败的经历,只是永不被失败所吓倒罢了——我把罗曼·罗兰的话修改后送给你。

好好想想，然后给我回信——信不必长，但，须是自己的真实想法。

想念你，儿子！

妈妈
2005 年 3 月 25 日

妈妈：

您好！下了课间操我去收发室，正好收到了您的信。

我知道学习重要，所以不敢松懈。本学期十分关键，每一科都不能轻视，且不说上课绝对不敢打瞌睡，就是一眼不眨精神集中，尚不敢保证与老师的思维保持同步，而一眨眼的工夫说不定一个问题就错过了，接下来可能就像听天书。课后也不允许有一丝马虎，必须对所讲内容花大力气理解消化。尤其是数理化三科，课程有难度，进度飞快，而且三科同时会考，压力很大。单说数学这一科，和过去比我已无优势可言，几次小考，名次都在第五第六，形势十分严峻。说心里话，想不紧张都做不到。而且谁肯输给对手甘拜下风呢？

您也许以为我还像过去那样贪玩儿，为打球甚至忘了上课，玩起电子游戏来就会废寝忘食。今非昔比，我已经是高中生了。同学间真正的较量从高二开始，而小学、初中的较量跟现在比小巫见大巫，根本不在一个段位。每个人都有埋藏在自己内心深处的理想，为了实现理想，就得全力以赴奋力拼搏。此时不搏，更待何时？现在同学之间竞争激烈，稍有懈怠，名次就会被改写，真是逆水行舟不进则退。我珍惜这种学习氛围,竞争激发斗志,惰性与动力互相较量,我要成为自己命运的主宰。

我相信,成绩徘徊只是暂时的,我会努力打破现状。然而面临高考,每个人都会挖掘潜能拼尽全力,后来居上者不乏先例。我既要坚持不懈,也要以良好的心态面对别人的进步,善待同学,不苛求自己。

放心妈妈,我不会让你失望。

春天来了,为了纪念我正在经历和即将经历的一切,四季中最具魅力的春天,她今年的表情与往年有所不同,那是我想象中的样子——春天的脚步轻快而纷乱,春天的面孔新鲜而令人吃惊。但气温的忽高忽低,却使我不得不提醒您——

保重身体!

儿子

2005 年 3 月 31 日

儿子:

你好!

昨天晚上十一点半给你打电话,太晚了,颇犹豫,但你说,还在写作业,估计再有半小时作业就能写完。可你早上六点半又得起床,中午也不休息,长期睡眠不足,我担心会影响你的发育以及健康。

曾记得,初中时我们楼里的三个孩子(包括你)同在一所学校里的同一个重点班,成绩不相上下,中考分数相当,且都如愿考上了理想的高中。从结果看,你不属于出类拔萃的前几位,但也超出重点线很多分。从小学直接插入初中二年级,这是一步险棋。虽然抱着试试看的心理,也做好了当进则进、当退必退的准备。事实上,进了初中,你已别无选择。跳级对于你,不是可以炫耀的资本,而是一次宝贵的人生体验,是对自我潜能的发现和挑战。你闯了过来,这一关,不亚于一次高考的考验。对于你的表现,如果让我打分,苛刻点儿,我打 90 分。保留的 10 分,是怕你自满。

你付出了努力,并在自己选择的学习道路上赢得了自信。从这个意义上讲,你比同龄孩子多一种历练,面对困难时会多一份承担,少一点儿埋怨;多一些冷静,少一点儿盲从;多一些果断,少一点儿犹豫。这是跳级带给你的最大收获。

过程决定结果,而你冒险进入初中的行动,结果超出了我们的预期。换句话说,结果不等于过程,但过程包含结果。

你的可贵之处在于:你一直保持着小学生般单纯的心态,对学习充满热情,与同学友好相处,不管谁遇到难题,只要来问你,你会负责到底。再遇同类题型,你先问对方:有没有困难?你得到一本好书、辅导资料,就迫不及待与大家分享;你不在意别人会不会这样待你,这正是你具备的良好品质。所以好朋友嗔怪你,傻!你不以为然。当你学习碰到问题,又一时无法弄懂弄通,你决不轻言放弃。对于电学你在初中时有一些遗留问题,它们影响了你的物理成绩,那一册初中教材你始终带在身边,经常翻阅,反复琢磨,与同学切磋探讨,多次找老师点拨,直到高二上半年你才彻底弄懂，从知其然真正达到了知其所以然。因此物理成绩有了质的飞跃。

凭着这些积累，我相信你在高中最要紧的时刻能够把握自己，最终啃下这块最难啃的骨头，在高考中正常发挥。自信是你战胜一切困难的有力武器，自信使你遭遇失败百折不挠，自信使你在实现理想的道路上能走得更远、更坚定。

每一个中国孩子面临高考所付出的努力，都是惊心动魄的，而老师家长学校都在戮力同心不遗余力地帮助他们实现梦想。为了孩子的成功，全家老少无不参与其中，因此可以感天动地。高考考什么？其实是在考验人的意志，磨炼人的毅力。因此，经历一次，无论成败，它启迪人生，即使令人不堪回首。

但我相信，只要你脚踏实地安排好每一天，就像你对待物理难题那样善于钻研孜孜不倦，上天不会忍心以失败来伤害你。

时间越来越宝贵，再给你写信，就会使你分心，干扰你学习，所以我决意不再写信，一切留待考试以后再叙。

照顾好自己。

祝福你——儿子。

妈妈

2005 年 4 月 4 日

陪读

暑假开学儿子升高三。之前经过思想激战，终被自己说服，决定放下手头工作、写作，专职陪儿子一年，备战高考。戏称"陪读"。

陪读。在学校附近高价租一间房，儿子搬出学生公寓，每天由我解决温饱，照顾冷暖，负责安全。同时将生物钟拨至高三，不论早晚与儿子的生活保持一致，节奏快而不乱。

高一高二儿子寄宿两年，身为母亲唯有假期方可唔见儿子一面，其余时间均被学校霸占。呜呼哀哉！高三，上苍开恩，赐我陪读一年的时光，从此母子并肩作战，朝夕相伴。

其实陪读不过形式，陪其散心散步尚可（可惜缺少时间），陪其读书则勉为其难。翻开书看看，语数外、理化生，深度广度远胜当年，做几道题试试，抠哧半天，不会做的题居多，真做出来蒙自己都难，对一对标准答案，若不出错，悬。长江后浪推前浪，世上新人赶旧人。不服不行。

行前，特意光顾理发馆将长发剪短，短至从背影看像酷男。跟儿子开玩笑：佛称，剃度；我曰，这叫削发明志，懂吗？先生跟过来凑趣：看见"本官"足下的革履了吗？本该换届，但为了儿子高考，继续连任，这叫不走寻常路。儿子背走两双阿迪运动鞋，嬉皮笑脸地说：明年，衣衫褴褛蓬头垢面向二老呈上通知书的那位，当是"朕"。这哪里是高考，倒像是英雄慷慨赴死，壮士一去不复返，渲染的是悲壮激烈、凛然豪迈的雷霆气概和必胜信念。

儿子酷爱电子游戏，高三时依旧兴趣不减。我无奈与老师串通一气，将电脑主机没收，留显示器放课桌上当摆设，兼顾一位高中生之颜面。

不明真相的追随者们纷纷效仿，以为儿子从此脱胎换骨洗心革面，排长队将各自的电脑主机交老师办公室保管，害得班主任左右为难。榜样的力量是无穷的，游戏高手摇身一变成为班里旗帜，儿子自知，满肚子委屈无处诉说。

三天后，儿子拿起手机玩起了"贪吃蛇"——一款最没创意的游戏（儿子语）。我虚心求教：你教我两招，说不定青出于蓝而胜于蓝，造就个游戏大师什么的。儿子机灵，交我手机，埋头念书，钻研作业，潜心学习。我正暗自得意，忽然又见他手机在握，在玩游戏，还是"贪吃蛇"。我站其身后，居然未发觉。

心生一计，收拾行李，佯装撤离。

儿子认错，写了保证书，郑重贴到书桌上方。我妥协，留下来以观后效。

之后，儿子不像以往心浮气躁，遇问题主动找老师，上课不打瞌睡，作业认真完成。老师宽慰家长说：你儿子没问题，相信他有能力管好自己，考上大学不成问题，想上一流大学他还得努把力。

"211工程"仅有一百所高校，每年考生七八百万，录取三十来万，数字也许说明不了什么，但不努力不行，就是努力了，结果也不一定准行，这是教育陷入的悖论，我等无力求证。

每天放学，儿子要打一小时篮球才肯离校。老师说，一周打两次，时间要减半。儿子沉默，心中抵触，敢怒不敢言。我私下试探：你不会也想去NBA吧？据说邓肯是哈佛大学心理学专业的博士生，又是NBA的王牌球星。不过你认为每周打几次合适？希望多长时间为宜？好像吃这碗饭的都是童子功，年年状元秀已经证明。当然天才除外——比如您，儿子。

儿子一声坏笑，说：玩玩而已，又不是集中营，打打篮球又不违反宪法。

马屁拍错了位置，要炝蹶子，我识趣躲开。

傍晚回来，儿子浑身衣服湿透，神情满足而疲惫，我懂了——老师的劝阻，我的循循善诱统统失败。

劳逸结合，张弛有度，没什么不妥，习惯成自然。我自说自话，神态淡然。

但是，比正常回家时间晚点两小时，儿子这列火车开往何方了，不能不问。

换个口吻说话：老师拖堂了？下课够晚的。

儿子扑哧一乐，心虚地说：我没打篮球。

吃着饭，儿子又说：说实话今天我没打篮球，不信你打电话问问同学。说着，要通对方电话，让我接听。

同学一口咬定，他们放学后一起玩篮球，另外还有某某、谁谁。一堆证人，都是儿子死党。

儿子腾地起身。我道：打篮球没错，撒谎就不对了。晚了，也不受罚；玩了，就得承担后果。我未指责一句，你紧张什么？这件事到此为止。吃饭，晚上早点休息。

近日儿子患感冒，我以为，勤饮水饱睡觉，胜过神医良药。只可惜两小时付诸东流，辩论开导，都是无用功，只落得自己筋疲力尽。

儿子居然火气渐盛：我去飙车。去时飞驶二十分钟，回来骑不动了，骑骑停停，所以就晚了。我没有撒谎，一起总共仨人，他俩顺道回家，剩我一人往回返，没劲了。为什么我做事你要知道？飙车是我的私事，我不想凡事都汇报。有这个必要？

儿子借机泄愤，椅子推到一边，没完没了，饭菜洒了一地。

忍无可忍，拨通先生电话：今晚我务必回家。不等回答，关掉手机，整理行囊，交代房租、水电煤气一应事宜，留下现金还有存折及其密码，放下房门钥匙，拎了包，铁心走人。

儿子拦于门前，拒不让步，严防死守。

至子夜时分，气氛未见和缓，人困马乏，倒头而眠。

一觉醒来，已是次日下午五点，睁眼偷看那厢，儿子也一天未吃未喝斜倚床上。我于心不忍，但又狠下心不动恻隐。约莫又过一小时，朦胧中闻听儿子声声呼唤，睁开眼，但见儿子双手端碗恭恭敬敬立于床前，说：吃饭吧妈妈。妈妈，您吃饭。

我洗漱一番，儿子摆好桌椅，双手递来筷子，又让包子，说：妈妈您吃，素馅的；朝鲜冷面，刚买的。

温言细语，柔顺和善，让人不禁心暖。

两年前，渴了儿子直接拿暖水瓶放灶上烧开水喝；白驹过隙，如今有了生活能力，但脾气日益见长，不及时修剪防微杜渐，是亵渎母亲天职。古有孟母三迁，西方有居里夫人为女儿亲授科学班，时代、国度迥异，教育方法不尽相同，但母亲们互不照搬，以自己的方式影响子女，从小到大，乃至一生，意义可谓深远。我平凡，但我也是母亲。

周一中午，我从外面匆匆赶回寓所，与儿子迎面相撞，我说：已经买好车票，不想送送我吗？

儿子的神情倏忽紧张，目光中掠过惶恐、懊丧、茫然，像一只落难的羔羊。瞬间却又变得恼怒、愤懑：你走吧，我不送！

原来儿子忘带房门钥匙，敲门不应，预感不妙，早已急得不知所措。午饭只得返回学校食堂解决，下一步，面临房子退租，接下去，可能要搬回学生公寓，情绪一落千丈。

我喝住转身欲走的儿子。

回到寓所，备好的饭菜未凉，儿子取出碗底下压的字条——

　　妈妈走了，你好自为之。

怒火重燃，摔门而去。

我追出来。

你都要我好自为之了，我还回去干什么！儿子大吼。

我走近儿子，深吸口气，心软又心疼。握住他的手，一双大手，指端冰凉，手心出汗。

我说：你回答我一个问题，你非常希望妈妈留下来，对吗？我盯着儿子发红的眼睛。

儿子点头。

那么好，我答应你，不走，以后也再不说走，直到高考结束。有困难我们咬牙克服，有问题一起想办法解决，有矛盾有冲突允许互相争吵讨论、双边谈判。但无论如何要彼此信任尊重对方，个人的行为要向对方负责。我说到做到，决不反悔，妈妈向你保证！

此时儿子哽咽，我亦泪流满面。

我打开手机，先生的电话在第一时间里打进来，他说：大人不易，孩子也不易。正好比，养鸟的难，养在笼子里的鸟活得更难呀……

两天来，我们忍受着同样的煎熬，为同一件事挣扎，这一页，可以翻过去了。

是夜，儿子翻看日历——距高考还有 268 天。

墙上新贴两个字：加油。后面一连五个感叹号……

石屋、日子和花

中秋节,是中国人创造的最浪漫最富情调的节日。这一天,游子对家对亲人充满了强烈的团聚渴望和深情的眷恋。一家人济济围坐在庭院中,吃月饼,赏月,叙说往事、家事、趣事,浓浓的亲情甜蜜你我,幸福一波又一波在家中荡漾,中秋节到了。

今年的井陉县石头村,在感情的旋涡中,在殷实的幸福中度过他们的中秋佳节。

石头村又叫于家村。村子不大,几十户人家,掩藏在绵延不绝的群山中,宛如秋日里未收割的庄稼,普通、朴实、其貌不扬,若不仔细打量,很难从千沟万壑中发现她的身影,分辨出她真实的面庞。但是她以自己的方式存在着,并以存在的理由让自己独特。放眼望去,山腰上拱形的石门、厚实的山墙,恭候你的寻访。那些无法抹去的先祖的气息、淳朴的民风,从坚硬的石头中长出来,延续了生命的长度,培植坚忍,锻造梦想。

石头村，对于外界是一个概念抑或是文人墨客的想象，但对生长在这里的人们而言，却有着一段无法绕开、连接历史的蹒跚地走进好日子的艰辛路程。石屋，也许是贫穷的象征。石屋，也许是孕育生命的子宫。石屋默不作声。会说话的人们如何听得懂一座座石屋发出的心声？

古老的石头铺就了村路，岁月的磨砺使石头的棱角变得光亮圆润，走在上面，发出轻叹之声，令人驻足。

明朝大臣于谦，当年流落在石头村时看到的是怎样的景象？石头村记得他，包括他留下的那首《石灰吟》：

千锤万凿出深山，
烈火焚烧若等闲。
粉骨碎身浑不怕，
要留清白在人间。

公元一四四九年，强大的蒙古瓦剌首领也先率大军南下，与明军在土木堡大战，明英宗被俘。此时，有的大臣主张南逃，于谦坚决反对，拥立明景帝，声称倡议南迁的人应当处斩，京师是天下的根本，宋朝南渡的覆辙不能重蹈。于是英宗的弟弟明景帝下决心抵抗，捍卫了北京，功炳史册。当于谦苦涩屈辱地来到荒凉的深山里、偏僻的村落中，复位的明英宗对他已是心存杀机。但于谦仍念念不忘叮嘱自己，叮嘱后人：保持节操、坚强不屈、忧国爱民，追以石灰自喻、自勉，使自己的人生具有永恒意义。

石屋的凄凉和悲苦变成激励诗人的动力,精神的强大战胜内心的脆弱,他成为石头村的主人,并在这里繁衍后代。虽然,于谦在英宗发动夺门之战夺回帝位后,以"谋逆罪"被杀,但从公元十五世纪到如今,石头村成了于家村,于家的后代受了先人的指引,一丛丛、一簇簇蓬勃出生命的活力,演绎了自己的神话。

中秋节在石头村是隆重的,隆重的方式统一为包饺子。韭菜瘦肉馅、萝卜大肉馅、南瓜鸡蛋馅,圆圆的皮,鼓鼓的馅,香香的味儿,饱了一街的人,醉了一颗颗心。

我知道,石头村的人们将最实在的幸福包在饺子中了,石头村的饺子将最踏实的渴望种到心里去了。你看这样一副楹联:土里生白玉,地里产黄金。朴实、坚忍不拔让他们将寸草不生的石头山染绿,将千沟万壑变成良田,白玉黄金是土地的儿女,于谦的子孙一代代奋斗,农家过上了美满的日子,那也正是于谦对后人的期待。

这里的房屋大多是四合院,沿白色石阶登上石楼,放眼四望,周围是一眼望不到边的白花花的石房石屋,门与门相对,户与户相连。六街七巷十八胡同,全是青石铺就,街巷串连着石头房屋,这是一片石头的天地,这是一部石头书写的家族史。

在任何一户农家宽敞明亮干净的院落里你都能看到:石头搭建的房子,石头垒成的院墙,石板铺就的路面,一眼机井哗哗地冒出甘泉。屋檐下,墙角里,有主人精心种植的石榴、葡萄或者豆角,它们似乎也是家庭里不可或缺的成员。火红的石榴,紫色的葡萄,鞭炮似的豆角,将小院渲染得生机盎然,趣味横生。窗台上一盆精致的蝴蝶兰摇曳出妩媚，勤勉的蜜蜂嗡嗡地向自己倾心的恋人诉说着一片缠绵的情意。

普通的花草装点了主人的心情，使主人对未来日子充满美好憧憬。

于家村，或者石头村，以顽强的精神从石头里汲取营养，让生活的花朵不断绽放，花朵的芳香就是农人对幸福日子的殷殷希望。

贴在床头的理想

上小学时我就立下志愿，长大了要当火车司机。孩子善变，为了坚定信仰，我将自己的志愿规规矩矩写到纸上，以孩子特有的郑重方式贴到床边，时时提醒自己。在广阔的原野上，蔚蓝的天空下，呜，轰隆隆，一列火车从地平线奔驰而来，长鸣的汽笛，迤逦的白烟，一闪而过的火车头上的司机，眨眼间消失在没有尽头的远方……这些景象对我产生了不可描摹的诱惑力，威风神气的火车司机成为我心中的偶像，理想就此扎根。然而，我的愿望一直原地踏步，长大成人后，我的职业离最初的理想甚远，遗憾虽有，欣慰的是，纸上的坚定，完整保存了我童年的梦想。

童年是多梦的季节，做梦是儿童的专利。当然不一定非当火车司机不可。当演员不行吗，比如，像葛优；当教授不行吗，比如，像赵磊（这个人没葛优出名）；当学生不行吗，比如，像邻居的儿子陶淘。

葛优，就是演艺圈那个十分活跃的人物，成名之前，曾考过很多文艺院团，结果频频落榜。但他还是不肯放弃自己的梦想，非当演员不可。现在大红大紫的他，是否还记得当年的沮丧？在各种各样的海报或媒体上，在葛优的名字前，会以"大腕""明星"之类的字眼做定语极尽渲染，葛优，志得意满，耀眼夺目。可他的妹妹却说，哥哥没变，他不觉得自己有什么了不起，家里人也这么认为。妹妹举例为证，当她风尘仆仆从美利坚回到祖国时，正赶上哥哥主演的一部片子举行首映式。要想在机场见到哥哥是不大可能了，而且，妹妹搭乘的班机晚点四个小时。当妹妹走下飞机，第一眼看到的竟是哥哥时，她说，真的很感动。葛优只是说：咱不是说好的吗？我来接你，不能变。葛优没有解释：他请了假，专门来接妹妹。"哥哥没变"还原了葛优的本质，最初的追求以及最后的成功建立在为人处世一以贯之的根基上，那么，尽管大红大紫，但根基牢固，他认得自己。所谓的身不由己，是对内心的背叛。当一个人真的身不由己时，危机就在眼前。

可能没有太多的人了解赵磊，他出身寒门，经过不懈努力，成为厦门大学经济学博士生导师，在经济界金融界影响之大非一般人能比。一些大学或研究机构频频请他去做学术报告顺理成章，被地方官员奉若神明亦在情理之中——哪位官员不想通过本地经济振兴而使自己的仕途一帆风顺呢？时在河南省漯河市市政府任职的一位要员一定让赵教授担任当地的经济顾问，并在赵磊尚未答应的情况下委以重任，当然还要许诺政策待遇等等。知识分子不大懂得官场上这一套，再三推辞无果，被迫接受了硬塞给自己的权力，此时，赵磊并不清楚权力也有陷阱。公司、工厂、工资、资金、股份、股权、兼并、集资、上市，一时间赵教授忙得焦头烂额，顾此失彼。知识分子的认真和执着，使赵磊面对市场的千变万化，资金严重短缺，仍旧坚定信心知难而进，当希望的曙光乍现，孰料，那位市政府要员携款潜逃国外，使赵磊的六韬三略无以施展，继任者无疑不愿不敢不能承担这个责任。赵磊的经济改革到了穷途末路四面楚歌的境地，直至也被绳之以法，受到法律的严惩。而在事发之前，赵磊和他的高堂父母住的是宾馆洋房别墅？非也，住的是比民工的工棚强不到哪儿去的、临时租来的房子。如果他有足够的定力，不为一时虚荣所迷惑，不被表面繁荣冲昏头脑，他的未来会怎样？一个人对自己能胜任的工作不竭尽全力，而对难以把握的行当勉力参与，时代对这类人十分推崇，偏爱有加，认定他们有魄力。但是自己若不清醒，谁又能阻止他沉醉其中呢？难道做教授就一定比当老板差吗？难道当教授不能体现自我价值，当了老板就能证明自己才华出众吗？赵磊忘了当初父亲和家人供他读书的目的：做学问，为培养更多和他一样穷出身而考上了大学的孩子们实实在在地教书育人。当行动偏离了立身处世的初衷，当思想也被人牵着鼻子走，甚至自以为聪明时，灾难迟早会降临。谁能救赎这样一颗灵魂？惋惜固然有，官场转嫁危机的动机也昭然若揭，经济形势的瞬息万变以及政策方针的阶段性调整使得赵磊改革的连续性受到影响也是原因之一，但这一切，并不只是针对赵磊一人。而他对政府某些官员的过分依赖和轻信，理想发生动摇，难道不是悲剧发生的原因所在？

邻居的儿子叫陶淘，男孩儿，爱画画儿，但父母坚决反对，理由是某某的孩子因为画画走火入魔，考大学无望，每天沉溺于幻想之中，找个工作也不好好干，好端端的一个孩子眼瞅着就那么毁掉了，云云。陶淘听话，放弃画画儿，一心读书，成绩优异。

但是高考前夕从陶淘书包里发现了女生写给他的纸条，妈妈如临大敌，这时她怎么能听得进儿子的解释？一时间，家里充满火药味儿，争吵一触即发。

妈妈找了那位女生，找了班主任，甚至找了校长。目的只有一个，高考在即，不能让陶淘分心，他必须全力以赴迎接高考。

陶淘考上了大学。大二时却退学了，父母无论如何不能接受这个事实。陶淘说：我替你们圆了大学梦，现在请允许我为自己的理想去奋斗。背起行囊将要离家之前，他对父母讲了这样一个故事：有一个人的才干之一是绘画。皇帝让他画一只螃蟹，他说，他需要五年时间，还需要一幢房子和十二个仆人。五年过去了，他未动笔。他又对皇帝说他还需要五年时间。皇帝答应了。前后十年过去了，他拿起笔一挥而就，画了一只完美无缺、前所未见的螃蟹……但陶淘始终未告诉父母，为什么画画儿一定要背井离乡，更奇怪的是，父母并不关心他这背后的心机，压根也没心思过问。

无论是葛优，还是赵磊，抑或是陶淘，都有过将理想当作信仰追求的经历，正像我将志向贴在床头一样，那些埋在心底的渴望和向往，支撑了我们的精神，指引了我们的人生。不同的是，为了这最初的梦想，有人采取了迂回的办法，有人百折不挠，宁撞南墙不回头，不达目的誓不休，有人不择手段渐渐偏离了自己的人性轨道……想想自己是多么幸运，虽然我没有当上火车司机，但梦想帮助我保持了一颗心的纯洁和热度。有了热情和纯洁正直的品性，干什么不行呢？

四等小站

三十年前，父亲在一个四等小站上班。父亲有两位徒弟，大哥和小哥。小哥当时不满十六岁，为了"接班"改为十八岁，与我哥哥同岁，这位大哥比他们大三岁。这样，我一下有了三位哥哥。

在一场婚礼上，我们与父亲的两位徒弟巧遇。

一别三十几年，如果在街头与大哥小哥相遇，我不敢说第一眼准能认出他们。反过来也一样，他们也一定认不出我。因为，时间是不容置疑的法官，公平的判决无疑是对沧桑岁月的一次揭穿。

婚礼照常是热烈热闹的，熟悉陌生的面孔重叠重现，年近八旬的父亲被寒暄包围，这时大哥小哥来问候父亲。在第一时间里，我们相互认出了对方。大哥你好！小哥，是你，你好！你们好！除了惊喜，并无隔膜，好像他们从外地出差刚刚归来；仿佛岁月的河流一直在彼此之间静静流淌，从未中断似的；又仿佛电影看得正入迷突然停了电，重新来电后中断的电影故事衔接起来并不困难，自然而然，除了拉长的时间，其他没有任何改变似的。

但是，我们改变了不少。

席间少不了互相打量，头发的黝黑是化学染的，脸上的皱纹是真实明显的；重提当年的生活细节，甚至开一两句轻松幽默的玩笑，心里盛满了五月的阳光和鲜花，所有的过去一刹那沉浸在温暖亲切的交谈之中。

夏天父亲歇班的时候，一队人马去河里捕鱼。大哥小哥带着自制的捕鱼工具——罩，那是一种圆筒状、上小下大、无顶无底的竹器，也带了哥哥，还有我和弟弟妹妹，每人腰上吊一只柳编鱼篓——鱼篓口小肚子大，浩浩荡荡向铁道边上的一条河湾进发。

河边杂草丛生，草丛里有蚂蚱，蜂飞蝶舞，野花芬芳，弟弟在跟蚂蚱赛跑，追逐，跌倒，爬起来，再跌倒，又一次爬起来，很快他手中的草茎上穿起长长一串蚂蚱；河里的菱角浮萍莲荷蓊郁而嚣张，花朵娇艳，茎秆肥嫩；手指长的草鱼在水中怡然游弋，要么突然跃起，掀起细碎雪白的浪花，惊得莲蓬上小憩的蜻蜓仓皇而逃。

父亲率领这支队伍开始筑坝，用淤泥和水草将流水阻断，切割水域；接下来将水蹚浑，河水不算太深，浅处不到一尺，深到大腿根，水中跑动的样子夸张而滑稽，岸上的人，要么看得发呆，要么拍手大叫。当岸上的人也冲下岸，跳进水中，有意思的事情接连发生。光着背，或者卷着裤腿，竖起手掌，掌心向外，掌根用力击打浑浊的泥水，撩起的衣裳，挡不住厮杀的诱惑和欲望，一场水仗，交战双方脸上溅满泥浆，头上挂着杂草，身上糊着黑泥，一眼望去，像一群古战场上的勇士。

开始捕鱼了，哥哥双手提起罩，看准了往下扣；一起一落，左冲右突，看似简单，其实需要经验、锐利的观察力和快速敏捷的反应能力。污泥浊水，让鱼儿高度缺氧，为了呼吸氧气，鱼在水里会吐出一串串气泡，泡泡在哪儿，鱼就在哪儿。发现气泡，提罩，落下，此时，十有八九不会扑空。但，被罩住的鱼儿决不轻易就范，会拼命挣扎。将一只手臂伸进罩内，并尽力向下探寻，罩内的鱼儿晕头转向横冲直撞。将手臂当桨在罩里划动、转圈，由慢而快，忽快忽慢，一会儿顺时针一会儿逆时针，划呀划；或者，一屁股坐到罩口上，将两条腿伸进罩里，荡秋千似的搅动。鱼在罩内随着水波打转，更加头晕目眩，直至精疲力竭。此时，鱼在水中的主动权已丧失殆尽，借助水的浮力、撞击罩壁，嘭！嘭！撞得一根一根筷子粗的竹篾直颤。这时将手臂再次伸到罩内，凭感觉寻找鱼。不一会儿，一条长可盈尺的鲤鱼或者是黑鱼，或许是鲇鱼，被用拇指抠住鱼鳃提溜出来。扬起手臂，用力向岸上一甩，引得岸上的人、河里捉鱼的人，一片叫声。

回家后，父亲设宴招待大哥小哥。母亲用她空前的想象力和一流的烹饪技艺将那些活鱼变成餐桌上的美味佳肴，清蒸、红烧、油煎……盘子里是鲜美、喷香、金灿灿的鱼肉，围坐在桌子周围的人，吃着说着，像过节。

　　大哥小哥说：那时，生活都很困难，可是逢年过节师父都把我们叫到家里来，平时，家里有好吃的都提前预备给我们；其实你们当时正长身体也需要营养，但师父把徒弟当成自己的孩子，反而亏待了自家的儿女。回过头想想，觉得这种感情真是宝贵，啥时候也不能忘记，也忘不了。日子虽苦，但我们过得美，我们一起长大，就像一家人一样。

　　大哥小哥对父亲尊重而敬畏，而父亲待徒弟就像对自己的孩子既严肃又关心。时间飞逝，不经意几十年已成过去。今天，三位哥哥的孩子都长大了……

　　大哥小哥与哥哥他们的孩子都是女儿，竟是同岁。当三位大学生坐到一起，她们很快熟悉起来，不停地喊喊喳喳交谈着什么，间或她们会回头调皮地望望大家，而她们年轻的面颊上，始终挂着明朗的微笑。

　　如果三个小女生也是一别三十年，重逢后，在彼此的记忆中会留下什么？会有一些共同的往事让她们回味吧。当她们将往事重温，也会咀嚼出不一样的滋味吧……

　　等到那时，我和这些哥哥们已然到了父亲今天这般年纪。当我们一起追忆一九七二年在四等小站所经历的一切时，心中又会涌起怎样的感喟呢……

第六辑

蓝·白云之下

债

早饭时，父亲说，今天打电话给你嫂子，三个月了，也不给我寄工资来。

见我没吭声，父亲又说，不寄钱来，当初为什么接管我的工资？

嫂子又不会贪污。要怨也该怨哥哥，是他办事拖拉没时间观念。

父亲不满，气呼呼地说，我在那里住了一年多，该买面买米了，她不买，还要我到市场买了找人送回来。你嫂子说大米一斤一块八，太贵，我买的是一块六。嫌贵就不吃饭啦？

父亲越说火气越大：他们就是这样伺候我的，米面不给吃，菜也是我买。

既然买了，就应该高高兴兴的，说多了反而伤和气。

怎么，我自己的退休金都不能开口要了？我看她成心不想给。父亲情绪失控，说话像吵架。

我替嫂子委屈，晚几个月寄钱，不是嫂子成心，单位卡时间上班，动不动就扣工资，自家人不担待，还数落她，不公平。

父亲的气还没消：去银行办一下转账手续，要不了几分钟，这点时间都没有，哼！

自顾自闷头吃饭。心里念着哥嫂的好，前几年哥哥嫂子常寄包裹来，邮包的布袋子存了一大堆，正面反面都有笔迹，都是嫂子的手笔。嫂子对这个家是有功的。我是女儿，也是儿媳。这样对嫂子，我看不过去。

当年父亲毫不吝啬对嫂子的夸奖，遇事总会说，找你嫂子去。嫂子是家里的主心骨。有了好吃的父亲会说，给你嫂子留着。

如今为什么对她抱有这么深的成见？

父亲说，他们买房要分期付款，他们没什么钱。今天问我要五千，明天我给他们三千，究竟给了多少我也记不得了。你哥手敞，花钱大手大脚，有一个花俩，多少钱也不够他花。今天投资搞这个，明天入股做那个，谁劝也不听，突然把房子卖了，要开珠宝店，结果怎么样？还不是赔了。他是在拿我的退休金填亏空，是不是？为什么不按时寄给我工资，还要我一次次地催？

我回答不了父亲，只好和稀泥：哥手头紧才开珠宝店，赔了钱，也不是他故意的。他们自己有工资，不会动用您的养老金，有亏空也用不着拿您的钱还债。跟亲生儿子，为这些小事闹得不可开交，伤感情伤和气，也伤身体。

父亲说，我自己的兄弟姐妹堂兄弟姐妹都死了，只剩我一人，寿命长短我知道，所以不要你们花钱伺候我，医药费、养老费，我自己负担。过几个月我回去，谁都不用给我养老，我自己单独过。我死了，骨灰销毁，不送回老家安葬，不给任何人添麻烦。

独自生活，不妨一试；若为赌气，大可不必。即使对亲生儿女，也难要求面面俱到事事遂心，有困难、有不满发泄出来，别憋出毛病来，这是人之常情，儿女可以理解。

想到自己也要面对公婆，也遇到过各种尴尬。但只能要求自己心态平和，需要出手时，不遗余力去做。西方人与中国人的家庭观念不同，孩子从小对父母缺少依赖，父母也不会对成年后的子女有过多要求和约束，家庭关系相对简单。

我给哥哥发了一条信息，希望他每三个月给父亲寄一次工资。最好守时。

一周后，哥哥回复：钱已寄走。父亲天天翻台历，计算着自己的工资哪天到。要不了太久，父亲的烦恼会消失，与哥嫂的误会和矛盾也会迎刃而解。

有一天，当我到了父亲这把年纪，面对相同问题我会不会也这么在意？其实父亲一向超脱潇洒，可当遇上柴米油盐时，谁能免俗？

相聚与别离

大学生今日返校。特快列车,七点半发车。

一张火车票只售一张站台票!这就意味着三口之家有一人不能进站。我心有不甘,厚着脸皮想试试无妨,实在进不去再说。排长队挨到了检票口,队伍大乱,一家三口从容不迫挪步向前,大学生打头阵,我紧随其后,先生压阵。大学生将车票递给检票员,先自进了闸口,我与先生趁机溜进去。这时,检票员大叫道,票!我和丈夫被熙熙攘攘的人流业已带至地下通道,大学生返回身接过车票,追上父母,哈哈,三个人会心大笑。

出地下通道,火车刚好进站,人们迎着列车相向奔跑。

侥幸地想,若再晚一周返校,更是灾难,那时站内站外人头攒动,安检口之外的广场上蛇形长队排出去百十米,候车大厅里同样挤得打破头;车厢内旅客与行李挤得寸步难行,空气污浊。大学生提前一周返校,决策英明。本年度已是第六次铁路大提速，部分车次票价上涨，乘客却并未减少。特快车票上调了四分之一，且不售学生票（半价客票）。一番计算下来，如果乘坐普通快车，学生票价相应节省五分之四，但不保证能挤得上车。以为托人买的是动车车票，却为软席，大学生连呼上当。车厢里座无虚席，幸好他有座位，粗壮结实的大象腿可伸可屈，出入厕所也很方便。

火车晚点二十分钟，列车启动后，隆隆之声将大学生越拉越远。我和丈夫朝着第八车厢不停挥手，下次回来，如歌里所唱，"大约在冬季"。

二人出站，神情落寞。站外人声鼎沸，太阳火爆，又是燠热的一天。

回到家里，饥饿得虚脱了似的。粥里的绿豆花生，吃得咯吱咯吱，嚼不碎的花生玻璃碴子一般塞进牙缝，令两腮胀疼。虽疼，接着还是吃了两个烧饼，外加一个苹果。边吃边在屋里走动。大学生的书桌上摆着一本书，顺手打开，翻了几页，拖过一把椅子，一连看了几篇，有些篇章文字清丽朴素，情感真挚，笔致活泼。大学生几次请我在上面题字签名，送给同学，我拒绝了。那是我多年前的作品，自己并不满意。将不满意的作品送人，感觉是不自重的表现，反而会给儿子丢脸。其实，没那么复杂，一本书而已。一本同学喜欢看的书，正好是自己写的，扉页上写几句赠言，签上自己的名字，说明此书不是买来的，就这么简单。

对于写作者而言，让更多的人读到自己的作品，并没有错。

而我不希望给大学生留下一种印象：只要他有愿望，家长就能满足。因而没有立刻答应他。帕斯卡说过，人不过是一根芦苇，自然中很弱小的部分，但只是一根会思想的芦苇，人类全部的尊严却包含其中……我想把这句话写在扉页上，与读者共勉。事先我把这些文字一笔一画写到一张纸上，一来为检验记忆是否有误，二来权作练习。反复写了几遍，才拿给大学生看。大学生当时正在钻研《计算机C语言程序设计》，歪着脑袋端详了半天，不置可否，又将那张纸还给了我。如果得到大学生肯定，我会马上满足他题字赠书的要求。然而，大学生接着做自己的事了。空等的我，放弃了原有打算。结果，书到现在还躺在家里。

我取出钢笔，把帕斯卡这段话抄到书的扉页上。如果读者真喜欢这本书，晚一天赠送也无妨。若只是做个样子，得到了又如何？或被当作废纸，扔进垃圾箱。如果真是那样，大学生还有送书的雅兴吗？

家里突然安静，清静，铺在地板上的凉席规规矩矩回到了床上，褥子叠好整整齐齐放回衣柜里，房间里的"乱"被大学生带走，乱比死气沉沉要好。

父亲散步回来，盛饭端菜，可父亲说，他在外面吃过了。

父亲问，走了？

开学了，去上学喽。父亲又说。

是啊，开学了，大学生走了，去上学了。

朱光潜说，愁因郁生，闲来生愁。愁要泄，比如去看一场悲剧，通过剧情使自己的情绪得到宣泄；郁要动，去打网球，通过运动调节郁闷的心情。我该干些什么呢？看书？还是去打球？我坐下来翻过去的日记，从大学生去年春节回来看起，一页一页地看下去，关于大学生的种种记忆又浮现眼前。

下午一点二十四分大学生来短信说：顺利到校，请放心。

我立刻回复：好好休息。苦战本学期，争取好成绩。

大学生表示：好的，不达目标不回家。

我赞曰：真英雄。

大学生本学期目标：专业第一名。

此时我为大学生的雄心和斗志而激动，也激励自己，不可虚度光阴。

翻阅二月十五日日记：大学生从"新东方"回来，精神振奋，信心十足，表示要考哈佛，上斯坦福。寒假，大学生在家仅待十天，提前预订了返程票。半年过去，人学生的目标越来越清晰，对自己各方面的要求具体严格，有危机感和紧迫感。

五点钟大学生来电话说，英语通过了四级，十二月份准备考六级。

这是一份特别的礼物，为大学生的十八岁，也给家长莫大安慰。

大学生英语考试一次过关，说明有一定实力，可如果靠这点语言基础出国留学，还任重道远。

一年又一年，大学生每次放假回来都有变化，长高了，成熟了，进步了，但天真还在。

电话与孤独

办公楼安静,干净。我到朋友 G 的办公室时,对方正在通电话,他示意我在一张椅子上落座。放下电话后,他微笑着问我近来忙些什么,为什么一直没有消息,我一一作答。正在这时,有人打我手机约我见面,无奈只好与 G 匆匆告辞。

按照门牌号在楼道里找来找去,没有找到我要找的人,疑惑自己听错了门牌号。这时一个人出了办公室,背对我向楼道深处走去,过一会儿又折回来。我站在幽暗的楼道里,茫然四顾。见那人迎面而来,停在某扇房门前指了指。楼道里静得出奇,我上前敲门,迎出来的是老同学 Y。他在打电话,示意我坐、坐。我落座后,他接着听电话。又有电话追着打给我,当即告辞出来。

推开一扇门,感觉笃定得很,不料,却是一张陌生面孔,经指点我找到老领导 L 办公室。叩门之后,隐约听见沉闷的声音,进,请进。进去才发现,他在通电话。坐在沙发上等他结束通话，然后互相寒暄——刚进行一半，他又接电话。通话结束之后，我正要说话，第三通电话打了进来，这次的通话时间比外面的楼道还要长几倍，我走不是，留也不是。终于他结束了通话，我们都有话要聊，又不知从何聊起，这时，我说，改天吧，您忙。我不得不起身告辞，本来我不想"早退"，可是现在，却把自己撵了出来，有点儿狼狈。我们有说有笑，他送我出门，又陪我走到楼梯口，才挥手告别。

老领导 L 说，咱们是朋友，所以我放下了手头工作，专门等你。

虽然是领导，但 L 依然怀着真诚来见朋友，而且给予实际帮助，联系出版社，与编辑具体谈了书稿写作过程以及出本版书的要求，并没有停留在口头上，令人感动。

告辞后，我去探望一位久未见面的"男闺蜜"。进门后，见 J 在打电话，好像是为孩子考大学报志愿的事由。放下电话后，我们刚聊两句话，他说，还有几个电话得打。我没敢多逗留，起身告辞。

最后我去找发小 C，进门她也在打电话。电话一个接一个打，多得我们没有谈话机会，我也借机打了三个电话，之后我们终于坐下来放松地聊起来。

孤独的城市，孤独的人，电话使人暂时摆脱孤独感，当通话结束，人们的孤独感却更强烈。在这个世界上生活，孤独是人类面对的难题，然而，孤独亦能体现人类存在的价值。

三周

大学生已返校三周。

无所事事，没着没落，读书可以转移注意力。书中人物命运悲惨，借机痛哭一场，便可宣泄情绪。读张爱玲文集——《连环套》《红玫瑰与白玫瑰》，翻上几页，目光在文字间移动，却一个字也读不下去。天黑了也不开灯，窗外的光线将斑驳的影子投射到墙壁上。日子过得浑浑噩噩，除去吃饭睡觉，一周大宗时间被自己无谓消耗。

第二周，我一心想去拜见游泳教练齐老师。打电话，停机；骑车去她家里，房子已易主；在另一住址，据邻居说，女儿刚接她去了开发区。天下起了雨，不一会儿路上都是积水，汽车亮起了灯，唰地驶过，激起尺多高的水花。下班、放学的人拥塞马路，我站在屋檐下避雨，心情沮丧。

次日一大早出门，乘公交车进入开发区，在一座花园小区登记时发现，住址信息完全错误，五小时后，折回齐老师老住址再次向邻居打听，对方告知齐教练每周回来取一次报纸，于是我留了张字条给她。

不知怎么的，突然想起了老希，好久不见，电话拨到一半，觉得还是到家里拜访为好，于是贾勇而去。凭印象在小区雷同的十几栋楼里，找到了他家。开门的女子未等我落座，用手一指，要我去接电话。

我来过老希家一次，穿过窄长门厅，左手房间内，三面墙壁被顶天立地三排书橱占据，窗下一张书桌，桌上堆放着各种翻开的书籍，和电脑、杂志、打印的书稿。现在书橱、书桌没了，疑似走错了地方，我感觉像掉进一个陷阱。电话听筒从座机上摘下来搁在床头柜上，我拿起听筒，讲话的是老希。他一年前搬到了乡下，这套房子留给了儿子儿媳。

老希的儿子目前重病在身，已经动过两次大手术，还要接受第三次手术。最近的这次手术尚未拆线，回家来住是为省钱。此时才发现，贴墙摆放的一张床上躺着病人，腹部裹着毛巾，脸色青灰，两条腿瘦骨伶仃。他胰脏长了肿瘤，虽是良性，但腹腔内大量积水，治疗复杂，花销巨大。一米七几的身高，体重曾达到一百六七十斤，现在病得脱了形。老希卖了房子给儿子治病，不管花多少钱，治病、救命要紧。老希始终坚信病能治好，奇迹会发生。

晚上老希打来电话，委托买人血清白蛋白。

他向来不求人，既然他开口，无论如何都要替他办成。

一打听才知道，这种"药"价格昂贵，运输保存要求恒温，医院控制极严。能不能办成不能确定，但见死不能不救，更何况是老希求助。绞尽脑汁，想找出几个能够帮忙的朋友，真有一位球友，她的哥哥在省医院供职。打去电话，接电话的人语调很冲地说，她接不了电话！啪地挂断电话。

我再打，问，为什么？

对方说，我是保姆。她突发脑溢血，瘫了，说不了话。半年了。

命运弄人，一九七六年唐山大地震她母亲遇难，几年前，父亲离世，苦难总追着她。

第二天，病人住进了医院。几千元买来的救命药仅够用两天。但好钢用到了刀刃上，病人准备接受第三次手术。

下午顶着大太阳回家，蓦然发现街边矗立着一幢建筑，正是齐教练单位的新办公楼，进去打听，身后的人说齐教练的女儿也在这里上班，热心带路，女儿不在，又带我去齐教练家里。出办公区，过一道门，穿过甬道，一幢住宅楼的三层上，齐教练和女儿迎出来。老伴九年前在这里过世，之后齐教练就跟女儿住在一起。老房子重新装修，三天前才搬回来住。

我们两个人聊得火热，错过了晚饭。齐教练几次邀请去外面就餐，被我制止了。十点钟，齐教练动手在现成的排骨汤里清炖蘑菇蔬菜，一人盛一碗就着馒头填饱肚子。十一点钟，告辞下楼，她坚持送到楼下，送出院子，一路走一路说，依依不舍。我又送她回去，目送她上楼，她来到楼梯栏杆前向我挥手，等她家的窗子亮了灯,我才离开。到家十二点钟,齐教练打来电话,又聊一阵,才各自歇下。

次日一早齐教练来电话问,是否睡好?我掩着嘴极力遏止哈欠,谎称睡得不错,睡得好。

第三周,我该怎样度过?

离寒假还有五个月。大学生上次寒假走后,我开始动笔写作,在修改旧作时,萌生了写作系列中篇的打算,人物要求贯穿始终,故事相对独立又有关联。写到第二部,产生了新念头,为什么不写长篇呢?打破原有计划,重新建构故事,人物命运精心设计。连续写作两个月又两天,修改一个月,完成了二十六万字的一部长篇。现在我又有了强烈的写作冲动,等到大学生放寒假归来,我能不能再拿出一部像样的作品呢?可以试试。五个月如果不抓紧,一晃而过,只有活得不耐烦的人才忍心去"杀时间"。如果写长篇,每天必须把自己钉到板凳上,从早到晚,一气呵成。这样的劳作,与种庄稼相似。时间难得而易失,一个人总要做一些事,虽不能攀住时间让它稍作停留,但决不容许自己挥霍浪费时间。

假如大学生将来出国深造,五个月的离别又算什么呢?大学生从十几岁离家,漫长的岁月都能坚守,我有什么理由不能战胜依依不舍的情感呢?

秋日素笺

石板铺路,每条横线工整有序,如信笺,季节的信息记录在案,秋天的落叶淅沥的细雨,花自凋零水自流的闲愁,云寄锦书。风摇树动,万物卸下盛装,渐次步入沉寂漫长的严冬。

引人注意的"萝卜花",叶片蓬松粗如碗口,边缘白色,中心粉而淡紫,当现身于花台花坛,容貌热烈却也腼腆,陌生而熟悉的身姿,比花还美。

卵石小径,来来去去的人高视阔步,昂首挺胸。一丛丛姿态婀娜的芦苇,嫩喜日光薄,疏忧雨点粗,高举的头颅,象征沉思的生命。"摧折不自守,秋风吹若何。暂时花戴雪,几处叶沉波。"

一群活泼好奇的麻雀在灌木丛中腾举踊跃,叽叽喳喳,犹如步入一座钟爱的行宫。它们的羽毛并不斑斓,黄褐色栗色斑杂。对于入侵者,聪明机警的生灵表现得团结勇敢,直到将对手赶走为止。当雏鸟面临危险，即使面对一只气焰嚣张的烈犬，麻雀照例会挺身而出，无所畏惧，将对方一寸寸逼退。时常可见小小的麻雀在电线上站成几排，四五只，八九只，几十或上百只，犹如沙场点兵，或是五线谱上的神秘符号，整齐庄严，衬着蓝天，看上去很美。尽管被嘲笑痛斥为"燕雀安知鸿鹄之志"，但麻雀们"腾跃而上，不过数仞而下，翱翔蓬蒿之间"，安其天性，似乎并不悲观，也不消沉。

月季的努力，体现在制造香芬之气和艳丽的色彩上，每一朵红色粉色白色黄色紫色橙色的花，都饱含月季的心意，掏空自己，在所不惜。面对一张张鲜艳明亮的花容，除了想起美、爱、感激等词语，最好的表现，便是与花同醉，拍照存念。每一朵花在你接近它的瞬间，似乎都有了灵性或感应，花开放得愈加勤勉，花香得更加馥郁。没有人懂得一朵花的语言，当日暮低迷，兰丛蕙根红白香陌金菊芙蓉如约而至，依旧装点你的梦境。

构树，隐于山脚下一片林子里，红色球形果实扑落在地，汁液如血；树干被千刀万剐，伤痕累累，好似犯了人间重罪。其貌不扬的构树，树叶皆如掌大，因此风姿并不绰约，线条也不细腻，且永远不能成为栋梁之材。然而，酷暑如炙，树下水风冷冷袭人，其阴甚浓，可避雨，可遮夏日骄阳，"啼鸟沸叶中，沉沉有若深山"。苏东坡袁中道将构树植于自家园中，构树看似无所可用，却以"不材"得终其天年。其实，构树树皮可造纸，果实可入药，能染色，食用可美容。

一纸尺素，来自秋天，它关乎一朵花，一条小路，一座远山，一群麻雀，一泓清泉，一座村落，一行足迹，内容朴素、简约，却丰富。秋天是关于时间的故事，是关于生命的秘密，也是关于大自然的注释。秋意渐浓，足音跫然，"碧云天，黄叶地，秋色连波，波上寒烟翠"。

核桃树下

北戴河创作之家院落里有两株核桃树，树冠如盖，纵横峥嵘，树上硕果繁星，尽显其形，所结核桃大如小孩儿拳头，压得枝丫弯腰低头，四周垂向地面，如一顶帐篷。午后海风吹拂，树叶簌簌有声，想必，风的造访使树受用，更是树忍不住雀跃一场的欢喜。

两棵树长在一起，虬干苍皮遒枝，难分彼此，碧叶云瀚，左盘右旋，复叶遮阴。树下有白色铁艺茶几和若干座椅，喝茶，聊天，照相，萨克斯低吟《回家》；听半导体，发微信，几个孩子追逐游戏。远看近观，左环右顾，此情此景美得令人窒息。

树荫下，黑蚂蚁花脚蚊子组成的陆空两军甚是著名，当你侃侃而谈或独自冥想，当你打盹或会见友人，它们的战略是悄悄进攻，打枪的不要，每次突袭绝对成功，从未失手。地面围攻与空中打击包抄目标，形成巨大的威慑力，给兴致勃勃毫无还手之力的各位来个下马威。几位同道正热心地跟邓友梅先生在树下合影拍照，隔着外衣，蚂蚁蚊子出击，只听得一声低吼，来不及向邓先生告辞，其中一人抱头鼠窜。对镜一照，蚕豆似的一片扁平疙瘩，刺痒绵延。

吃饭十人一桌。有一桌食客，皆为吃猫食者，君子谦谦温和有礼，每次餐毕，桌上食物剩余一半，实在可惜。也有一桌与之迥然，每至饭桌，人人兴奋，不能说个个胃大如牛，但整体实力出类拔萃。杯盘碗碟，花样繁多，风味美食，民间小吃，花蛤太阳贝皮皮虾蛏子石斑鱼，酱肘子葱爆羊肉炸牛排白斩鸡，青菜蛋花汤酸辣汤，煮玉米煮花生煮毛豆，米饭花卷烙饼，牛奶豆浆米粥，饮料红酒白酒，圣女果黄桃哈密瓜香蕉，十个人动作麻利，好似风卷残云，连餐巾纸也一人一张，决不浪费，餐后七手八脚将餐具送进厨房水池里。据说十人当中有五位当过知青，三位曾是军人。

去生态农业园观光，且不说那些来自异邦长相有扁有方的稀有植物和果实，单说那些悬挂于棚架上的丝瓜，自上而下如垂天之云，长达一两米。登临老龙头天下第一关，秦王魏武经临榆，登碣石，观沧海，兴史家之叹。从鸽子窝乘游轮出海，海洋辽阔，如伟人胸襟。游联峰山，雁落平沙，霞铺海上；一座石碑，一块牌匾，一排巨浪，摅怀旧之蓄念，发思古之幽情。东边日出西边雨，伞下照旧晒脱皮。大巴车上唱歌，说笑，讲故事，唱京剧，虽无铙钹洞箫丝竹管弦迭奏，但人人献技，谐谑谈笑，与登绝顶以观落照一样开心。

树影婆娑，浓阴匝地，一拨人披着浴巾出门，一拨人自海滨而归。夜幕降临，核桃树下，乘凉的人摇着折扇，扑打着蚊虫蚂蚁，说说笑笑，好不惬意。

房间内里约奥运会女排赛事正酣，中国女排绝地反击，最终站在最高领奖台升国旗奏国歌，激励国人奋进。在多功能厅看电影，小众文艺片《巴黎之恋》《丘吉尔的秘密》。小院坐东朝西，日式建筑，红顶米黄外墙，主楼一栋，客房一幢，两座楼呈T字形布局，小院之南，设微缩园林一座，小桥流水，田田莲荷，水车飞瀑，曲径通幽。

园林细分为东西两个区域，东区可休闲运动，地势最高，像一块台地，青石铺路，沙滩桌椅、运动器械齐备，圆乎乎的鹅卵石大如脸盆，路边站成一排，石上描画的彩色热带鱼绝不雷同。镶嵌拇指大的鹅卵石的地面，图案抽象。西区在六七级石阶之下，瀑布如碎玉，水车转啊转，藕花一塘，墙壁生苔，老树安卧墙角。木桥，白色长椅，潺潺溪流；紫叶李，白玉簪，木槿花，灌木蒙丛，幽阴深邃，如深山茂林。可独坐亭子之下，沉默发呆。

每人房间大同小异，进门一边是立柜一排，另一边是洗手间，窄窄的过道容得下天天在这里做健身操。紧里边的卧室，一侧陈设写字台电视柜，另一侧横放两张床，对面一张茶几两张沙发椅临窗。窗纱一层，透明，织锦布又一层，厚实，拉严则不透光不透风。晚上开窗睡觉，拉上厚窗帘，避免偷窥者在对面观风景。

早晨跑步，出大门向右从安一路到联峰路海宁路到老虎石，沿海滨大道向左或向右跑半小时，按原路返回要一小时左右。世界又大又温暖，跑友相遇，贴心地讲述闻所未闻的故事，那是隐秘的自身经历。拿你当知心朋友，呈上最好的创作素材。

一帮人在院子里打太极拳，专业人士加以指点，弟子们一招一式认真卖力地学，小憩的间隙讨论心得，琢磨要领，期待得道成仙。修业期满，合影留念，师生之谊，情义满满。

早年读王蒙先生《活动变人形》，见过照片，这次见到了真人，颇觉意外而又幸运。很多人跟他合影，但也有人勇气不足，傻站在那儿发愣，不敢上前攀谈，不敢找他签名，不敢直视对方眼睛，哪怕多看一眼。并不遗憾，或许读他的著作比跟他合影更"赞"。航鹰的《明姑娘》拍成电影并获奖，许多人与航鹰老师凑到一桌，边吃边谈。心直口快的女作家，细心周到，短发，黑白方格上衣，红色七分裤，休闲皮鞋；用俄语唱歌，用俄语讲演，听者鼓掌助兴，但听不懂唱什么说什么。她老伴吹萨克斯，抒情而又忧伤，深得王蒙先生欣赏。

郭启林郭群两位先生一为安徽老乡一来自陕西，他们写了许多有影响力的作品，令人钦佩羡慕。暗下决心，向他们学习，以后多写，写得好一些。他们的太太漂亮而又温柔，每每成双入对，形影相伴，大概这是他们作品写得好的重要保证与成功秘诀。

天下没有不散的筵席，各自返程回家后，偶尔想起一起待过的日子，很怀念。写下这篇文字，纪念那段共同度过的时光。

故事呈现与审美眼光

刘建东最近出版了小说集,名之为《黑眼睛》(作家出版社,二○一七年六月出版),全书收入了《阅读与欣赏》《卡斯特罗》《完美的焊缝》《黑眼睛》四部中篇小说,封面主色调黑白两种,反差强烈,冷峻而质朴,这种设计也许与小说描述的是发生在大工业背景下一家大型国企的故事不无关系。小说关乎设备与厂房、产品与车间,表现了师徒关系、人物命运。作者的叙事策略与独有的言说方式,反映了不一样的创作理念和审美眼光,值得一读。

工业题材小说在二十世纪七八十年代,侧重于诠释工厂与改革、工人与国家之间既相互依存又不断破裂的矛盾关系,而《黑眼睛》通过师徒关系,展示的是个体的人物命运,以及人物与现实世界的冲突。四篇小说,人物不同,情节各异,故事都发生在大型国企"八方炼油厂",在检修车间、联合车间、焦化装置工地上，处处弥漫了混合着汽油、机油、铁锈的气味，角落里堆放着废弃的铆钉、螺丝、法兰、阀门、换热器，师父与徒弟的故事徐徐展开。生于二十世纪五六十年代的师父们，在中国工业发展最迅速的时代，思想追求多元而丰富，他们的个性与坚硬的装置和设备，形成了鲜明的对比，他们又和装置设备上的零部件一样，千差万别。无论是《阅读与欣赏》中那个敢爱敢恨、追求自我价值的冯莶衣，《卡斯特罗》里那个在现实的困境中挣扎的师傅老庄，《完美的焊缝》中那个认不清自己的师傅，还是《黑眼睛》中那个被时代所裹挟的骆北风，他们头脑中传统的美好思想以及他们的失意与困厄，对徒弟的人生观与价值观产生了深刻影响，可能使徒弟受到鼓舞激励，抑或思想被束缚被羁绊。

小说人物个性鲜明。个性或许是与生俱来的，或许是人生遭际所塑造的，它对生命个体无疑具有重要影响。父母杨叔叔三人的复杂关系，使冯莶衣放荡不羁随心所欲现实利己，在她年轻的生命中，不可复制地经历了风花雪月，丈夫意外死亡，劳模风采，牢狱之灾，她为自己的选择付出了沉重代价。但她遵从自己的内心去生活，不为自己的选择而后悔，即使服刑，也通过抄写小说传达她对生活的热爱和对人生的希冀。

小说叙事与言说方式独特。四部小说的叙事方式，采用的是叙述语言，少有描写语言。故事推动以及节奏把握依赖于叙事主人公的主观调动。也就是说，小说中的"我"是故事的一部分，叙述者"我"则是当下的我，后者的地位相当于乐队指挥，而小说中的"我"是乐队的乐手之一。只有剪裁、逻辑、审美、观念兼备，小说才完美自然，要达到这样一个目标，并非轻而易举，然而刘建东做到了，因此，他的小说，一册在手，非一口气读完不可，且禁得起反复研读。这也是刘建东的愿望，他借小说人物之口说：当自己的作品被人如此看重时，内心的欢喜不言而喻。

周喜俊的梦想家园

周喜俊的文论集《用什么回报你,我的家园》,四十二万字,拿在手里很沉,读时,十分考验一个人的耐心和意志力。如果给自己找借口,可以说盛夏酷暑,不宜读书;也可以说它不是叙事性作品,没有故事、人物、情节,阅读性不强;还可以说它偏重于理性和逻辑意义,文字多为阐述观念表明立场思考方法,非专业人士,读与不读,不能求全责备。阅读富有挑战,狭窄的阅读体验与欣赏眼光,不知能否读懂作者的意图、思想?虽然主观上希望准确解析作品内涵,不负作者的精神劳动,但事实上怎样,阅读本身更有说服力。

一个下午,读了二十多万字,继而读完了全书。

如果将全书编辑顺序打乱,把文章内容重新编排,甚至书名也换掉会怎样呢?当然这是对作者或编辑的公然冒犯,也未必好。但个人认为,此书更像是作者的创作心得或自传。

阅读没有想象得难，那些文字如泥土一样朴实，似山泉一样流畅自然，所表达的观念、思想、立场、主张，深入浅出，不晦涩，不拗口。整个下午以及后来的阅读之旅，被文字的风景和经验所吸引，即便不是专业人士又何妨。

《用什么回报你，我的家园》（以下简称《家园》）有四部分：思索篇，实践篇，心曲篇，访谈篇。

"我"从少年时代在乡村开始了写作，通过写作走向远方。远方是施展理想抱负的象征。乡村是"我"安身立命的根基，"因为这里不仅是生我养我的故乡，也是我走向文学创作之路的起点，更是我创作不断攀升的不竭源泉"（《浓墨重彩家乡情》）。家乡在写作之初，是实现理想的支撑力量，远方如何抵达，理想怎样实现，其实并不明确，但从这里出发，一支笔，负有责任，担当苦难。

生活对精神的营养是潜在的，精神的触角不断伸向生活时却是显在的。"一定要懂得什么是自己的强项，踩着别人的脚印永远走不到最前头。不做追风派，要有定力；不存侥幸心理，要凭实力；不急功近利，要有耐力。"《从〈当家的女人〉谈起》。生活的定力来自内心的强大，而精神的强大依赖于丰富的生活积累。

面对广阔复杂的社会生活，如何使创作不偏离正确方向，学中文（大学中文专业），读法律（大学法律专业），并非功利的考虑，而是为了拓宽视野，向书本学习，向前人学习，向传统学习。读《史记》、啃《资治通鉴》，循序渐进，丰盈心灵，提高综合素质与艺术修养，激发创作热情，持久发力，使作品再上新台阶。"如果你的作品不去关注众多人的生活,他们就不会关注你。如果你不去关注社会的发展变化,就不会引起社会对你的关注。"文化的、历史的、前人的经验与思想成果,是人类发展的宝贵精神财富,在继承传统的基础上,进行创新才行之有效。

作品研讨,创作交流,工作调研,基层活动,每每置身前沿,结合自己的所思所想与创作经历,用人们听得懂的语言,用自己的表达方式与专业的、业余的创作者进行沟通交流,使更多的写作者从中获益,逐渐写出满意成熟的作品。那些经验心得、方法技巧、思想主题的提炼萃取,是回顾总结,更是提醒自己与同行一道坚守纯洁高尚的写作初心,鼓励创作者也包括自己,树立雄心,积蓄实力,写出群众喜闻乐见、反映时代进步、社会效益和经济效益兼得、具有思想艺术原创性的好作品。

市文联主席与作者的双重身份,意味着写作时务必兼顾管理,这无疑是对"我"的考验,也是一份责任。从被培养,到发现人才进行培养,是思维的转换,也是境界的提升。"我"没有推诿,迎难而上。《走在文艺的春天》里这样写道:"文联不是当官的地方,不是养老的地方,也不是解决待遇的地方,而是实实在在做事的地方,有能力没热情不行,有热情没能力不行,无能力又无热情到文联更不行,活受罪。"因为,"我用创作的思维谋划工作,用工作思路促进创作。创作需要激情,必须认真,不能人云亦云;工作必须思路清晰,方向明确,谋划合理,不能走到哪儿算哪儿","做任何事情,仅仅有热爱是不够的,还必须有实力,就好比爬山,如果你身体素质不好,只有愿望,没有力气,也不容易到达顶峰"。她在《生活永远是老师》里说,"我"把文联当家园,情愿为家园倾注炽热的创作激情,还有什么理由怀疑"我"做不好这份事业呢?

《家园》无论是站在理论高度谈文艺,还是从作品出发谈意义,决不居高临下。朴实的语言,切身的感受,娓娓而谈,贴心贴切,接地气,聚人心。由此可见,理论、逻辑、推演、分析,并非选择晦涩的语言笼统的概念才能说清,其实以温暖的面孔善意的姿态呈现,读者更喜欢,感觉更舒服。

一本书在手,可以从后往前读,先读后记或结局,回头从第一页读起。这一次,不管从何处打开《家园》,你都能读得下去,且手不释卷。这也正是《家园》的价值所在。

用单反相机的老人

老太太在公园里用单反相机拍照，取景、用光、构图，都很讲究，拍半开的花朵，拍草地上觅食的灰鹊，拍虬枝盘曲的龙爪槐，技术玩得很溜。她站在太阳地里，银发闪闪，后背挺直，面色干净，兴致勃勃。在长椅上落座后，一位陪伴左右的年轻人递来一瓶水，老太太抿了几口，将瓶盖拧紧还给对方，闷头鼓捣她的单反相机。

年轻人去拍一朵月季花，镜头调了几次都不理想，老太太在一旁建议他用侧光试试，还走到花前，将挡在镜头前的一根细枝拨开，示意将镜头上抬，按下快门，这一张拍得相当满意。

老太太从小生活在河北山东交界、紧挨运河的一个村子里，小学毕业后来到父亲工作的石家庄，由于听不懂普通话，重读两年小学，初中毕业后进棉纺厂，当了一名知识分子才能胜任的电话员。当时的棉纺厂尚在建设之中，负责工程验收的是华北建筑公司的总经理。

总经理因工作原因与厂领导经常打交道,有一次厂领导专门介绍她跟总经理相识,不久又撮合他们恋爱。她明确表示反对。虽说父亲享受军级待遇,但家庭出身不好,这是原因之一;再者,两个人年龄悬殊,对方比她大八岁;此外,她希望找个知根知底青梅竹马的人过日子,牢靠。

总经理说,非她不娶,口气坚决笃定。架不住组织出面领导关心,最终,她跟总经理走进了婚姻殿堂。原来背后有原因。总经理到二厂负责工程验收倒是不假,但一到厂,就在工人花名册里发现了她的名字。总经理抗美援朝在前线部队时曾收到一封石家庄的女中学生的来信,她在信中表达了一腔爱国热情,对前线将士英勇作战敢于牺牲的精神充满敬意和赞美,字迹娟秀,给他留下了深刻印象。当时他是副营长,他写了回信,也一直把这件事当成一个秘密珍藏在心里。转业到石家庄后,虽然多方打听寻找过女中学生的下落,但因为不晓得她具体在哪所中学,此事没有落实。但是,花名册上居然出现了她的名字,他怀疑是重名重姓,找厂领导去核实,结果证实写信的女中学生就是她。第一次他约她单独见面时,他坦率地说出了真相。

总经理告诉她,他们算是老相识,在炮火连天的朝鲜战场上,她的信给予他巨大的鼓舞,给了他杀敌的勇气,给了他必胜的信念。他是山东人,转业时毅然要求到石家庄,为的是找到她,为的是娶她为妻,白头偕老过一辈子。

婚后,两个儿子相继出世。一九五八年,丈夫被打成右派关进监狱，家里的天塌了一半，剩下的那一半她必须独自撑起来。一个女人带着两个孩子，工厂、家里，套煤炉子、买粮、缝补浆洗，早出晚归，工作踏实肯干，政治上积极申请入党。但组织上决定：要入党，必须先离婚，必须跟丈夫划清界限。

婚离了，丈夫还有盼头吗？孩子谁管？这是她面临的最大难题。

她赌气地说，把孩子推给社会！她要跟丈夫离婚！

咋能把孩子推给社会呢？不能推给社会。这样做组织也决不批准。

她又怨又气。结婚，组织上一声令下，不同意也得同意；离婚，还是组织替你做决定。行，一切都按组织要求去办，但是，把孩子推给社会，组织没同意。从此，入党的事，再也不提了。

她给儿子们分工，大儿子做饭洗碗，二儿子洗衣服扫地。

儿子们遵照母亲的要求，学着生火、封炉子、烧开水、做饭、洗洗涮涮，力所能及地为家庭减轻负担，每天学好功课，按时完成作业。

一熬就是二十年，她从二十四岁到四十四岁，这时丈夫出狱了。

与丈夫重新团聚，家是完整的，孩子们都已长大成人，失而复得的家庭温暖，使夫妻儿子们更加珍惜。丈夫重返工作岗位，扬起事业的风帆破浪前行。在她五十五岁那年，丈夫突然离世。家庭，人生，再遭重击，是致命一击。她给打蒙了，对生活彻底丧失了信心。

向死而生，她得活下去。如今她八十三岁，面色红润脸上没有老年斑，耳不聋，眼不花，做针线活做家务，都没问题，而且独自生活在自己的房子里，每月几千元退休金，生活得安逸闲适。两个儿子一人一套八十平米的住房，孙子业已上小学。大儿媳老实，二儿媳刁钻。老太太对刁钻的看不惯，为免生闲气，不跟儿子们一起生活。每月养老金留一半自己花销，另一半用作社交开支。她有过教训，跟儿子们过，收入全部上交，需要花钱时得找儿媳要，每月最多得二百元，看人脸色，觉得自己活得没有尊严。

高兴时她在家里请客，儿子孙子重孙一个不少都请来，她亲自下厨做一桌饭菜，供大家吃喝，吃完一拍屁股都走后，收拾残羹剩饭，她觉得心里欢喜。有病有灾，儿子们前来照顾，老太太免费提供吃住，离开时还给儿子塞钱。

儿子参加工作，她不让进棉纺厂，厂里都是熟练工，她希望儿子学门技术。一个学汽车修理，一个当了电工。今年大儿子退休，明年小儿子也退休。

她说，不能多生孩子是历史原因造成的，虽然无奈，但也确实没精力也没能力多养。生得多又能怎样？学不好，没教好，祸害社会，家里人也不得好过。

唐僧历经九九八十一难，最终取得真经。人生苦短，八十多年光阴，活到她这样，能有这样造化的又有几人？

太阳偏西，老太太起身告辞，她身边那位年轻人是谁？四下张望，长椅还在，人已远去。天色已晚，我怅然而归。

来访

　　下雪或下雨天，最好的待客之道是一起品茗。室内暖气又足，似乎并不需要说话，只见一缕轻烟袅袅上升，沉默而又安宁，心，静得无一丝波纹。一人斟上浅浅一杯，先缓缓入口，暖暖胃，茶香四散开去，若有若无。

　　弟弟要来，不一会儿人到了，披一身雪，头发、眉毛上也都挂着白霜，手里的拎包鼓鼓囊囊沉甸甸的。打开拎包，里面名目不少，一袋奶油味的黑色花生米，一包炸制的排叉，还有卤豆腐。等不及似的捏起排叉品尝，金黄焦脆的外表，香味纯正的口感，黑芝麻星星点点，咬一口嚼之有声，忍不住称赞，好吃，手艺真不错。噢，还有新鲜水果——香蕉、甜橙、李子。也不推让，欣然收下。

　　弟弟之前从未炸过排叉，但他爱琢磨。首先研究怎么和面，觉得比擀面条要的面硬，试着揉出硬的面团，手指摁上去跟石头似的，面团醒上一夜。第二天起大早，把面团揉匀，擀成薄片，切成长条，刀尖划透三道，对折从中间缝隙穿出去，造型出来了，像一枚蝴蝶结。放油锅里炸至两面焦黄，挑出两根先给孩子和孩子他妈品尝。儿子咂咂小嘴说，好像不够咸，也不怎么香。过了一会儿尝了说，不太酥，也不脆——他吃过大妈大爷炸的排叉，印象很深。于是往面团里加盐，添黑芝麻，再打一个鸡蛋；炸了再让尝，孩子说，没甜味儿。往面团里加点糖；尝了之后，这回儿子说，哇，好吃，香。

这个长假，弟弟每天下厨房制作美食，小小厨房，方寸之地，走来走去，自得其乐。他自己吃得少，或只看不吃，还意外创造了个人减肥纪录。闲暇时，他做了厚厚一沓数据统计，相关技术分析，业务前瞻，综合指标，这些是他常做常新的日常工作，也是他擅长的专业。

但是，对工作有兴趣是一回事，因为工作产生烦恼则是另外一回事。正如有能力是一回事，受不受重视则是另一回事。遇到困难，又一时无法摆脱，只能寄希望于时间或将来。"一切都会好起来的。"空洞的安慰和鼓励，苍白无力。但是，一个懂技术，又踏实肯干忠诚厚道的人，只要机会降临，或者自己创造机会，改变是可能的。有时，机会与能力又存在一种悖论，有技术有能力的人，并非一定能等到机会降临，现实的不确定性，自身的局限性，体制本身的条条框框，这些外在因素势必对人的发展形成制约，使人长久处在命运的尴尬之地。但如果不忘初衷，并为之坚持不懈，或许就能看到一线曙光。所以人们说，面包会有，牛奶也会有，即使道路黑暗，前途也黑暗，并不足以证明应该就此放弃。

一个月前，弟弟看上去腰粗了不少，脸胖了一圈，上楼开始气喘。他打量着略显笨重的身体，摸摸变圆的面颊，揣摩着怎么才能有效减肥。为什么说胖就胖了？颇为费解。体重，首先要把体重减下去！

时间过去了几周，现在似乎瘦了不少，体型看上去接近正常。

都说好人一生平安，好人终有好报。如果这是一种心愿，请为之祈祷，愿好人美梦成真心想事成；如果是必然，希望像弟弟一样做人，为人诚恳，严于律己，勤于思考，遇事冷静。

埋下头去

闹钟响了,照例躺着不动,就像真没睡醒,而且打着很响的呼噜哄骗自己。赖上大约一刻钟,摸黑穿衣服下床,摸黑来到大街上,先慢跑,原地跳跃,手臂伸展去够一根低垂的树枝。

月挂西天,高楼大厦一片森然,马路上车辆行人全无。

独自在公园里进行一百分钟跑步运动。逆时针跑一圈,顺时针跑一圈,第三圈再逆时针跑。

凭借一往无前的勇气向下一秒冲刺,强大的韧劲和专注力,与下一秒的召唤和吸引力形成对比,在耐力与爆发力的作用下,身体在气流中飞。一个人能跑多远,或者说想跑多远,自己说了算。

快速奔跑时用鼻腔呼吸,步子均匀,呼与吸节奏分明。此时在日本,村上春树也会按时起床,并且在既定的一段马路上跑步。跑步与写作,在村上春树看来,写作有时等于跑步,有时跑步激励写作，有时跑步与写作相互依存。他坚持了四十多年，从夏威夷的可爱岛到马萨诸塞的剑桥，从日本村上市的铁人三项赛，再奔向希腊马拉松长跑古道，他一直在奔跑，正像他的创作，作品一部接一部问世，每次陪榜诺贝尔文学奖备选名单，每次落选，但奔跑与写作一样，始终在路上。

每天的奔跑，是在激发斗志，是对意志的磨炼，也是一种生活方式。在跑动中，全身放松，动作规范，才能享受跑步运动。那时，身体越跑越轻盈，呼吸越来越顺畅，整个人如空气里的一团轻雾自在飘逸。

第一圈跑完，身上微汗。天空一道云烟，曲曲弯弯，绵延缱绻。

接着跑第二圈、第三圈，甚至加跑一圈，检验自己的耐力和潜能。灯下读书或者埋头写作，如果想象力和情感爆发力不能被文字所激发，势必会出现疲劳厌烦情绪，写出的文字不可能具有生动的魅力，写作变成重复单调的劳作。那么，写作的意义会受到挑战，自信和雄心将产生动摇，内心将会十分消极。

跑步的途中，总会遇到熟悉或陌生的面孔，腾跃的身影，坚定沉着的眼神，他们使你获得勤勉和激励。跑完全程，时间刚好六点半，认真做完整理放松，漫步回家，时间每分每秒都显得那么奢靡而又珍贵。

轻松完成二十公里。

朋友数落你担心你，你不会因此而生气。永远不要对自己跑步产生任何动摇，跑步也不可能影响友谊。

当你沉浸在写作的氛围里，写呀写，有时写得并不顺利，令人愁眉不展，在公园里奔跑，灵感突至，这时你摒弃杂念，一心一意地跑步，回到家里，埋头书写，全心全意地写下去。

晨浴

淅淅沥沥的小雨下得很有耐心，惊断了朦胧晓梦，在意识彻底清醒之前，沙沙的雨声，听起来像是风。真正醒来之后，见窗外的确在落雨，拿起一把伞，来到街上。

雨丝细如针芒，公园里的大树下，一位老者谨慎地在单杠上做引体向上，一次，两次，正手握杠，双脚离地，依靠强大的臂力使身体往上提起，使下巴与单杠位置平齐，撑住身体在杠上垂直悬挂，再平稳地使身体下降，用背肌对抗地心引力。旁边双杠上，一位中年人动作潇洒地翻上去，跳下来，T恤衫后背上不知是雨还是汗，濡湿了一片，头发也湿得打绺，却兴味盎然。光头的跑友，迈着碎步绕开水洼，向前慢跑。地面上的积水，将跑步者的鞋子弄湿，一支五六人组成的队伍，没有停下脚步的打算，跑得轻松惬意。在公园深处，积水一片连着一片，使人怎么绕也绕不开。石板地面上貌似积水不多，一脚踩下去，啪地溅起水花一片，雨水立刻漫至鞋面，一下子鞋袜全湿了——弧面的积水，使人产生错觉。当你再下脚时，鞋子里便挤压出来古怪的声音，咕吱，咕吱，带着节奏，听上去有点儿滑稽。

小雨还在下，越下越有兴致，跑步的人也像得了奖励越跑越有兴致，鞋子、帽子、外衣，护不护它们都无所谓，淋湿了反正都得洗。湿了，索性让它更湿，不是更有诗（湿）意？

老远传来一声中气十足高亢激越的唱腔："要消灭反动派——"一位撑着长柄雨伞的老者，身体健朗，边走边唱，遇熟人便按下暂停键切断唱词，打过招呼后，接着再唱，"要消灭反动派，改地换天，几十年闹革命南北转战……"雨下得越来越大，起了风，稠密的雨滴被风吹得从树叶间纷纷飘落，出其不意地给过往的人来一次晨浴。只有那些不在意天气阴晴的人，在雨中继续奔跑，好像更加享受，甚而渴望至极。

在雨中跑完十公里，跑友们终于放慢速度，轻松地做起了整理活动，跳跃，拉伸，踢腿，展臂。而冒雨跑步在他们已不是第一次，更不是最后一次。他们喜欢在雨中跑步的气氛，单调枯燥的感觉被愉快游戏的心理取代。也许，雨中奔跑更能激发斗志，让跑步变成一场看不见对手的角斗，不后退，不示弱，内心强大，身体健壮。早晨的节目终将告一段落，收拾心情，新的一天真正开始。

褥子

高考后去学校为孩子拉行李,那些学习用品生活用品统统都装了箱,打成包,当最后清点时,发现缺了一条被子,少了一条褥子。

折回寝室里找,在腾空的床板上,被子褥子端放在那里,不禁使人纳闷。

孩子说,冬天的夜晚,寒冷太剽悍,晚自习回来,烫脚,吃泡面,趁着热乎劲躺到床上睡一觉,冻醒后就再也睡不着,宿舍冷得像冰窖。被褥留下来,不管谁住进来,需要的时候,就能在寒夜里让人睡个好觉。

上了大学后,孩子用的还是高中用的那床薄被,有人调侃,有朝一日成了科学家,这床薄被可以送给博物馆作展览之用,或者当作传家宝传给下一代。

褥子在哪儿呢?一对母女面对着一片草坪,也在谈论褥子。

年轻母亲指着草坪跟七八岁的女儿解释说，在种植园切出整齐的块状，像褥子一样打成卷，装到卡车上，送到我们城市里来，在公园绿地、街心花园，展开这些小褥子，铺到泥土上，浇水，施肥，它们就长成了毛茸茸的绿草坪。说着，妈妈在半空里做着卷褥子的动作，小小的女儿歪着头，两根小辫儿一边高一边低地摇晃着，眉头微蹙，仔细地看着妈妈逼真的演示，似懂非懂。妈妈又说，你可以把它们当作煎饼一样卷起来，尽可能切得小一点儿，就像街边卖煎饼果子的，煎饼摊好，加上葱花香菜面酱芝麻辣椒，放一片脆皮或者一根油条，卷成棍。说着，又比画几下卷的动作。女儿好像明白了，笑了。

将草皮比成褥子、煎饼，使人莞尔。

知青下乡，带着母亲给做的一套新被褥，棉花现弹现打网套，十来斤一床棉被，褥子厚得一把抓不透。生产队配一张网床，指头粗的草绳编成网，落座时，如果四脚朝天、一跟头翻到对面床底下，属于正常情况，摔得频繁，一般不会受伤。麦秸当床垫，铺上褥子，冬天照样呼呼睡得香。

年迈的父亲，床铺上垫三条褥子，太阳曝晒后铺到床上，蓬松软和，厚实温暖。

从乡间泥土里进入城市的草褥子，绿成草原，小草虽细，一棵一棵连成片，便能绿到蓝天，绿了城市；学子留在宿舍的被褥，悲天悯人，惺惺相惜；父母的给予，是无私的爱，寸心虽短，一寸一寸接起来，可以爱成恩德。人与人的相互关爱，虽无法与社稷相比，但也是真情的凝聚，须臾不离。正如写文章，没有小细节，何以成就大作品。

白云之下

　　灰蒙蒙的雾霾，向来没有变为城市上空灿烂的白云。人们觉得雾霾可憎可控，雾霾以为自己委屈不幸吗？天上的云彩，曾经飘逸美艳之至；那是隐约着的海洋气息，是婴儿的光滑屁股的弹性皮肤。白云之下，有红似火焰枝叶离披大如瓷盆的重瓣牡丹，白中隐青的梨花，嫩黄的四瓣连翘，还有湖畔石缝间灰绿的菖蒲。蝴蝶确乎没有；蜜蜂是否来采牡丹花和梨花的蜜，花儿大概记得最真切。但我的眼前仿佛看见了云彩的花朵开在原野和街道两旁，有许多蜜蜂们忙碌地飞着，也听得它们嗡嗡地闹着。

　　花园里的牡丹开得正欢，观赏者搬来一只马扎，端坐在牡丹对面，一笔一笔描绘着牡丹的五官，肌理，气味，呼吸，情绪；牡丹俨然配合着对方，庄重端正，态度雍容。观赏者自己似乎对笔下功夫抱持着几分怀疑，纸上的牡丹不过是平庸的枝叶，又傻又大的花朵，可有可无的线条拼凑在一起而已，兴奋转为沮丧。

然而画作具有生命的强大内在张力，很原始，很生动，以至于担心明艳的美转瞬即逝，宁愿将目光在画纸上流连。

用相机给牡丹拍照的人，带着遮阳伞、反光板、三脚架、长镜头，还有一班人马七手八脚地来做助理。摄影师勾着脑袋对着镜头没完没了地搜寻，似乎看穿了什么暗藏的玄机或密码。路过的人突兀地问，这是牡丹还是山药？这是山药吗？终归少不了被人抢白一顿，什么山药，还红薯呢。

镜头里的牡丹五颜六色，嫣红、苹果绿、米白色、鹅黄、杜鹃红、嫩粉色、锦葵紫、复色，等等等等，鲜花变成了有知觉的生命。绘画者着眼于一株粉红色牡丹，捕捉它在晨曦中半明半暗的质感，寻找傍晚时分光线与花瓣绿叶迷离效果之间的关系。

成群结队的是用手机拍照的人，有的是为拍牡丹而来，有的是将牡丹当作背景玩自拍的人，有的是为拍那些穿梭人群而来，有的只为凑个热闹，总之，牡丹使人们在花园会聚。

一夜狂风之后，牡丹花瓣支离破碎，绘画者心仪的那株玉笑珠香冠绝群芳的粉红牡丹，此时枝干折断，片片绿叶翻飞，面容残缺得仅剩下了半张脸。

但是，墙根下，黄杨木、雪松、碧桃树下低矮的月季花正蓄势待发，枝头多已吐蕾，它们对土壤阳光雨水的要求并不苛刻，在路边、河畔、屋檐下、草丛里都能看到它们的身影。在晴天之下，旋风忽来，月季蓬勃地生长，在日光中灿灿地生光，如大雾中包藏的火焰，壮大而且奋发向上，香芬弥漫，使空气里闪烁着强韧的光芒。在无边的旷野上，在城市的街道旁，在白云朵朵的天宇下,闪闪的奋力升腾着的是生命的力量。

  是的,那是一朵花与霾的抗争,死去的霾躺在花朵之下,白云终将成为蓝天的主宰。

一双鞋子

少年时代每天跑步上学，学校离家三里路，脚上的布鞋几个月就穿坏，不是前露脚指头就是后露脚跟，而下雨天光脚踩进泥泞里，省鞋，又好玩儿。于是热切盼望天天下雨，免得母亲拼命糊袼褙，纳鞋底，做新鞋，晚上在煤油灯下一熬就是半夜。也许就因为鞋子穿得费，所以练就了跑步的本领，或者说，因为跑步，鞋子才穿得费。穿鞋费却也带来不少荣誉。来访的客人，对家里贴满墙的奖状感兴趣，"五好学生"、运动会前三名。奖状，为跑步增加动力，同学们投来羡慕的目光，父母的鼓励更激发了少年的上进心。

冬天的寒风像刀子一样割着人的脸，发梢上滴答的汗很快冻得结冰；夏天太阳曝晒，浑身犹如被架在火炉上炙烤，胳膊晒脱了皮。脚穿母亲做的布鞋，鞋底磨透了鞋跟磨偏了，跑步却未受到季节或天气的影响，速度不慢，从未中断。每一次报名参加学校运动会，每一个比赛项目拿到了好名次，似乎都是为了将一种想法变得清晰。

不知从哪天起，看上了一款鞋，那是一双方口布鞋，平绒面料，鞋襻横在脚面，一侧的半圆金属扣起固定之用，鞋子的每个细节都好看、高级，竟是如此地令人神往。它一定很贵。假如也有那样一双鞋，穿上它该有多美。偶尔也见街上有人穿那种样式的鞋，塑料底、平绒鞋面，穿上它的人那么神气，又洋气，让人羡慕得要死。自己脚上的鞋子张着嘴歪了鞋后跟，看上去显得更旧，更丑陋。

拥有一双平绒布鞋的想法埋在心里，似恋人伴随着少年一天天长大。

工作之后，皮鞋盛行，虽然也穿皮鞋，但谈不上有什么钟爱，当然也不能说有什么反感。有意无意间，还会想起少年时的愿望，寻寻觅觅，某一天，在商场的角落里，与"恋人"相遇，并立即带"他"回家。一双平绒面橡胶底的带襻布鞋，穿在脚上，似乎能使人重返少年。它带着我在家里走来走去，在镜子前端详打量，当年看别人穿在脚上时自己的那份独特感觉被找了回来，从中获得了一种说不出的满足和舒心。每天跑完步上班，到了单位，换上心爱的布鞋。若出差在外，别人的城市也给访客预留了标准跑道，陌生的旅行陌生的环境中，同样享受着健步如飞的运动快感，回到旅馆后，照例换上这双经典布鞋，宾至如归。雨天无须撑伞，在淅淅沥沥的烟雨中，跑步仿佛老鹰捉小鸡，怀着做游戏的心态。听到路过的人的半导体收音机里唱着流行歌，也能唤回少年的任性单纯。

一位身穿皇马战袍（他一定是皇马的忠实粉丝）、满头银发的老人，每天跑步两小时，雷打不动，身边的年轻人陪着老者，步调一致肩并肩地向前跑。老人不习惯有人陪伴，他会停下来，看着年轻人远去，然后再次启动跑步程序，向着自己的主场奔跑而去。老者不承认自己已老，犹如晚辈不希望自己的父母一天天老去。但人终归都会老，草木枯荣日月轮回潮汐涨落，大自然严酷公正，有生有死，无法抗拒。有时，跟在老者身后的人，会有意拉开一段距离，老者像机敏的猎人，倏然改变了方向，让监控的"雷达"失灵。老人脚穿一双布底鞋，纯手工，脚步轻，不打滑。

儿子为我买双跑步鞋，可脚又可心。跑步于我的生活不可或缺，在奔跑中遇到许多同好，有的是点头之交，几天不见，会互相惦记；有的成为朋友，彼此常通电话，传达心意。将跑步鞋与布鞋放在一起，会有什么发现？一双鞋子的经历与一个人生命的长度相比，谁更有表达的权利？如果有兴趣用文字记录这些思考，寻找历史在人的成长岁月里刻下的印记，一双鞋子能做出最好的诠释。

第七辑

紫·天使在舞蹈

康老师

在河北师大幼儿园学前四班，五十个孩子正异口同声朗诵："……再见了老师/再见了阿姨/我从心里感谢您/我一定回来看您/向您报告我的学习成绩。"那童稚的声音传得很远，一双双专注的黑眼睛饱含热泪，双鬓染霜的康老师用慈祥的目光，深情地注视着朝夕相处、很快将要踏入小学校门的孩子们，依依不舍。尽管这样的别离已不止一次，然而每一次聆听孩子们的告别诗仍旧令她产生新的感受，她的眼睛禁不住再一次湿润了。

往事历历在目……

幼儿园开学的第一天，院子里的热闹程度不亚于一座百货商场新开张。孩子哭闹，家长穿梭，车辆来往，幼儿园门前堵得水泄不通。在这方小小的天空下，动人动情的小故事正在发生。

潘亚伦小朋友被家长送到康老师班里时，又哭又闹，谁劝也无用。但是，眨眼工夫，小亚伦失踪。康老师追出教室，追到院子里，最终将小亚伦找到，带回了班里。康老师目不转睛地盯着小亚伦吃完饭，嘱咐道，潘亚伦可以找一个自己喜欢的小朋友坐同桌。小亚伦停止了哭闹，但仍用陌生的目光瞧瞧康老师，再望望小朋友。康老师一改看图讲课的方法，宣布要讲故事——"孙悟空大闹天宫"。曲折生动的情节令小亚伦紧张的神经松弛下来，他甚至忘了早上入园时莫名的恐惧，并主动要求回答老师提出的问题。康老师借机组织了一个"欢迎潘亚伦来学前班"的小小仪式，小亚伦的脸上泪痕未干却绽开了笑靥。

故事讲完了，孩子们仍如醉如痴地沉浸在想象的氛围中。康老师说，明天还要讲第二集"芭蕉扇"。求知欲强的孩子们，在急于听下一个故事的期盼中，淡忘了对父母的依恋，渐渐爱上了幼儿园这个新家庭。

第二天小亚伦来得很早，一见康老师就不无自豪地说："今天来幼儿园我没哭！"康老师会心地笑了。昨天临走时，康老师问小亚伦，明天还来吗？

小亚伦回答得很干脆，来。

哭不哭？

不哭！

小亚伦信守诺言，康老师立即在班里表扬了他……

幼儿园丰富多彩的集体生活，既培养了孩子们良好的生活习惯协作的精神，也淡化了他们以"我"为中心的"小皇帝"意识，使他们拥有了健康快乐的童年。

班里的刘强个子小，但脾气倔强。小伙伴们无意的碰撞和嬉戏，都会使他火冒三丈。一发脾气，小刘强就会打人毁坏东西。这天，他又将肖林的作业本封皮撕个粉碎，肖林委屈地大哭。康老师叫住小刘强，指出他做得不对，小刘强梗起小脖子表示不服气。康老师神态平静但口气严肃地说："你再想一想。"然后找来糨糊、剪刀、白纸，埋头去粘贴撕碎的本子。小朋友将目光聚焦在康老师手上。本子粘好了，康老师拿出一个新本子与之相比较，问大家："哪个本子好？"小刘强沉默不语。康老师又说："如果把你的新本子换给肖林，你愿意吗？"

小刘强羞愧地低下了头。康老师接着诱导说："你看这件事情怎么办呢？"

小刘强抬起了头，但见康老师目光温和充满信任。小刘强涨红了脸，走到肖林面前诚恳地说："对不起，以后我不这样做了。"肖林破涕为笑。康老师这时又说，和小伙伴们友好相处，改掉发脾气毁东西的坏毛病，就是一个好孩子。小刘强心悦诚服。

潜移默化循循善诱，幼小的心灵在发育的初期得到甘露滋润，便会健康茁壮地成长，并将受益一生。康老师挥动着智慧的剪刀，游刃有余地修剪着一批批幼苗。

三十七载光阴荏苒，康老师今年已五十有三，为了孩子，她真想使自己再年轻几岁……

无悔的选择，缘于她对幼教事业的一腔热爱；人类的文明，始于对幼儿的启蒙教育。

门前那棵白杨树

刚入秋,我回了一趟家乡。

那是黄昏,各种各样的飞鸟在房前屋后的树杈间纵情鸣啭,优美动听的歌声令夕阳陶醉。西天的彤云,将天地装扮得分外妖娆,那是上苍感动的脸庞。沉思默想的树木,在夕照中像个哲人。

我的目光一下被吸引——那棵白杨树,它居然那么高大,那么挺拔,粗壮的躯干上有个拳头大的疤,那疤痕年深日久,漆黑如墨,与青灰的树皮形成反差。谁能想到,当年它柔弱细瘦,像个发育不良的少年。令人感慨的是,许多年来它一直保持站立的姿势,栉风沐雨,经冬历夏,昂首向天,它不累吗?

我想到了少年的它以及与它有关的种种。

那时我也是个少年。

记得清楚得很,那天家里来了客人,客人骑一辆红旗牌加重自行车。车停靠在门前的石阶旁,没有上锁。趁母亲沏茶的当儿,我凑上前俯在母亲耳朵上,小声但恳切地要求着一件事。开始母亲一口回绝了我,但我毫不气馁,一遍又一遍起劲地陈述着我的请求我的迫切我的决心,到后来,我几乎要哭了,那是急得。母亲显然有些为难,思忖了片刻,望着少年的我,答应前去试试。

我躲进厨房里,忍不住向客人落座的房间里探头探脑,且竖起了耳朵。

等母亲再次走近我时,我看到了母亲脸上宽容释然的微笑。母亲说,去骑吧,小心,千万别把人家的自行车摔坏了……

我子弹一样射出家门,飞向"红旗牌"。

锃亮的自行车,冰凉的车把握在我手里。我注意到,车的横梁用黑色塑料带从头至尾缠得结结实实,车的尾灯裹着一块红绸布,简直像爸爸指挥行车的一面信号旗,威风凛凛。前后两只轮子的辐条上缚着红黄绿三色短缨络,车行驶时,跳上跳下如受困的刺猬;车静止不动时,它呢,慵懒笨拙得像几只毛茸茸的大虫子。车的后挡泥瓦上印着两面重叠的红旗,很显眼。车几乎可以说是崭新的,而且神气、高贵。

我一只脚踩住脚蹬,另一只脚起起落落点着地,为车子助跑。车子向前滑行了一段路程后,我纵身一跃,右腿一甩跨过车座,屁股搁到了车座上,踏住右脚蹬,与左脚配合着一上一下地蹬,车轮转得很有韵律。刺猬们欢腾起来。车把兴奋地扭动几下,驯服地沿着土路逶迤而去。母亲的目光在我身后闪烁。仅有半瓶醋的我，对于方向的把握，跟婴儿学步的情形差不多。专心驰骋的我，把母亲的叮咛抛给了风和风中飞翔的鸟儿。

我在门前的土路上来来回回地骑，邻居的孩子们也跑过来看热闹。他们大呼小叫站在路边上，投来的目光一律艳羡又好奇。作为骑手，我感到的是激动和沾沾自喜。好像我是车主，好像我的骑车技术很了不起。不一会儿，我便大汗淋漓，后背衣服濡湿，贴到皮肤上，头发上的汗水往下滴，蜇得眼睛直眨。即便如此，我是断断不肯停下来休息片刻的。因为骑车的机会少之又少，因为自行车不是自己的，我哪能白白浪费这样的机会呢？

将要吃晚饭时，母亲站在门前台阶上向远处的我招手呼唤，我知道客人要走了。我是多么不情愿客人走啊。但我清楚，我没有理由挽留客人在这里继续待下去。客人怎么能随便听从一个孩子的请求呢？我放慢速度往回骑，使骑车的快乐延长几分钟，哪怕多一秒钟也好。快到家时，小伙伴们似乎有意要考考我的骑车技术，他们手拉手围起一堵人墙，我左躲右闪，总算没把车骑到小伙伴身上。但我冲下了土路，迎着一棵小树，不可逆转地撞了上去。

我爬起来的时候，车还躺在离我一丈远的树干上，车把拧了九十度，链子掉了下来。这时我想起了母亲的嘱咐，我完全吓蒙了。

等我扶正车把，费尽力气把车链子安到原处，已是满脸满手满身污黑了。而小树呢，身上有了伤，伤口处冒出淅淅沥沥的汁液，宛如少年痛哭的泪水。

客人走了以后，我才发现，我的左手掌根擦破了一块皮，一条裤腿扯了一道三角口子，膝盖露在外面，还在渗血。

　　如今那棵受伤的小树已长成参天大树，树冠如盖，枝叶茂盛出一大片浓荫，躯干上的伤口像一枚勋章诉说着年少的坚韧和刚毅，当然，也记录着我的羞愧和莽撞。它是否也洞悉了我对拥有一辆自行车的渴望和无望呢？

　　从机场到家，我坐了一个多小时出租。到家的时候，我看见两个男孩子一人骑了一辆童车在门前的柏油马路上比赛。孩子看上去有五六岁，童车的后轮上拖着两只更小的轮子，使得两个孩子在奔驰时，可以无所顾忌地撒开车把而不致摔倒。孩子们的胳膊举过头顶，远远望去，像鸟儿在空中展开的翅膀，且一直保持着飞翔的姿势。夕阳斜照，白杨摇曳，家乡在我眼里凝成一幅意蕴丰富的画……

生命奔腾不息

在我眼里，父亲严厉，不苟言笑，表情冷峻。因为这种印象，和父亲相处，我总是小心翼翼，以讨得父亲欢心，虽然并未做到，至少不会激怒他老人家。

父亲生气时，样子可怕。本来他眼睛不小，生气时，眼睛瞪得更大，眉毛拧成绳子，根根头发凌厉竖起，令人心生恐惧。因为惧怕，我平时总躲着他，尽管这样，有一次我还是激怒了父亲。

那天我正在做晚饭，厨房的门对着马路，外面发生的一切近在眼前。大人在井台上打水，小孩儿在树下跳绳，狂奔的是那些与我年龄相仿的伙伴。我一边心不在焉地搅锅，一边向外张望。终于抵不住诱惑，不由自主地挪出门去，看两眼，再急急忙忙返回灶前胡乱搅几下锅，免得稀饭巴住锅底。还不过瘾，我走出家门，凑到同伴们跟前。后来，鬼使神差加入了游戏。

等母亲叫我的时候，我像一匹马驹似的早已跑得满头大汗，喜滋滋的神情立刻变得紧张起来。我突然想起了灶上的锅，糟了，锅里的饭别是熬煳了。

我撒腿往家飞奔。我甚至闻到了浓烈刺鼻的焦煳味儿。

父亲叉着腿站在那里，宽阔的肩膀正好堵住了敞开的门。我一愣，贴着墙根，一寸一寸地往前挪动。我想起了父亲要上夜班，父亲等着吃完晚饭才去接班，这规矩多少年雷打不动。我慌作一团，乞求地望着母亲。说一不二的父亲斜跨了一步，两手掐在腰间，用脊背挡住母亲的怜悯，挡住了我的企图。我感到天一下子黑了。父亲铁青着脸，浓黑的眉毛直立起来，我预感到父亲就要动用武力了，火山即将喷发。

母亲从父亲腋下探出半张脸，示意我，你跑，快跑！

我有些迟疑，双脚被钉在地上一般动弹不得。看见父亲回过身去弯腰拎起一样东西，刹那间我反应过来，扭头就跑，在呼呼带起的风中，我听到了重物落地的沉闷响声，心里侥幸而得意。

父亲没有追我，但落荒而逃的我并不知道。我飓风般一口气跑出去很远一段路后，才壮起胆子扭头往回看，结果看见身后有个板凳。那是一截废弃的枕木制成的，看上去怪模怪样，木纹里浸透沥青，很沉，木质坚硬如铁。

还好，本人完好无损，一根寒毛都未能伤到。父亲白费力气，没人跟他比赛投掷或举重，否则他准能拿冠军。我小声嘟囔。

事后，母亲担心地拉住我，这儿那儿地一通打量，还自言自语地发问，真的没伤着？怎么回事？太危险啦。

那天父亲饿着肚子去上夜班。而我恶毒地诅咒道，饿死他，饿死才好，看他以后还耍态度……这是我对父亲最有力的报复，最直接的反抗。

记得那时家长们动不动就上街游行，开批斗会。每当此时，父母总是把我关在家里，不许出门。父亲要关我时脾气显得很坏，具体表现为一句话不说，脸色难看，狠狠地摔门，重重地上锁。虽然我被锁在家里，但我还是能听见外面的动静，脚步声，口号声。我爬到窗台上抓住窗棂往外张望，望见的是人们激昂的背影。

父亲从外面回来后，越发地寡言少语。但我对父亲的惧怕丝毫未减轻，随着时间推移，我的这种心理被进一步强化。

母亲说，父亲其实是个有趣的人，心灵手巧，会针灸，会木工活，当过文工团的指挥，还会烧菜——菜肴色香味俱佳，品尝了没人不夸。

可是他为什么莫名其妙地发火呢？

我这样发问时，母亲便缄口不语了。

我也渐渐习惯了父亲的坏脾气。

在习惯中我长大成人。

有一次聊天，我提起了当年被父亲"追杀"的往事，顺口问父亲是否还有印象。父亲扬声笑了，然后说，小板凳虽重，想伤人是一定能伤着的，更何况你那时还小，跑是跑不脱的。

人在极度苦闷时，总会有一些反常表现，而那些过激的言行总会发生在至亲的人们之间。可无论人们多么失态,也不会放弃对弱小生命进行本能的保护和怜爱,更何况是父亲对女儿呢。眼前的父亲,严厉冷峻不再,一改印象里的模样,竟是如此慈祥仁厚。

我对父亲无时不在的惧怕心理此时被一点点融化,一股说不出的感动,使得生命与生命之间有了深切理解的可能,那种与生俱来的亲情在父女之间如小溪无声流动。

生命奔腾不息,莫让痛苦统治心灵。错过的不能重来,因为生命只有一次……

过年

小时候盼过年为的是三件事：吃饺子，穿新衣，压岁钱。

年关愈近，孩子们的心跳得愈欢，进出家门的步子愈显纷乱，兴奋的小脸儿上写满了急切和不耐烦，年，来得真慢。掰着手指头召唤年。

年，不紧不慢，不急不缓，笑盈盈地向孩子们走来。

除夕的晚上家家摆上了团圆的筵席，这一餐吃得适意，吃得恣情。孩子们可以放开胆量，站起来越过眼前的盘碟向别人的领地伸出筷子，为长辈布菜，顺便给自己夹块肉塞到嘴里。父母不会觉得孩子们失礼，不守规矩，甚至还用鼓励的眼神对这种举动加以赞许。

父亲拿筷子头蘸了烈性白酒批准扎羊角辫的女儿舌尖舔一舔，品品酒的香味，女儿怯怯地迎着父亲一向严厉此刻却异常温柔的目光，伸出舌尖试探地舔了一下，顿时辣得皱了一张粉脸，眼睛里逼出了一汪泪。家人笑作一团，饭桌上的气氛非同寻常地热烈而融洽，那是对旧岁最深情的吻别。

酒。菜。孩子。欢声笑语。新年姗姗来迟。

没有电视，甚至没有电，一盏煤油灯火苗如豆，跳动着黄色光晕，灯下聚着全家人的脸庞，不管老少都全神贯注于手头的工作，有的擀皮，有的揉面，有的包馅，包饺子是特殊的守岁方式。孩子们包的饺子奇形怪状，憨态可掬，它们可能是猫狗，或许是一座塔楼，又或是龟兔，还可能是只葫芦，馅儿塞得鼓得胀破了面皮，也有的瘪得像布袋。煮熟后你会发现，有的饺子里包了一块胡萝卜，或五分钱硬币，或是一段橡皮，简直像开杂货店。

子夜的钟声是孩子们的催眠曲，困得东倒西歪的活宝们此时再也无法睁开眼睛迎接新年的到来，只在深沉的梦中重温企盼，感觉日子长得遥遥无期。

这时母亲坐在灯下，嗤啦嗤啦纳着鞋底，她要争分夺秒赶在天亮之前为孩子做出一双新棉鞋，或为一件新衣钉上扣子。无论夜晚长短，多静多晚，无论活计是繁是简，衣服是单是棉，孩子们初一早上醒来，一定能看到床头摆放着整齐的新衣、一双新鞋。于是，母亲充满血丝的双眼里溢出的，是同孩子们一模一样的喜悦和满足。

年来到的时候，孩子们装扮得像一夜间忽然绽放的花朵，鲜艳夺目。接着母亲郑重地取出早已准备妥当的压岁钱，或五角，或一元，甚至只有一角毛票。给予或接受，双方并不看重那钞票的面额,而是陶醉于这仪式。几个孩子围着母亲,一个个花枝招展昂着虔诚的脸期待着,期待着最亲的人给予祝福。那钞票一律挺括括地新,如一件新衣,如一本新书,如一锅刚出笼的包子,或是一包点心。幸福照耀着母亲,也滋润着孩子,年,就这样降临了。

一年到头,难得放开肚皮吃顿饺子,而年初一初二初三每天早餐一顿饺子,吃得孩子们脸上直冒油光。好胜的孩子便提出比赛,看谁吃得多,看谁最先吃完三十个饺子。于是,一场饕餮之战拉开了序幕。有志愿者站出来充任监督,一个,二个,三个四个,十个二十个,二十一,二十五,二十八……眼看吃到了嗓子眼儿,倡议者毫不示弱,硬着头皮吃下去,二十九个,仍未达标,啦啦队齐声呐喊助威,二十九个已经拿下,还能被最后一个吓退?吃!三十个。马到成功,一举夺魁。

大年初一的水饺刚吃完,就该往新衣的口袋里装花生水果糖葵花子了。然后吃着,跑着,在这一处或那一处燃放一支花炮,或者远远地躲到某个墙角,捂着耳朵战战兢兢地避开震耳欲聋的二踢脚、雷子炮。年的节目就是尽情地吃,放纵地玩儿,开心地笑,年是为孩子们特设的节日,年让孩子们流连忘返。

过了元宵节,年一步步走远,孩子们举着花灯试图挽留年,希望年多逗留几天。然而年毅然决然离去,连影子也消失在时间的故事中,于是孩子们又有了新的期盼,新一轮的等待。

年来了,孩子们欢天喜地,老年人陡生沧桑之感,中年人暗生宿命感和紧迫感,年轻人油然而生自豪感与优越感。但有一种感受是共同的,即"年年岁岁花相似,岁岁年年人不同"。

期待与逃避

从小学开始,老师家长整天在耳边聒噪,不能躺着看书,写字姿势要端正——身体离桌子一拳,眼睛离书本一尺,握笔的手指离笔尖一寸。习惯会影响人的一生,不论这习惯是好是坏。

毛泽东他老人家偏偏爱躺着看书,书房里到处是书,睡觉的床成了书橱或书桌,困倦中或者清醒时顺手取一本来,皆能看得如醉如痴物我两忘。

现在的孩子们对伟人或者别的什么人,发表看法时无所顾忌,比如对毛主席躺着看书,孩子们会理直气壮大声质疑:他为什么躺着看书,我怎么就不能那样?真如此,不得近视眼才怪呢!

伟人之所以成为伟人,除了因为他们身上具有普通人所不具备的优秀品质和聪明才智外,更重要的在于:不循规蹈矩,敢于标新立异,一向特立独行。躺着看书被崇拜者纷纷效仿,使伟人的个性更加突出。虽然有人模仿，却不能推翻老师在用眼方面的提醒。

伟大作家美国人海明威为使文章写得精练，避免冗长，始终坚持站着写作，给后来者不少启迪。但是，像《战争与和平》这样的鸿篇巨制若也这么站着一路写下来，我们敬爱的托尔斯泰不累趴下恐怕也得改变写作计划。庆幸的是他完成了这部经典之作，而且写完后还活着，一直活到死。我愿意这样去想象，他是坐在比较舒适的转椅上完成了这项艰巨工程的。我感觉，这不是一般意义上的劳作，它或许比在万顷农田里耕耘要辛苦得多，且这种艰辛，更多的人无缘亲身体验，只有托尔斯泰有权在他自己想象的这个世界里劳作，所以导致很多的人包括作家对这样一位劳动者仰慕不已。这很正常。

站着写作或者坐下来著书立说对于读者来说，也许无关痛痒，作品好就行。大众需要的是读到好书，不管你是不是作家，只要你能为读者提供好的精神食粮，你就是王者。没有人追究你写作的姿势或使用了怎样一支笔。这也正常。不正常的情况，有没有，回答是肯定的：有。一定的。

比如福楼拜。

这位法国作家的不正常表现是，当他面对稿纸时经常头脑一片空茫。作为莫泊桑的老师，令人敬仰的大作家，这种习惯（姑且称之为习惯吧）实在令人费解。那么他该如何对待并解决这个难题呢？当代作家可能会说，放下手中之笔放松放松，比如跳跳舞，或者邀三两知己聚会，或者读读书、玩玩保龄球什么的亦可，总之别闷在家里，硬憋，硬挤，硬写。遗憾的是福楼拜全把别人的一片好心当成驴肝肺，一意孤行地面对自己的难题，面对白纸，不厌其烦地写出不同凡响又极其普通的几个字：我为什么写不出来，我为什么写不出来，我为什么写不出来，我为什么写不出来……咏叹调一样，反复强调，无休无止。一天的时光被这些与文学毫不相干的字眼填满，榨干，直到小说文字从笔端自由顺畅地流淌而出，大师才会闪耀着骑士决斗而终于获胜的眼神。当代作家对这种习惯也许不以为然，或轻蔑，或鄙视，但这并不影响福楼拜成为一代大师而被后世的读者深深爱戴。

毛泽东躺着看书的习惯的确不好，但没听说他眼睛有近视的毛病。据此就认为卫生用眼是不科学的教化？太荒唐了。但习惯的一切，却是毫无道理可讲。习惯是思维的走向，更是行动的密码，犹如不同种族说着不同的语言。但不同语言可以有相同的表达。这种表达来自地球上迄今尚未灭绝，且日益膨胀壮大的一类物种。

阅读海明威时，根本无法想起他有站着写作的习惯，而读福楼拜时，我也无法感知他写作中的种种苦恼。只有一种感觉，仿佛受到神明的指引，我越来越真切地看清了人类真实赤裸的灵魂。

习惯不可能将庸人变成伟人，而我们从伟人的习惯中却能发现其作为普通人的一面。可怜的是那些一味效仿别人而迷失了自我的人。如果站着写作能成就海明威，那又何妨继续站着写下去。反过来，仅仅是为了想当海明威而站着写作，那就显得可笑而愚蠢了。假如，这般轻易就能造就出一位伟大作家的话，那么真正的海明威所面临的是什么呢？或许是对作家这种职业的深深恐惧和别无选择的逃避吧。果然如此的话，作家们也就无须潜心研究文学究竟该向何处去这样的玄妙问题了。当然，若是所有作家都成为海明威，这种现象也许是众望所归，大家有理由为之欢呼雀跃，因为这代表我们的民族素质已经达到了相当水平。然而，当我们看到满街行走的都是海明威时，你会不会发出这样的疑问：海明威呢？那个真正的海明威呢？我又是谁呢？原本的我呢？相信回答将是个悖论，真正的海明威已不复存在。面对这种虚无，作为读者，悲耶，喜耶？

关于爱好

双休日于百姓而言，寻常上演的节目不外乎以下几种：走亲访友，阖家团聚，短途出游，整理家务，或者干脆睡个安生觉。无论你做什么，目的在于，收拾一周以来的紧张疲惫辛苦烦恼，迎接下一周繁忙工作、琐碎生活的到来。

在这种日子里，我有了特别的爱好和安排——骑自行车逛街。如果深究，会发现我的爱好实在是出于不太美妙的动机，这动机又缘于几次不值得炫耀的经历。

说来让人不好意思，那天上班遇大雾，二十分钟的路程，我用了双倍时间还未到单位。眼看一个多小时过去了，周围的参照物也变得异常陌生，便跳下车向行人打听。对方一脸茫然，对我要找的单位他压根没听说过。只好换个问法，这是什么地方？天哪，我自己先吓一跳。这么说吧，我从城市最东端出发，径直冲到了城市的最西端。粗算也有四五十里路程吧。情急之中，掉头往回骑。骑出去不远，又乖乖往回返，向一位擦身而过的人询问，我怎么才能走到城市的东端。也就是说，我首先要回到城市之东，然后，才能找到单位。被问的人一脸同情而且古道热肠，随手捡起一根树棍蹲在地上为我画一幅路线图，重要的路口标上了建筑物名称。我态度虚心，仔细聆听，不懂的地方大胆提出疑问。按理，以我在这座城市居住二十年的资历，看懂这样一幅"地图"易如反掌。我这样自信，指着地图发问，这是哪儿，那是哪里，想证明自己的判断准确无误。对方的表情告诉我，我所说的方位与行走线路背道而驰。好心的路人没有不耐烦，几番解释，见我的反应似是而非、指鹿为马，只好将"地图"复制到我手掌上，令我感动又不安。一再道谢后，握着这份自信和真诚，一路杀向东方。

当我骑到人民商场后，发现太阳已在头顶灿烂微笑，我明白，本来八点半要参加的会议已然泡汤。

这样一次将自己弄丢的经历，说到底没什么可称道的。自尊心提醒我，公开这件事岂不证明自己弱智？

让人更羞于提及的是第二次迷失。那天，晴空万里，阳光明媚，我陪外地来的友人去县里办完事坐车返回，眼看就到市区了，车子扑哧扎了车胎。等待修车的工夫，太阳西沉，车子修好，天色转暗，忽然夜幕四合。司机先送我回家，他和友人当晚住旅馆，次日赶早返京，并郑重将我安排到前排就座，便于当向导。我老练地指挥司机左拐，右行，向前，觉得到了，跳下车握手告别，目送朋友倒车，回身看一眼大院的铁门，不对，找错了门牌号。忙叫住司机，坐上车又找，至夜里十二点钟，眼看回家希望落空，只好陪友人一同进旅馆住下，第二天下楼一看，发现旅馆竟在我家附近。

令人难以置信的是，我居然在城市混迹了半辈子，又由于职业特点，走南闯北是家常便饭，但每一次出差都像返回式卫星一样，并不飞向外太空或在不该待的星球上滞留不归，而是沿着既定轨道平安返回家中。家人认为这是奇迹。而我在家门口迷失，算不算患有严重的城市迷失症也很难确定。但我想，乡村人烟稀少，道路、树木不像城市那样稠密，也没有什么高楼大厦造成方位错觉，到乡村估计我不会迷路。

机会来了，我去灵寿一个乡镇采访，朋友骑摩托车送我。朋友问，认得路吗？我果断地回答：当然。一副成竹在胸不容置疑的模样。因为此前我已坐汽车去过两趟。

五十公里路程雅马哈250车速达到120迈，给人一种威风八面、腾空而起的感觉，一路上仿佛人在飞。

三小时后，油没了。朋友问，还有多远？我也疑惑，没这么远哪，自信减了一半。趁朋友加油，悄声问路人，对方笑笑说，没多远了，马上看见天安门了。天啊！

因为不辨东西，令我产生改造自我的冲动，双休日骑车周游市区，以强化我对地理方位道路的记忆，并由此向城外延伸，从地域向民情、民俗、民风延伸，接触更多的人，进一步了解社会，拥抱更加广阔的世界。

从此周末骑车逛街，成为我的一种爱好，并渐渐养成习惯。

美妙的精神徜徉

我的少年时光,需要知识滋润心灵,却无法找到可读的书和想读的书。因为那个年代提倡读书无用。后来知识备受重视,却发现自己的大脑一贫如洗,并在空洞的精神领域里已然长大成人。有这种发现和经历的不止我一人。时代在进步中似乎无视我的一无所有,以勇敢的姿态和一日千里的速度向前发展。那时的我有一种落伍的深深悲哀。而我还十分年轻,一颗年轻的心是多么不甘落后,试图在一夜之间使自己出类拔萃。但是必须承认,后来者已经或正在超越我的同代人,所以活泼的心灵有了伤痛。

虽然伤痛,但毕竟有书可读了,毕竟有了充实自己的机会和途径。书便成了医生,主治无助无望心态,使我看到了一线光明。

从此,书便在每一天唤起生命的勇气,成为寂寞世界里不可多得的挚友。对于一个"营养不良"症患者而言,渴望强壮是其最真实的心理活动，所奉行的原则，是来者不拒，饥不择食，多多益善。

不必担心消化不良。我在废寝忘食晨昏颠倒孜孜不倦的阅读中，与先哲相遇，从历史的演进中，发现了智者的足迹。

悲哀淡化了，伤痛忘却了，焦虑平复了。

哲人以智慧的大脑思考世界，普通人的责任则是明白如何与身边的世界相处或和解。在经验的基础上，借助先哲的思想，使得精神世界不再干枯。

知识就是力量。真理竟是如此朴素，这种发现使自己惊喜。在认识它之前，也许并不认为自己愚鲁肤浅；在发现它之后，又是那样希冀自己变得聪明而充满智慧。这需要过程，或者说这个过程必不可少，而且迫在眉睫。

我找到了奔向它的途径，在奔赴的呼啸中我体验了这个过程。

痛苦的、幸福的、美妙的、艰辛的、困惑的、透彻的阅读，创造力的获得，思想的孕育，苦难的承担，相伴相生。在阅读中，能够感受到创造力被激发，它带来的感动与喜悦，体验与领悟，亦在产生巨大能量。

这个过程的把握和机会的获得，使我对读书有了深刻的眷恋和感念。囫囵吞枣，一知半解，不朽的罗素可以和《系统工程学》同时进入我的视野，《人间喜剧》和数学王子高斯皆能使我产生浓厚的阅读兴趣，苏格拉底、巴甫洛夫、梅里美、泰戈尔、《哲学的贫困》《红与黑》……寂静的夜晚是与先贤哲人相遇的契机,哲人的思想如不灭的灯火照耀着我也启迪着我,使头脑空空的我留下不断思索的印迹。

书是人类进步的阶梯。伟大的哲人说出凡人想说而说不出来的语言,不仅如此,当你在人生跋涉中有所顿悟,又将确认先哲的思想精辟而实在,超越时代和历史。

的确如此,阅读一本好书,可以改变一个人,可以改变你的人生。设想一下,在知识、思想、智慧的海洋里,人人沉醉不醒,那是怎样的一幅超然的景象。

当然在阅读进行到某个阶段时,你会有所选择,对阅读的要求从宽泛渐渐地严格或严苛起来。

文学是我的另一门功课,它能使心灵获得最大自由,并能创造无限广阔的精神世界。而从文学以外的书籍中发现的真理,反过来会丰富自己的内心世界,使得文学的营养更为全面、丰厚、结实,并能看到或创造更多的人生故事和精彩的时代画卷。

要读的书其实很多,文学在知识的汪洋大海里不过是沧海一粟,但你只要认真去读,就将如沐春风,获得丰富的滋养,并拥有比海洋还要宽广的胸襟和思想。

勋章

曾经年轻的父亲，胸前佩戴着勋章，英俊挺拔，目光炯炯，以无所畏惧的胆魄和前所未有的气概实现了伟人"打过长江去，解放全中国"的梦想。父亲用微笑将自己的青春定格在泛黄的历史画卷上，自豪的神情至今仍不褪色。

然而，父亲终将老去。

我曾怀疑那枚勋章是父亲为照相而借来的，因为至今我未曾见过勋章的庐山真面目。"文革"破四旧，我和哥哥翻箱倒柜企图将那枚勋章扫地出门或者据为己有，不料被父亲识破。父亲说，你们反了天啦。我和哥哥百般纠缠不管不顾，一下把父亲激怒了，父亲瞪圆了双眼，扯开了上衣前襟，刹那间，一枚枚扣子像子弹进射出去，哥哥的鼻子当场被击中，鲜血如瀑布涌泻而出。父亲用鼻孔喘着粗气，嗓门儿大得像打雷，并且毫不客气地向我们挥了挥拳头，滚，都给我滚！

闻风丧胆抱头鼠窜，用来形容我们最为贴切。父亲嘭嘭嘭地擂着自己的胸脯，像体育课上大家拍打着篮球。聆听着这种奇怪恐怖的声音，躲在一边的我们，既感到震惊又觉得好笑。

后来，父亲佩戴着勋章又照过一次相。那时父亲即将从部队转业到地方，可父亲依然穿着军装，跑到当地一家最正规最有名气的照相馆拍下了自己最后一张军人照。相片居然堂而皇之挂在家里客厅的门楣上方，十分显眼。在我们眼里，父亲的装束不伦不类，不由得对他的身份产生怀疑。比如，有人说父亲当过国民党，有人说他是特务什么的。仿佛父亲的勋章是假冒伪造的，我和哥哥从此在外人面前会表现出一副心怀鬼胎的模样来，给人一种低眉顺眼矮人三分的印象。父亲不然，照片上，他在笑，那笑不是为了摆出来照相的，而是从心底奔涌而出的自尊、自信、意气风发。

再后来，父亲的那些照片不复存在。"文革"的一把火烧毁了有形的一切，剩下的思想残余也一并清算。长大的我们在整合记忆、恢复理性后，感觉经历的一切如同梦魇，邈远，朦胧，没有真实感。当我们被记忆之手推向事件中心，却以旁观者的身份聆听历史娓娓而谈时，不再幼稚的我们，心灵震撼，热血沸腾了。其实，我们怎么能够成为历史的看客？

过去的走远了，但远去的一切不会因此而消失。

愚昧无知的我们长大了，年轻英俊的父亲衰老了。

如今，已经荣登爷爷宝座的父亲，夏天，卷了裤腿在外面乘凉，孙子或外孙们在膝下环绕，那是一幅尽享天伦之乐、国泰民安、和谐美好的画面。父亲浓密乌亮的一头黑发如今似盐碱地长势欠佳的庄稼稀疏灰白,但爽朗的笑声不改质量,不失本色,一如从前。

爷爷,您腿上的伤疤是不是小时候淘气磕的?

我知道,是打架摔的。

不对,自行车撞的。看,我这儿就撞破了,我没哭,老师奖励我一朵小红花,医生夸我是好孩子。

不,是打仗受的伤,对吧爷爷?那您一定认识白求恩大夫喽,他给您治过伤吗?

讲个打仗的故事,讲吧,讲吧……

父亲的故事我知之甚少,我在爱听故事的年龄却干了别的,有许多荒唐疯狂的举动将美好天真的本性扭曲了。儿子渴望了解我父亲的世界。

儿子告诉我,父亲渡过长江后,陆续解放了许多城市,南京、上海、杭州、福州、厦门,还打过金门岛。假如那次攻下金门,现在就省去了许多麻烦。

新中国诞生了。人民解放军这支年轻、勇于牺牲、敢打硬仗、冲锋陷阵的队伍,是催生共和国的有生力量。征尘未洗硝烟起,父亲仿佛听见了侵略者的枪炮声,过福州,经江西上饶,绕道浙江金华,搭津浦列车一路颠簸,迎着凛冽刺骨的寒风出关,蹚过冰砭肌骨的鸭绿江……

"嗨啦啦啦啦,嗨啦啦啦啦,天空出彩霞呀,地上开红花呀,中朝人民力量大,打垮了美国兵呀……"我只知道这是唱给抗美援朝志愿军的歌，是唱给父亲或者来不及做父亲的军人的赞歌。

父亲的出征是军人的职责，是国家和民族的需要，幸运的是他活了下来，而且活着见到了新中国一步步走向繁荣富强。大概为了纪念这份荣耀和幸运，保持激情发扬精神，活下来的父亲特别喜欢这首歌，甚至经常哼唱，并将歌词里最具光彩的一个词精心保存，直到女儿出生，作为一份特殊礼物慷慨相赠——"最好的东西永远是被赠送的"。

彩霞，这名字多么好听啊！父亲的口吻里充满了军人的感情和豪壮。曾经我嫌弃这名字太俗，而愿改成"红卫""东升""战旗"之类。

父亲一口拒绝，坚决反对，不能。对一个名字的认同，实际上是对一批逝去生命的怀念和尊敬，这个活泼名字的存在，使得那些活泼的生命得到了重生。远去的他们，来不及恋爱，来不及当父亲，生命永远止步于二十岁。

然而父亲一生并未享受过军功章所带来的待遇啊，甚至连正规军事院校的学历证书也不被承认，否则他会有着不一样的身份或地位，也未可知。

父亲说，当年，有许多十八九岁的年轻人倒在了战场上，他们亏不亏？为了过上好日子，敢去拼命。活下来的人，怎么能叫吃亏呢？

哥哥说，现在许多人，面临着巨大的生存压力，失业，下岗。

新中国来之不易，不能跟国家讲条件要待遇。要想国家有大发展，老百姓就不能只看眼前利益，父亲说。

侄儿说，爷爷的勋章真沉，你们见过吗？

我的心头滚过热浪，父亲的勋章当然是有分量的，它佩戴在一名老兵心里。虽然父亲已是垂暮老人，但对共和国的那份炽热之爱有增无减。那枚勋章之于父亲，是机缘是命运是见证。一枚勋章，象征了国家振兴和民族独立，它体现了人民不屈不挠不卑不亢，自强自立奋发向上的精神和意志。父亲拥有勋章，当之无愧。

父亲虽然老了，但我们的共和国依然年轻……

天使在舞蹈

一个精灵在梦中飞舞时，大地寂静无声。城市醒来后，映入眼帘的是一片洁白，树木洁白，天空洁白，道路洁白，屋顶洁白。怀了一份惊喜来到户外，连呼吸也会变成一团洁白。

飞扬的雪花是严寒的使者，冬日的美丽来自天使的装扮。

雪花激起了孩子们的兴奋，好奇驱使着他们冲出家门，与天使共舞。他们模仿着样板戏《智取威虎山》里杨子荣打虎上山的样子，将棉袄反穿，使得褴褛的棉絮暴露在外，从而制造了身穿翻毛皮袄的效果和假象，嘴里一刻不停地喊出鼓点："呛才一才哐，呛才一才哐！"伴着鼓点，双臂展开，忽而左臂向前右臂向后，忽而相反，用张牙舞爪的动作，徒手创造了一幕顶风冒雪划着雪橇奋力上山的逼真景象。这时母亲必然要一声又一声呼唤着孩子们的乳名，叫他们回家，以免冻伤。孩子们佯装没听见，追着纷纷扬扬的雪花舞得更加起劲儿。一会儿他们假装去了夹皮沟，一会儿又飞向了威虎山，亮开嗓门突然高唱："穿——林——海，跨——雪原，气——冲——霄汉……"

孩子们的高唱或者吼叫，一下子将雪白静寂的苍天大地填满。在幻想的舞台上，他们除了扮演好人杨子荣、小常宝、李勇奇，还尽兴地扮演着坏人八大金刚、栾平、座山雕。这歌唱或者吼叫之声，袅袅升空，被浓厚的寒潮侵蚀，当返回大地时已细如发丝，越来越小，接近于无。

然而，雪还在下，不一会儿，大大小小的脚印踩得雪地肮脏。出演英雄或土匪的孩子们精灵一般浑身雪白，雪白的眉毛，雪白的头发，雪白的双脚。孩子们也成了一尘不染无拘无束的精灵。

下雪不冷化雪冷，孩子们在雪花的簇拥下不停"呛才一才哐"地喊着鼓点，反复地唱着"气冲霄汉"，寒冷被一寸一寸逼退。孩子们的脸红通通的，头上热腾腾地冒着白烟，一红一白将这个飘雪的冬天装点得醒目有趣，有声有色。漫天大雪，是冬天最美的景致，恒定不变地存放在童年不醒的梦乡，映衬着天真无邪的童心。

雪，还在纷纷扬扬地下。冬天的快乐藏匿其中，令人流连。

当然，下雪天孩子们还有更要紧更有趣的事可做，比如，捕鸟。像鲁迅先生曾经描写的那样，先扫出一片空地，用一根短棒将筛子或箩筐支起，筐底下撒了秕谷，绳子的一头缚住木棒，另一头由人牵了远远地躲开，待鸟儿啄取食物时，突然拉动绳子，一只或几只小鸟就会被严严实实罩在筐内。

但是，孩子们真正捕到手的鸟儿并不多。鸟儿战战兢兢钻进箩筐，尚未站稳，性急的孩子会按捺不住冲动猛地牵动绳子，结果惊飞了鸟群；或者，罩住小鸟后，将手伸进筐内，筐子掀得过高，导致罩住的鸟儿从一侧逃脱。望着仓皇出逃的小生灵，孩子们毫无愠色，只是一个劲地拍手叫道，飞了，飞了。那明明是对摆脱桎梏的鸟儿的真心祝福和欢呼。鸟儿带着祝福飞得又快又高，只把孩子们撇在银装素裹的大地之上。

除了飞雪中出演威虎山，提着欢蹦乱跳的心脏捕鸟儿，还有一件趣事深深吸引着孩子们。在雪天，孩子们更愿意跑得远一些，去杳无踪迹的旷野放风筝。先要自制风筝。劈开竹篾，剪好鹰的身子和翅膀，用纸和糨糊粘牢，拴上绳子，备足线绳缠到线拐上，测试平衡性——借着风力，一个人擎着风筝，另一个人通过长长一段助跑使阻力加大，气流的作用力加强，风筝缓缓上升，达到一定高度，并在空中稳住，这时，可以松口气，因为风筝在空中找到了自己的位置，而绳子的牵拉作用相对减小，如果放手，风筝可以像只鸟儿向更远更高的天宇飞翔。然而它毕竟不是鸟儿，最终会从空中跌落下来。如果绳子的力道控制得好，风筝不仅飞得高，而且飞得稳、飞得久。同时，可以让它飞出一些好看的动作——侧向飞、平飞、翻转，但一般人未必能掌握这些技术，只满足于风筝能上天，至于飞得高不高也不太在意。

如今我站在同一片天空下，往日多得像秋日落叶的飞翔的鸟儿已一去不返，只能看到森林般的楼房，高低错落的灯杆，和各种大型广告牌。城市的成长渴望高楼大厦拔地而起如同原始森林一样茂密，长大的我们，何处再遇童年的天空和自由飞翔的鸟儿……

童言无忌

孩子们的想法稀奇古怪,问题层出不穷,比如儿子说,他不想出生在 1989 年,更愿意选在唐朝出生,而且要自己确定生日。

深究,是因了孩子最近学了孟浩然的《春晓》。孩子一方面发誓要当古人,以表达对古人的敬仰;另一方面又毫不客气地开着古人的玩笑,令人难以接受。举个例子,《春晓》让孩子读后,被篡改成了这样:"春天不洗澡,处处蚊子咬。夜来龙卷风,吓得李白跑。"孩子陶醉在令山水田园诗人气绝的顺口溜里,只几日,顺口溜不胫而走,风靡校园。

出生年代以及属相问题一直令孩子困扰而迷惑。但孩子们对问题自有解决之道。坐火车旅行,孩子结识了一位校友,说是校友,其实只待了半年就转学离开,如今已是大二学生。孩子一听,立即惊呼道,真巧,我也是二年级。俩人迅速打得火热,座位调到了一起,分享饮料食物以及个人趣事秘密。孩子对校友的学籍档案格外关注，同时也公开披露了自己的个人资料。孩子落落大方有板有眼以答记者问的形式声称，"本官"生于公元689年，假如现在是2007年，拿它减去689，等于1318，对，我已是一千三百又一十八岁的超高寿老人。大学生说，公元689~740年，正是孟浩然的生卒年限嘛，不过你活得久，比他厉害。

孩子又问，猜我什么属相。属蛇，蛇不太好，属眼镜蛇还行，眼镜蛇厉害。喜欢匹诺曹吗？不过，我还是想把属相改成狮子，狮子更威风。咔，咔，咔，孩子跳下座椅，站在地板上，竖起手掌，踢腿，转身，配音，生龙活虎耍了一通，结果摔倒在地，险些冲进座椅底下。他爬起来后继续演讲，考考你，狮子一天需要多长的睡眠时间？小兔呢？大学生摇头，反问道，这个嘛，还真不知道，你知道喽？我学的是计算机专业，课程里没这些内容。孩子一一说出了答案，令大学生吃惊不小。

这并不可笑，每个人的童年都会有这样的经历，异想天开，放肆大胆，口无遮拦。

孩子最终提醒校友，记住我的名字，我慢点说，你能记得住，我叫孟杜李白。孩子心满意足，开怀大笑。

在李白杜甫的国度，传统文化的影响无处不在，同时狮子王如潮水般涌来，生长在开放时代的孩子，既不拒绝古典，亦热衷于现代。

后 记

  因为要编这本散文集，须将发表的文章归拢到一起：从存储在两台旧电脑中的硬盘里大海捞针，U盘若干，还有弃之不用的软盘，堆在角落里的报纸期刊，统统检索一遍。应当说，每一篇文章的面貌我熟悉，写作时的气息，我能感知，此时文字的队伍不约而同地向我集结，或从此面临离散。查找的过程热切而烦琐，有些已然遗忘的篇什，意外重逢，令人喜不自胜；有些文章遍寻不着，不免使人懊丧。找到的文章编在一起，成了现在的模样。如果有机会再出散文集，想必我会收得更全。

  文章大多为二〇〇〇年以后所写，准确地说，二〇一三年之后写得稍微勤奋一些，发表频率相对稠密。洋洋洒洒，一百〇九篇，做个阶段性小结，视为文学之旅的一站。此散文集是按照思想情感脉络进行分类排序的，对题材内容、写作时间未加考虑，虽然看上去有些篇章在发表时间上是连贯的。

  文章所记都是生活中的所闻所见，属于小人物的寻常事，因为写作者本身也是普通人，只不过比常人敏感，对小事不会轻视，对可记之人，常常仔细揣摩，于是便多一些感触，多一份思考，诉诸文字，就有了不一样的面貌和风景。

有人说，散文写作是对精神世界的探险，我有同感。一个人内心的欲望、幻想、意识、情绪，无一不在散文的表达之内。文章可短可长，所容纳的情感思想丰富多义，写到得意时，禁不住与人分享；写得艰难时，捻断青丝白发无济于事，只恨自己笔力不逮。于是从经典中吸收养分、借鉴方法，在前人的文字中寻找共鸣、得到启发。当找到或发现了自己的言说方式，并大胆地进行探索与尝试，终会有一份不错的收成。

探索的过程不会一蹴而就，坚持下去，耐住寂寞，才是写作的正道。有时候会偷懒、厌倦，写得太少，或为写得不好而失望焦虑，但疯狂的写作体验时有现身，比如持续敲击电脑键盘，无休无眠，那种沉醉其中的感觉，单纯天真的状态，可遇不可求。一个人若深爱文字并能够一直书写下去，是何其幸运。文字的生命与人类个体生命共同构筑了迷人的梦幻景象，尽管生命的终点在前方召唤，广阔深邃的文字世界，依旧使人流连忘返。

承蒙安徽文艺出版社不弃，《秋日素笺》得以出版。在编辑过程中，秦知逸女士作为责任编辑，倾注了大量心血，她的专业、敬业、诚意令人敬佩，在此，谨向安徽文艺出版社，向责任编辑秦知逸女士表达由衷谢意！

2021 年 2 月 2 日于石家庄